Hans Ernst

Peter und Veronika

Es ist um diese Zeit schon eine große Seltenheit, wenn die Tage noch so schön und still verglühen, denn es ist schon später Herbst, und in manchem Jahr hat in der letzten Hälfte des Oktobers schon Schnee gelegen und alles zugedeckt, was jetzt noch im üppigen Rausch der Farben im weiten Umkreis Herz und Auge entzückt.

Über dem buntfarbigen Wald schwingen sich die Berge empor; eine blau erstarrte Riesenwoge neben der anderen. Kleine, vom Goldton der sinkenden Sonne gefärbte Wolken ziehen um die hohen, einsamen Gipfel, zerteilen sich manchmal an einer scharfen Felsenkante und ziehen getrennt weiter, flaumige Wolkentiere, die es sehr eilig haben, als möchten sie fliehen vor der kommenden Nacht.

Schwer und immer weiter werfen die Berge ihre Schatten über die Wiesen her, die an ihrem Fuß liegen. Auch das Dorf ist schon halb davon verschlungen. Nur der hohe Kirchturm funkelt noch im roten Sonnengold. Auch die Hangwiese, Schwedenwiese genannt, die sich ein Stück außerhalb des Dorfes emporzieht, badet sich noch im letzten Sonnenlicht, und alle Dinge, die sich auf der Wiese bewegen, sind von rosigen Schleiern umsponnen.

Acht Ziegen sind es und drei Lämmer, die auf der Schwedenwiese weiden. Kein Laut ist in der großen Stille des Abends. Nur der Bach rauscht sein ewiges Lied, und manchmal bimmelt ein Glöcklein am Halse eines der Lämmer.

Der Hirt dieser gemischten Herde sitzt etwas abseits auf einem kleinen Hügel. Peter heißt er, ein strammer, schlank gewachsener Bursche, etwa sechzehn Jahre alt. Die Geißel um die aufgezogenen Knie geschlungen, sitzt er ganz still und schaut in die Ferne. Ein dickes Büschel schwarzer Haare hängt ihm widerspenstig bis zu den Augenbrauen herein. Und wenn er es auch zurechtstreicht, es fällt doch immer wieder herein in die hohe, braun gebrannte Stirn.

Voll von Gedanken ist die Seele des jungen Hirten, Gedanken, die ungerufen zu ihm kommen, die sich zu ihm setzen wie stille Gäste und ihn auch in der Dämmerung nach Hause begleiten, wenn er seine kleine Herde in das Dorf bringt. Sie bleiben auch noch bei ihm, wenn er im Stall die Ziegen melkt, und verschwinden erst, wenn die Bäuerin, Ulrike Markus, geborene Hintermeier, in den kleinen Stall kommt und mit ihrer schnarrenden Stimme fragt, ob er, der Peter, denn noch nicht fertig sei mit der Arbeit. Ein Faulpelz sei er, wie er im Buche stünde, und nicht einmal ein Stück Brot verdiene er.

Nein, das können die kleinen lieblichen Gedanken nicht mit anhören, was die Stiefmutter zum Peter sagt. Und sie verlassen ihn eilig und kommen erst wieder am anderen Abend zu ihm, wenn er einsam auf der Schwedenwiese sitzt.

Mit leisen Fingern greift nun die Dämmerung auch zu der Schwedenwiese her. Nur beim Bauern an der Leiten, dessen Hof am höchsten liegt, brennen die Fenster noch im Sonnenuntergangsfeuer.

Peter seufzt leise. Ach, nur einmal so im Geld schwimmen wie der Leitnerbauer, von dem die Leute sagen, dass er die Geldscheine in einem Sack nach Ellmoos auf die Kreissparkasse brächte.

Nun sind die Fenster da droben auch dunkel geworden, und man sieht die weißen Mauern des Hofes nur mehr undeutlich aus der Dämmerung herausschimmern.

Nun kommt sie wohl nimmer heute, sagt sich der Peter und denkt daran, seine Herde nach Hause zu bringen. »Priska!«, ruft er. »Komm, Priska! Gehn wir heim!« Priska ist die Mutterziege, und sie kommt auf den Anruf meckernd herbei. Alle anderen folgen ihr und scharen sich um ihren Hirten.

Die Abendglocke beginnt im Dorf zu läuten. Dunkle, ernste Töne sind es. Fledermäuse huschen lautlos durch die Dämmerung und verschwinden im Nebel, der leicht, aber unbeweglich über dem Wasser steht. Hell und feurig leuchtet der Abendstern am Himmel.

Gerade als Peter aufbrechen will, wird er angerufen. Eine helle Stimme ist es. Peter streicht das Haarbüschel aus der Stirne und schaut den Hang hinauf. Im sausenden Lauf, dass die weiße Windjacke flattert, kommt Veronika Büchler, die Tochter des Bauern an der Leiten, den Hang heruntergestürmt. Mit einem weiten Sprung setzt sie über den Bach und steht, heftig atmend, vor Peter.

Veronika ist ein auffallend schönes Mädchen, schon gut gewachsen für ihre fünfzehn Jahre. Ein Schüppel goldblonder Haare kraust sich über ihrer Stirn. Die Augen, tiefblau, sind überschattet von langen, seidenweichen Wimpern. Kühn und mit reizvollem Schwung hebt sich die Oberlippe über einer fest gefügten Zahnreihe, während die Unterlippe fast gerade verläuft.

»Beinah hätt ich heut net kommen können«, lacht sie, während sie sich niederbückt und einem Lamm über das Fell streichelt. »Der Vetter und die Base aus der Stadt waren da, und da konnt ich doch nicht davonlaufen.«

Er schüttelt den Kopf und sucht ihre Augen. Sehr lange und sehr tief schaut er sie an, so dass sie ein wenig verwirrt wird.

»Da!«, sagt sie und zerrt aus ihrer Hosentasche eine angebrochene Tafel Schokolade. »Die hat mir der Vetter mitgebracht, und das schenk ich dir!« Und weil er keine Anstalten macht, sie zu nehmen, steckt sie ihm die arg zerbröselten Stücke einfach in seine Jackentasche.

Immer noch schaut er sie an.

»Warum schaust mich denn so an, Peter?«, fragt sie.

»Sogar in der Nacht ...«, antwortet er und wendet sich zum Gehen. Seine kleine Herde trabt meckernd hinter ihm her. Veronika aber bleibt an seiner Seite.

»Was denn, Peter? Was ist in der Nacht?«

»Deine Augen hab ich gemeint. Sogar in der Nacht glänzen sie. Wie zwei Sterne.«

»Ach geh, du, was hast denn heute?«

Nun lacht er und greift im Gehen nach ihrer Hand.

»Nix, Veronika. Gar nix. Bloß freuen tu ich mich, weil du bei mir bist. Freust du dich auch?«

Sie antwortet nicht, sondern drückt nur seine Hand. Da bleibt er plötzlich stehen und legt den Arm um ihre Schultern. Veronika ist ein wenig kleiner als Peter, und wie sie nun so zu ihm aufblickt, muss sie wieder denken: Was hat er denn heut bloß?

Peter sagt ihren Namen. Ganz leise und zärtlich spricht er ihn aus. Trotzdem erschrickt sie, vor seinen Augen vielleicht, die sie heute so ganz anders anschauen. Aber es ist ein seltsames Erschrecken, ganz ohne Furcht. Nein, sie möchte am liebsten ihr Gesicht an das seine drücken, denn es ist plötzlich etwas ganz Neues, noch nie Gekanntes da. Etwas, das aus ihrer Seele herausdrängt, so dass sie unwillkürlich auch seinen Namen sagt, ganz zärtlich.

»Peterle ...«, sagt sie. Niemals vorher hat sie ihn Peterle genannt. Immer nur Peter. Das kommt ihr nun zum Bewusstsein, und sie fügt in ihrer Verlegenheit schnell hinzu: »Willst heut gar kein Lied singen?«

»Doch«, sagt er. »Aber du musst mir auch was schenken, Veronika.«

Ja, gern. Sie macht sich schnell von ihm los und kramt wieder in ihrer Jackentasche. »Da, einen Apfel hab ich noch.«

»Nein, den Apfel will ich net. Ein Bussel möcht ich gern.«

»Wer? Du? Aber, Peter, was fällt dir denn auf einmal ein?«

»Das fällt mir nicht erst jetzt ein. Daran hab ich schon lang gedacht. Ich hab dich doch so gern, Veronika.«

Sie macht einen Schritt auf ihn zu und tippt mit dem Zeigefinger an sein Herz.

»Du hast mich gern, Peter? Arg gern?«

Er nickt nur und legt den Arm wieder um ihre Schultern.

»Ein einziges Bussel«, bettelt er.

Ein Zittern geht durch sie hin. Immer noch hat sie die Hand an seinem Herzen liegen. »Wie laut dein Herz schlägt«, sagt sie in ihrer Verlegenheit.

Sie spürt seinen Atem um ihre Schläfen wehen, sieht im Dunklen seine Zähne schimmern hinter dem halbgeöffneten Mund.

»Nein, nein«, sagt sie schnell. »Nein, Peter ... du frecher ...«

Mehr kann sie nicht mehr sagen, denn sein Mund liegt fest auf dem ihren.

Beide Arme schlingt sie um seinen Hals. Der Apfel, den sie noch immer in der einen Hand hält, fällt zu Boden.

Eine Fledermaus huscht über ihren Köpfen hin. Dumpf schlägt die Turmuhr die siebente Abendstunde. Da reißt sich Veronika von ihm los und stürzt davon, ohne ein Wort zu sagen. Er sieht ihr nach, bis sie in der Dunkelheit verschwunden ist und man nichts mehr hören kann als ihre raschen, flüchtigen Schritte.

»Dumm, dass sie nun fortrennt«, brummt er. »Jetzt weiß ich eigentlich gar nix, ob sie mich auch ein bissel gern hat oder so ... Vielleicht liegt ihr an mir gar nix, und ich hab mich ganz schrecklich blamiert.«

Langsam wendet er sich um und geht weiter. Schon ist er bei den ersten Häusern des Dorfes. Freundlich blinken die Lichter hinter den Fenstern. Friedlich und geborgen sitzen die Menschen unter dem milden Schein der Lampe und genießen den Feierabend. Jeden Abend ist das so, wenn er seine kleine Herde heimtreibt, und es zieht ihm jedes Mal das Herz zusammen, denn auf ihn wartet noch eine Menge Arbeit zu Hause. Heute jedoch ist das Wirklichkeit geworden, was er sich in vielen einsamen Stunden so oft gewünscht und gedacht hat. Er hat Veronika in den Armen gehalten, hat sie geküsst und sie ihn wieder.

Jetzt kommt das Haus, in dem er geboren und das seine Heimat ist. Eine kleine Kramerei ist dabei. Im Licht der Bogenlampe kann man das verblichene Schild lesen, das dort aus Großvaters Zeiten noch hängt: »Kolonialwarenhandlung Thomas Markus.« Das ist falsch. »Ulrike Markus« sollte es heißen, denn Thomas Markus, Peters Vater, hat ja nichts mehr zu reden, seit er die Zweite ins Haus genommen hat. Er geht nebenbei seinem Handwerk als Zimmermann nach und kümmert sich kaum um das Geschäft. Seine zweite Frau hat es vortrefflich verstanden, sich alle Rechte anzumaßen, und trägt sich auch mit dem Gedanken, dass nicht Peter einmal das Anwesen bekommen soll, sondern ihr eigener Sohn, der Stefan, der jetzt zehn Jahre alt ist.

Kaum hat der Peter seine Tiere im Stall angehängt, kommt seine Stiefmutter schon vom Haus herüber und greint:

»Du brauchst ja überhaupt nimmer heimtreiben. Wo warst denn so lange?«

Peter gibt keine Antwort.

»Hackstock!«, schreit sie. »Hörst denn net, was ich dich frag?«

Die Tiere hätten gutes Futter gefunden und er hätte sie nicht heimtreiben wollen, bevor sie nicht ganz satt gewesen seien, erklärt nun Peter.

Brummend entfernt sich die Frau und schlägt krachend die Tür hinter sich zu. Peter nimmt den Melkeimer zur Hand und beginnt seine Arbeit. Er kann sich heute über gar nichts ärgern. Eine große Feierlichkeit ist in seinem Herzen. Nur der einzige Gedanke quält ihn, ob Veronika auch weiterhin den Weg zur Schwedenwiese finden wird, wenn er sie dort hütet, diese merkwürdige kleine Herde, die niemand braucht, die es nur gibt, weil es dem Vater Freude macht, wenn noch ein paar Tiere im längst verwaisten Stall stehen. Morgen ist Sonntag, da muss er am Nachmittag schon hüten. An den Werktagen darf er erst gegen Abend hinauf, wenn er den ganzen Tag schwer gearbeitet hat. Ach, lange kann es nicht mehr dauern, dann fällt der erste Schnee, und er kann Veronika nur mehr sonntags in der Kirche sehen, oder wenn sie manchmal in den Laden kommt. Aber da kann er nicht sprechen mit ihr; denn im Laden hat niemand etwas zu reden als die Mutter. Stefan darf wohl im Laden sein bei ihr, darf die Bonbons alle probieren und die Schokolade. Diese Dinge sind für Peter fremd geworden, wie er auch fast nie über Geld verfügt. Morgen zum Beispiel wäre in Ellmoos Jahrmarkt, und die Burschen in seinem Alter gehen alle hin, schießen auf Scheiben, fahren Karussell und kaufen große Lebkuchenherzen mit einem schönen Spruch. Ach, wie gerne würde er auch so ein Herz kaufen und der Veronika geben. Zehn oder zwanzig Mark, wenn er sie nur hätte. Aber es ist ja gar nicht daran zu denken, denn er muss ja die Ziegen hüten.

Als Peter mit seiner Arbeit fertig ist, geht er hinüber ins Bad unter die Dusche. Dann nimmt er sein Essen aus dem Backrohr. Zwei Kartoffelknödel liegen da in der Schweinsbratensauce und ein paar Zwiebelstücke. Das Fleisch hat die Zweite vorher schon verdrückt. Das ist nur für sie und den Stefan, der auf dem Sofa liegt und schläfrig zu dem Bruder herüberblinzelt, der schweigend sein karges Nachtmahl isst. Die Mutter sitzt Peter gegenüber und liest die Zeitung. Peter betrachtet verstohlen ihre Hände. Derbe rote Hände sind es. Peter hasst diese Hände – nicht deshalb, weil sie ihn schon so viele Male geschlagen hätten – sondern weil sie eben so rot und derb sind.

Da rutscht der kleine Stefan vom Sofa herunter, geht zur Tür hin, wo Peters Jacke hängt, und zieht die Schokolade heraus.

»Da schau her, Mama, was der Peter hat«, sagt er mit hämischer Freundlichkeit.

Die Mutter fragt erst gar nicht, wo der Peter das her hat. Sie springt einfach auf und plärrt:

»So? Stehlen tut er auch noch? Da hört sich schon alles auf!«

»Nein«, sagt Peter. »Die hab ich nicht …«

»Dein Maul halt! Wo hättest sie denn sonst her? Das ist die gleiche Marke, die wir in unserem Laden führen!«

»Die wird es woanders auch geben.«

Die Frau steht einen Augenblick sprachlos, mit offenem Mund.

»Jetzt schau den an! Widersprechen tut er mir auch noch. So wird's recht. Was erlaubst du dir denn eigentlich?« Sie fuchtelt mit ihren Händen vor Peters Gesicht herum. »Auf der Stell gestehst es ein, dass du die Schokolade gestohlen hast!«

»Nein«, sagt Peter ganz ruhig und steht auf.

Da schlägt sie ihn ins Gesicht.

Ganz unbeweglich steht er. Nur das Wasser läuft ihm aus den starren Augen. Um seinen Mund zuckt es.

Aber als sie wieder zuschlagen will, umklammert er blitzschnell ihr Handgelenk. Sein Griff ist so hart, dass sie unwillkürlich stöhnt. Es hilft ihr nichts, so sehr sie auch zappelt und schreit, diese Fäuste halten wie Eisenklammern. Und gar nichts kann sie dagegen tun, als ihr Peter nun rücksichtslos ins Gesicht schreit, was er von ihr denkt.

»Meine Mutter willst du sein? Hast du nur einmal ein gutes Wort für mich gehabt? Kein Einziges! Nur Gekeife und Geschimpfe! Wenn der andere dort was anstellt, dann bin ich es gewesen. Der Stefan ist alleweil der liebe, der gute und der brave Junge. Ich bin nicht mehr als das Vieh im Stall draußen. Aber jetzt mag ich nimmer! Grad anrühren tu mich du noch mal. Oder behaupte noch mal, dass ich gestohlen hätt, dann vergess ich, dass ich dem Vater versprochen hab, in dir die Mutter zu sehen. Sei du zu mir, wie das sich gehört, dann bin ich es auch.«

Damit lässt er sie los und geht hoch aufgerichtet aus der Stube. Droben in seiner Kammer atmet er auf, wie von einer Zentnerlast befreit. Er weiß, dass sie nun gleich über den Vater herfallen wird, wenn er heimkommt, dass sie alles viel schlimmer machen wird, als es in Wirklichkeit gewesen ist. Aber das macht ihm gar nichts mehr aus. Heute schon gleich gar nicht.

Er tritt ans Fenster und schaut hinaus in die Nacht. Seine Augen suchen den Hof an der Leiten. Die Stubenfenster sind erhellt. Veronika wird unter ihren Leuten sitzen und vielleicht die gleichen Gedanken haben wie er.

Mit den Gedanken an Veronika schläft er ein.

Am anderen Morgen ist Ulrike noch eisiger als sonst gegen den Stiefsohn. Sie redet kein Wort mit ihm, obwohl es im anderen Falle schon längst eine prächtige Gelegenheit gegeben hätte, richtig Radau zu schlagen, denn Peter hatte sich einfach Butter und Marmelade aus dem Kühlschrank genommen zu seinem Frühstück.

Nein, sie sagt kein Wort, denn die Spuren seiner eisernen Fäuste sind noch zu deutlich sichtbar an ihren Handgelenken.

Da kommt der Vater von der Frühmesse heim. Erst sieht er den Sohn gar nicht, hängt umständlich seinen Rock und Hut auf und setzt sich auf das Sofa. Da sagt Peter:

»Guten Morgen, Vater.«

Im Laden bimmelt die Glocke, und die Kramerin muss hinaus. Es ist ja immer Hochbetrieb im Laden an den Sonntagen nach der Kirche, wenn die Touristen in der Souvenirecke kramen oder Filme kaufen wollen. Bevor sie hinausgeht, wirft sie ihrem Mann einen vielsagenden Blick zu. Der nickt, räuspert sich zuerst und sagt dann zögernd:

»Du, Peter, da hat mir die Mutter gestern erzählt, du wärst tätlich geworden gegen sie.«

»Sie wollt mich schlagen, und da hab ich mich halt gewehrt«, antwortet der Peter.

»Gestohlen sollst auch haben? Aber das glaub ich nicht. Gelt, Peter, das ist nicht wahr?«

Peter schüttelt den Kopf.

»Ja, das hab ich gewusst. Schau, Peter. Ich hab mir halt denkt – weil es doch kein rechtes Auskommen ist zwischen dir und der Mutter – wenn du dich um eine Arbeit umschauen tätst auf Lichtmess.«

»Nix wär mir lieber als das, Vater.«

»Na also, siehst. Und weil wir grad davon reden: der Angermeier hat mich gestern gefragt, ob du net einstehn willst bei ihm. Sein Bub studiert ja in Weihenstephan, und allein packt er die Hofarbeit nicht. Du bist groß und kräftig, und er zahlt dich anständig.«

»Da geh ich hin, zum Angermeier.«

»Außerdem hat mich auch der Bauer an der Leiten gefragt, ob du nicht zu ihm kommen willst.«

Einen Augenblick fliegt ein heller Schein über Peters Gesicht. Aber dann sagt er rasch: »Nein, da nauf geh ich net. Lieber schon zum Angermeier.«

Der Kramer nickt ein paar Mal vor sich hin und streicht dann dem Peter über den Scheitel. »Ich hab's ja gewusst, dass man reden kann mit dir. Bist wie deine Mutter, die Maria, Gott hab sie selig! Genauso gut könntest aber auch ein Handwerk lernen. Hast denn wirklich zu gar nix Lust? Schreiner oder Zimmermann oder sonst was?«

Peter schüttelt den Kopf.

»Ich mag das nicht, Vater, den ganzen Tag in der Werkstatt stehn und den Wald und die Berge bloß durch die Glasscheiben anschauen. Ja, in den Bergen umeinanderkraxeln, den ganzen Tag, das wär mein Wetter! Am liebsten tät ich Holzknecht werden, dann wär ich die ganze Woch da oben im Berg und käm nur am Wochenende runter.«

»Das kannst ja«, antwortet der Vater. »Da brauch ich bloß einmal mit dem Oberförster reden. Der nimmt dich sicher. Im Augenblick bist halt noch ein bissel zu jung. Aber in ein paar Jahren kannst du das schon haben, wenn du Lust hast dazu.«

»Ich wollt ja schon lang fort von daheim. Aber ich hab mir allweil denkt, dir ist es nicht recht«, sagt Peter nach einer Weile.

»Ich hab nix dagegen. Im Übrigen – heimkommen kannst zu jeder Zeit. Hier ist deine Heimat, und das Haus kriegt einmal niemand anders als du. Das ist schon alles festgelegt.«

»Das hat noch lang Zeit, Vater.«

Mit schönem Hall läuten die Glocken zum Hochamt.

Die Kramerin kommt wieder in die Stube, und Peter geht in seine Kammer, um sich für den Kirchgang umzuziehen.

»Hast es ihm gesagt?«, fragt die Frau.

»Ich hab's ihm gesagt. Auf Lichtmess schaut er sich um einen Platz.«

»Gott sei Dank! Dann ist endlich einmal Frieden im Haus.«

»Ja, hoffentlich. Den einen Nachteil hat es halt, dass du den andern ein bissel zur Arbeit einspannen musst. Den Stefan, mein ich.«

»Ja, da hat man's wieder! Du hältst dem Peter alleweil die Stange. Wirst es schon noch sehn, was aus dem Burschen wird. Da kannst noch was erleben.«

»Die Zeit wird es zeigen. Jetzt möcht ich gern meinen Kaffee.«

Wenige Minuten später verlässt Peter das Haus. Schmuck und sauber schaut er aus in der kleidsamen Hochlandtracht, der kurzen Gamslederhose und der hellgrauen Lodenjoppe. Den grünen Hut mit dem Adlerflaum hat er ein wenig schief auf dem Kopf, die Fäuste in den Taschen der Lederhose vergraben, geht er langsam auf der Straße dahin.

Im Gottesacker begegnet er Veronika. Sie nickt nur flüchtig und wird feuerrot dabei. In ihrer Verlegenheit drückt sie schnell das Köpfchen in das seidene Miedertuch und hastet zur Kirchentüre hinein.

Der Peter, mit seiner hellen Stimme, singt im Kirchenchor mit und hat so Gelegenheit, von Zeit zu Zeit über die Brüstung der Empore ins Kirchenschiff hinunterzuschauen.

Im zweiten Betstuhl kniet Veronika, über das Gebetbuch geneigt. Nach dem Credo schaut sie einmal flüchtig zurück, sieht droben auf der Empore den Peter und beugt sich gleich wieder mit brennendem Gesicht über ihr Gebetbüchlein.

Er muss lächeln und denkt an den gestrigen Abend. »Veronika«, flüstert er leise und wünscht dabei, dass sie am Nachmittag wieder zu ihm kommen möge auf die Schwedenwiese.

Da stupft ihn der Schmied, der den Bass singt. Beinahe hätte er seinen Einsatz vergessen, und der Lehrer wirft ihm einen fürchterlichen Blick von der Orgel herunter zu.

Am Nachmittag, gleich nach dem Essen, treibt Peter seine Herde wieder auf die Schwedenwiese. Die Burschen in seinem Alter gehen gerade nach Ellmoos zum Volksfest.

»Lass dich doch gern haben, Peter«, rufen sie ihm zu. »Soll doch dein Bruder die Geißen hüten! Geh mit uns zum Markt!«

Einen Augenblick wandelt ihn die Lust an, auf die Burschen zu hören. Aber – er hat ja kein Geld und müsste nur zusehen, wenn die anderen sich vergnügten. Und dann – wenn Veronika auf die Wiese käme, wäre er nicht da.

Mild und warm ist der Nachmittag. Gleich einem zitternden Feuerschein liegt es über allen Wipfeln in der Luft. Über das fahle Grün der Schwedenwiese webt die Sonne ein wunderbares Mosaik von goldenen Lichtern und zuckenden Schatten. Hauchfeine silberne Marienfäden ziehen träge in schwebendem Flug vom Wald herüber.

An dem schon etwas morschen Brückengeländer, das über den Bach führt, lehnt Peter und schaut sinnend in das dahinsprudelnde Wasser, aus dem ab und zu eine Forelle hochschnellt. Früher hat er oft stundenlang diesem Spiel zusehen können. Heute jedoch ist eine brennende Unruhe in ihm. Immer wieder schaut er hinauf zu dem Hof an der Leiten. Aber er kann nichts erspähen.

Oder doch? Ja, wirklich. Jetzt kommt etwas rot Schimmerndes aus der Türe, geht langsam bis zum Hoftor. Veronika ist es. Peter hat sie sofort erkannt. Aber warum bleibt sie da oben stehen und kommt nicht zu ihm?

Sie scheint auf jemanden zu warten. Es kommt auch wirklich noch jemand aus dem Haus, und die beiden gehen nun den Hang herunter, auf Peter zu.

Neugierig blickt er den beiden Mädchen entgegen. Was soll denn das nun bedeuten? Hat Veronika Angst vor ihm und nimmt zu ihrem Schutz eine Freundin mit? Eine Falte schiebt sich zwischen seine Brauen. Sein Blick ist so unfreundlich, dass Veronika, die lachend auf ihn zukommt, unwillkürlich stutzt.

Wortlos steht sie vor ihm, und sie ist ihm noch nie so schön erschienen wie an diesem Nachmittag, als sie in ihrem weinroten Dirndlkleid und der hellblauen Seidenschürze vor ihm steht, ein wenig unsicher und keine Worte findend. Aber dann zeigen sich doch plötzlich die zwei Grübchen wieder in ihren Wangen, und sie sagt:

»Na, so red halt was!«

Er muss darüber lachen. Aber er sagt immer noch nichts, sondern blinzelt nur zu dem anderen Mädchen hin, das etwas abseits stehen geblieben ist und mit den Lämmern spielt.

Als könnte Veronika seine Gedanken lesen, sagt sie schnell:

»Das ist die Tina, meine Cousine aus Rosenheim. Ich hab sie beschwatzt, dass sie deine Geißen hütet, weil du mit mir nach Ellmoos gehen sollst zum Volksfest. So schau doch net so entgeistert und geh weiter!«

Sie ruft dem Mädchen noch zu: »Gib gut Obacht, Tina! Bis zum Abend sind wir wieder zurück.«

Damit wendet sie sich zum Gehen, und Peter folgt ihr etwas benommen. Plötzlich bleibt sie stehen und wendet ihm ihr Gesicht zu.

»Eigentlich sollte ich dir bös sein, Peter.«

»Warum denn, Veronika?«

»Du wirst es schon wissen. Wegen gestern.«

Er lacht recht lausbübisch. »Warum bist mir denn dann nicht bös?«

Aufmerksam blickt sie in sein Gesicht. Die Augen, den Mund, die Nase, jede Linie, alles betrachtet sie ganz genau. Und dabei zupft sie mit den Fingern an einem Hirschhornknopf seiner Joppe.

»Denkt hab ich mir schon, dass ich dir bös sein sollt«, sagt sie. »Aber dann ist es einfach nicht gegangen. Und die ganze Nacht hab ich von dir geträumt.«

»Ich auch von dir«, erwidert er strahlend. Und dann fassen sie sich bei den Händen und gehen in den Wald hinein.

Peter beginnt zu singen, und Veronika fällt ein. Kein Sonnenstrahl fällt durch das dichte, buntfarbige Dach der Buchen auf den Waldweg. Wie in einer kühlen hohen Halle wandelt es sich. Plötzlich wird Veronika still. Peter singt die Strophe allein zu Ende.

Als er dann schweigt, ist es im Wald, als jubilierten tausend Vögel in den Wipfeln.

»Wundervoll«, sagt Veronika, und ihre Augen leuchten. »Peter, weißt du überhaupt, was für eine herrliche Stimme du hast? Als ich im vorigen Winter in der Stadt war, hat mich der Vetter einmal mitgenommen in die Oper. Und da war auch einer, der so hoch hat hinaufsingen können wie du.«

»Ist's wahr?«, fragt er, und in seinem Blick ist wieder der Ausdruck eines fernen, verlorenen Suchens. »Die Sommergäste, die voriges Jahr bei uns waren, haben auch gesagt, dass ich Gesangsunterricht nehmen sollte. Aber die Mutter hat gesagt, das wär Spinnerei. Ich soll zuerst die Arbeit richtig lernen, dass sie mich nicht allweil umsonst füttern müsst.«

Veronika streicht über seine Hand. »Armer Peter«, sagt sie leise, aber ihre Stimme zittert vor Zärtlichkeit. »Mag deine Stiefmutter dich denn gar nicht?«

Er schüttelt den Kopf.

»Jetzt nimmer, seit der Stefan da ist. Vorher hat sie mich schon mögen. Aber weißt, ich mag sie auch nicht. Da gleicht es sich wieder aus. Überhaupt, Veronika ...«, er schiebt eine Locke aus der Stirne – »überhaupt ist es jetzt nimmer so schlimm, wenn meine Mutter mich nicht mag. Ich weiß ja jetzt, dass mich wer anders mag.«

»Alle mögen dich, Peter.«

»Ich hab jetzt bloß eine gemeint. Eine Bestimmte, weißt.«

»Wen denn?«

»Dich, Veronika.«

»Geh, was du dir so alles einbildest«, sagt sie lachend. »Meinst, weil ich dir gestern ein Bussel geben hab?«

»Du hast mir's ja net geben. Ich hab's mir selber genommen. Aber net deswegen hab ich es gemeint. Weißt, die Liebe, die muss man fühlen, inwendig, mein ich.«

»Wie gescheit du bist, Peter«, sagt sie ein wenig hochmütig.

»Da braucht man gar net viel Gescheitheit. Und brauchst auch nicht zu spötteln, Veronika. Es kommt schon noch die Zeit, wo die Lieb über dich herfällt, dann wirst an mich denken und sagen, der Peter hat Recht gehabt.«

Da bleibt sie stehen, und während sie sich an seiner Joppentasche ganz unauffällig zu schaffen macht, sagt sie: »Geh, Peter, ich denk ja allweil an dich. Meinst du denn, dass ich sonst der Tina heut zehn Mark geschenkt hätt, dass sie deine Geißen hütet und du mit mir zum Jahrmarkt gehen kannst? Aber jetzt komm, ich hör die Musik schon spielen.« Sie nimmt ihn an der Hand und beginnt zu laufen.

Schulter an Schulter rennen sie vom Wald heraus auf die Wiese. Erst bei den ersten Häusern von Ellmoos lassen sie sich los und gehen nebeneinander her. Ordentlich stolz ist der Peter, als er mit Veronika an den Buden der Schausteller vorbeigeht. Sie sind ein auffallendes Paar, und manch bewundernder Blick folgt ihnen. Peter hat die Fäuste in die Hosentaschen vergraben. Das gibt seinem Schritt Gewicht und Breite. Aber da überkommen ihn auf einmal Kummer und Trauer. Viele Mädchen begegnen ihnen, und jede hat ein Lebkuchenherz um den Hals hängen. Sie tragen es stolz und herausfordernd über dem Mieder, und Peter kommt es vor, als fragten die vielen Augen ihn: Warum kaufst denn du deiner Begleiterin kein solches Herz?

Er könnte wohl drauf sagen: Wozu denn? So ein Lebkuchenherz geht kaputt, oder es wird gegessen. Da schenk ich ihr lieber mein eigenes Herz, das hat sie immer.

Aber nein, niemand braucht dies zu wissen. Das ist seine Sache ganz allein. Aber dumm ist es, wenn man gar kein Geld in der Tasche hat; denn schließlich könnte man auch Autoscooter fahren mit Veronika. Im selben Augenblick sagt sie:

»Autoscooter fahren mag ich nicht, Peter. Da wird mir allweil schlecht, wenn man mit den anderen zusammenrumpelt.«

»Du hast Recht«, sagt er. »Ich bin auch kein Freund davon.«

Im selben Augenblick sieht er seinen Vater, der

gerade auf das Festzelt zugeht. Der muss mir ein paar Markl geben, fährt es ihm in den Sinn, und er will ihm schon nachlaufen. Da fasst ihn Veronika beim Joppenärmel und sagt:

»Peter, dort an der Schießbude probierst einmal dein Glück. Das ist ganz was anderes als das dumme Autoscooter fahren.«

Peter wird rot über das ganze Gesicht. Womit soll er denn dort bezahlen?

»Ja, ja«, stottert er. »Da schieß ich dir was raus. Einen Blumenstock vielleicht oder ein Briefpapier. Aber weißt ... ich hab ... kein Geld dabei. Ich hab ja auch nicht gewusst, dass ich da her komm. Aber meinen Vater hab ich grad zum Bierzelt hineingehn sehn, der leiht mir schon was.«

Veronika schaut ihn treuherzig an, lächelt kaum merklich.

»Freilich hast ein Geld«, sagt sie. »Lang einmal in deine Joppentasche hinein.«

Wirklich, da findet er einen Fünfzigmarkschein. »Das kann ich nicht annehmen!«

»Was annehmen? Was hast denn Dummes? Meinst gleich gar, ich hätt dir das Geld in die Joppe gesteckt? Geh weiter, Peter, jetzt ist der Schießstand grad leer.«

»Will der junge Herr einmal sein Glück versuchen?«, fragt das Fräulein, das die Gewehre lädt.

Peter steht noch ein wenig unschlüssig, da sagt dann Veronika: »Geben Sie uns nur ein Büchsl! Ich möchte es auch probieren.«

So stehen sie nun nebeneinander am Schützenstand. Peter zielt ruhig und bedächtig, setzt noch mal das Gewehr ab und sagt: »Was kostet denn die Gaudi eigentlich?«

Doch da jagt Veronika schon den ersten Schuss hinaus. Ganz schlecht ist sie abgekommen. Nur mehr den unteren Rand der Scheibe hat sie gestreift.

Peter lächelt. »Du darfst nicht so lang zielen, Veronika, sonst wird die Hand zittrig. Einfach von unten raufziehn, und wenn du die Mitte schön hast, druckst ganz ruhig ab. Schau her, so!«

Er nimmt das Gewehr an die Wange und trifft mitten ins Blatt.

Schuss um Schuss jagen die beiden hinaus. Veronika steht ihm an Treffsicherheit nicht weit nach. Ein paar Leute aus dem Dorf schauen ihnen zu. Denn es kommt nicht alle Tage vor, dass ein Mädel am Schießstand eine solche Fertigkeit zeigt. Schön sind sie anzusehen, die beiden. Die jungen Gesichter sind vom Eifer gerötet. Und immer, wenn ein Schuss im Zwölfer sitzt, nicken sich beide lachend zu.

»Bravo!«, schreit plötzlich eine Stimme im Hintergrund. »Bravo, Vroni!«

Es ist der Leitnerbauer, Veronikas Vater, der an die Theke der Schießbude tritt und einen Geldschein auf den Tisch wirft.

»Was die beiden verschossen haben, das zahl ich«, sagt er ein wenig prahlerisch.

Der Bauer von der Leiten ist trotz seiner gebeugten Schultern ein großer, kräftiger Mann. Er hat einen beträchtlichen Leibesumfang, und auf dem wuchtigen Nacken ruht ein großer Kopf mit einer niederen, kantigen Stirne. Über den Hängebacken blitzen zwei kleine graue Augen, beschattet von dichten Brauen, schwarz wie das kurz geschorene Haar und der Backenbart, der bis zu den Ohrläppchen reicht. Die breite Nase ragt über einem Mund mit vollen Lippen, zwischen denen er den Atem schnaufend einzieht und die Worte polternd hervorstößt. Er pocht schwer auf seinen Reichtum – kann er auch, denn er hat zweimal reich geheiratet. Die Erste brachte ihm eine halbe Million auf den Hof und von dieser ersten hat er einen Sohn, den Sepp. Die Zweite stand der Ersten im Vermögen nicht viel nach. Aus dieser Ehe stammt Veronika. Der Spott des Leitner ist überall gefürchtet, und im Gemeinderat ducken sie sich alle, wenn er das Wort ergreift und zu kritisieren beginnt.

Im Augenblick aber ist er bester Laune. »Sakra«, sagt er schmunzelnd. »Ihr zwei schießt gar net schlecht. Kramerbub, du müsstest ein Jäger werden.«

Peter macht eine wegwerfende Handbewegung. »Was wär ich denn da schon? Ein besserer Holzknecht, mehr net. Das Wild müsst ich hegen und pflegen, und schießen tun es die Herrn.«

»Teufelsbub«, staunt der Leitner. »Um eine Antwort bist du nicht verlegen. Aber was habt ihr denn gewonnen bei eurer Pulverei?«

Peter erhält eine Flasche Wein und Veronika einen springenden Hirsch aus Plastik.

Lachend klopft ihr der Leitner auf die Schulter.

»Wär gescheiter, du wärst ein Bub geworden und dein Bruder ein Weibsbild. Der Kerl hat ja gar kein Leben. Aber jetzt geh weiter, Veronika! Jetzt kehren wir ein. Der Preis, den du gewonnen hast, der muss gefeiert werden. Was magst denn? Weißwürst oder Schweinswürstel mit Kraut? Und eine Maß – oder vielleicht besser ein Spezi.«

»Das ist mir gleich, Vater. Aber gelt, der Peter geht auch mit.«

»Freilich geht er mit«, sagt der Leitner lachend. »Auf das bissel, was der isst, kommt es mir nicht an. Wär ja noch schöner. Geh nur weiter, Peter!«

So gehn die drei nicht ins Bierzelt, sondern zum »Heinzelbräu«, wo der Leitner sein Auto geparkt hat, und finden schnell ein Platzerl in der Stube.

»Eine Halbe Dunkles, Herr Büchler?«, fragt die Kellnerin.

Ja, in Ellmoos wird der Leitner als Herr Büchler angesprochen, was ihm ungemein schmeichelt.

»Nein, ein Weißbier mag ich heut. Und die zwei kriegen jedes einen Spezi. Und die Speisekarte bringst auch.«

Peter und Veronika sitzen nebeneinander und fühlen sich gar nicht recht wohl. Sie wären viel lieber für sich allein gewesen.

»Du wirst mit deinem Vater heimfahren?«, fragt Peter leise.

Sie schüttelt den Kopf. »Ich geh wieder mit dir, Peter.«

Der Angermeier ist auch in der Stube, und als er einmal hinausgeht, folgt ihm Peter.

»Ich hab gehört, du brauchst eine Hilfe auf dem Hof«, redet er den Bauern an.

»Ja, Peter, brauchen tu ich freilich jemand.«

»Magst mich nehmen, Angermeier?«

»Wenn du willst? Du bist gut gewachsen und bist fleißig, das weiß ich. Was willst denn an Lohn?«

»Das überlasse ich dir, Bauer. Schau nur zuerst einmal, was ich leisten kann.«

»Na, da hab ich keine Angst, dass du deinen Mann net stellst. Sagen wir halt, vierhundert Mark die Woch' im Winter und im Sommer fünf. Das Essen ist auch net schlecht bei mir.«

»Gilt schon, Angermeier. Ich komm!«

»Alsdann, ist mir recht, Peter. Bin froh, denn bei dir weiß ich, was ich krieg. Die guten Arbeiter sind rar. Geh her, dann kriegst gleich dein Drangeld.« Er drückt ihm zwei Hunderter in die Hand und klopft ihm auf die Schulter. »Also, auf Lichtmess kommst!«

So, nun kann er wenigstens der Veronika ein Lebkuchenherz kaufen. Das allergrößte und schönste wird er nehmen. Ganz glücklich ist er nun.

Als er zurückkommt, stehen die Würste schon am Tisch, und der Leitner sagt: »So, lasst es euch schmecken! Du kannst auch mit mir heimfahren.«

Veronika und Peter tauschen einen flüchtigen Blick.

»Zuerst möchte ich mir aber noch ein bissel das Volksfest anschaun«, sagt Veronika.

»Von mir aus. Um sieben fahr ich halt weg, wenn ihr net da seid, könnt ihr heimlaufen.«

»Das wollen wir ja«, denken alle beide, bedanken sich für das Essen und gehen hinaus.

Sie halten sich nicht allzu lange auf dem Marktplatz auf. Peter sucht nur noch ein Herz heraus, das größte, das zu finden ist.

Veronika hängt es um den Hals und meint: »Wenn du mir was kaufst, dann muss ich dir doch auch was schenken.« Sie sucht ein Taschenmesser aus, eines, das den teueren Schweizer Taschenmessern ähnlich sieht. Zwei Klingen hat es und einen Korkenzieher.

Dann verschwinden sie hinter den Kramerständen und eilen dem Wald zu. Veronika trägt ihren unglaublich kitschigen Plastikhirsch unter dem Arm, und aus Peters Joppentasche ragt der Hals der Weinflasche.

Es ist erst um die vierte Nachmittagsstunde, und sie haben wohl beide den gleichen Gedanken, dass es mit dem Heimgehen noch gar nicht pressiert. Sie suchen sich eine Stelle aus im Wald, etwas abseits vom Weg; denn sie wollen die Flasche Wein zusammen trinken und dabei von neugierigen Blicken verschont bleiben. Eine kleine Blöße ist es, mit einem Tümpel in der Mitte. Hell und warm flutet das Sonnenlicht herein, und die kleinen Meisen huschen mit erregtem Gezwitscher im Geäst hin und her.

Peter wählt einen der Felsbrocken als geeigneten Sitz für Veronika. Er selbst kauert sich auf den Boden, indem er den Stein als Lehne benutzt.

»So«, sagt er. »Da ist ein gutes Rasten. Nur gut, dass wir wieder für uns allein sind. Ich hab das Gefühl gehabt, dass wir zwei gar net unter die vielen Leut passen.« Er zieht die Weinflasche aus der Tasche, liest das Etikett und lacht. »Schwarze Katz«, sagt er. »Komischer Name für einen Wein.«

»Es gibt auch einen ›Schwarzen Herrgott‹«, antwortet Veronika. »Wir haben ein paar Kisten voll in unserem Keller. Die lasst sich der Vater alle Jahr schicken.«

Darauf schweigen sie alle beide. Es ist plötzlich da, dieses Schweigen, und legt sich drückend auf ihre Gemüter.

»Den Tag vergess ich nie«, sagt Peter endlich.

Veronika stellt ihren Plastikhirsch neben sich ins Moos und verschränkt die Hände im Schoß. »Ja, ja«, sagt sie gedankenlos, denn sie weiß nicht, warum der Tag so unvergesslich sein sollte. War denn etwas Besonderes an diesem Tag? Sie sind auf dem Volksfest gewesen, haben ein wenig geschossen und sitzen nun hier, mitten im Wald, und sonst ist nichts, aber rein gar nichts. Da war der gestrige Abend schon viel ereignisreicher.

Zwar ist alles ein wenig überraschend gekommen, und Veronika hat sich ihren ersten Kuss ganz anders vorgestellt. Frech war das eigentlich schon vom Peter. Wer weiß, wie oft er das schon getan hat? Vielleicht wird er morgen schon wieder ein anderes Mädchen küssen?

Bei diesem Gedanken fühlt sie plötzlich ein heftiges Misstrauen. Und sie greift in seine Haare und zieht ihm – nicht gerade sanft – den Kopf zurück, so dass er zu ihr aufschauen muss.

»Du…«, sagt sie drohend. »Busselst du eigentlich auch noch andere ab?«

Peter ist verblüfft über diese plötzliche Wandlung.

»Wie kommst denn auf den Gedanken, Veronika?«

»Du sollst mir Antwort geben«, entgegnet sie drängend.

Peter Markus weiß noch nicht viel von den Mädchen. Dazu ist er zu jung. Aber dass aus ihr die Eifersucht schreit, das erkennt er plötzlich. Mag der Teufel wissen, wie er auf den Gedanken kommt, sie noch mehr zu reizen.

»Das kommt grad darauf an«, sagt er lächelnd.

Da steht sie mit einem Ruck auf. Ihr Gesicht hat alle Farbe verloren. Dunkel, fast unheimlich leuchten ihre Augen. Krampfhaft bewegen sich ihre Lippen, dann schreit sie ihm ins Gesicht:

»So einer bist du also? Jetzt kenn ich dich!« Die Stimme zittert ihr, sie ist dem Weinen nah. Ihre Hände öffnen und schließen sich langsam wieder. »Gut, dass ich jetzt weiß, was du für einer bist.«

Ein Zucken fliegt über seine Stirne. Ganz ruhig aber fragt er: »So? Weißt es? Was bin ich denn dann für einer?«

»Ein Lump bist!«, schreit sie. »Da musst du dir schon eine andere suchen, die wo zu dir passt, aber nicht die Leitner Veronika.«

Ganz unbeweglich steht er vor ihr. Er hört das Wort »Lump« und fühlt, wie ihm das Blut ins Gesicht springt. Aber er kann nichts sagen. Nein, er kann und will einfach nicht.

»Nicht einmal eine Antwort kannst geben«, schluchzt sie weiter.

»Nein, da weiß ich keine Antwort. Da ist es besser, man sagt gar nix.« Ganz unversöhnlich klingt es.

Vielleicht spürt sie, dass sie zu weit gegangen ist, dass sie ihn beleidigt hat, denn sie macht einen Schritt auf ihn zu und sieht ihn an. Sein Blick geht eigensinnig an ihr vorbei.

»Peter.« Ganz leise sagt sie es. Und noch mal: »Peterle ...« Ängstlich hoffend hält sie den Atem an, in Erwartung einer Antwort. Aber es kommt keine. Nichts regt sich. Nur im Tümpel quaken ein paar Frösche, und das welke Laub rauscht unter einem Windhauch.

Da lässt Veronika kraftlos die Schultern sinken und geht fort. Ganz langsam geht sie dahin und, sie ist schon ein schönes Stück unter den Bäumen, da ruft er ihren Namen.

Sie bleibt stehen, wendet sich aber nicht um. Da fassen seine Hände sie an beiden Schultern. Mit einem Ruck dreht er sie zu sich herum, und sie erschrickt fast vor dem wilden Feuer in seinen Augen. Zu sprechen vermag er nicht.

»Ich hab dir doch net wehtun wollen«, sagt sie endlich.

»Ich bin kein Lump«, fährt es aus ihm heraus.

»Nein, Peter, nein! Ich bin ein dummes Dirndl, ich weiß schon. Aber schau, grad du musst es doch kennen, dass ich dich gern mag.«

»Ich glaub dir ja«, antwortet er. »Aber du glaubst mir nix.«

»Doch, doch, Peter. Ganz gewiss, jetzt weiß ich es.« Sie schluchzt glücklich auf, schlingt beide Arme um seinen Hals, zieht sein Gesicht zu sich herunter und legt ihre tränennasse Wange an die seine. »Schau, so gern mag ich dich, Peter.«

»Du Dummerle«, sagt er. Warm und gütig klingen die zwei Worte. Verstehen, Verzeihen und Gutsein liegt darin. Ganz glücklich liegt sie in seinem Arm und sieht mit weit offenen, leuchtenden Augen in die Sonne, die schon rot zu schimmern beginnt.

»Was denkst jetzt wieder?«, fragt er.

»Dass ich dich so gern hab, so wie du bist«, antwortet sie. »So hart, so eigensinnig, so trotzig. Ein Mannsbild muss wohl so sein.«

Sie reden nun, während sie zurückgehen, eigentlich recht vernünftige Dinge. Wie der Mensch sein soll und wie er nicht sein soll. Sie trinken abwechselnd aus der

Flasche, werden heiter dabei und bekommen rote Gesichter. Da merkt man dann schon, dass sie noch halbe Kinder sind, denn sie beginnen nun, recht dumme und unüberlegte Sachen zu reden und sich die Zukunft in den rosigsten Farben auszumalen.

Sie denken gar nicht daran, dass es einmal anders kommen könnte. Sogar Peter, der sonst so nüchterne Peter, glaubt, dass seine himmelstürmenden Träume in Erfüllung gehen. Dass es einen Bauern an der Leiten gibt, der sich alldem mit seiner ganzen Macht und Autorität entgegenstellen wird, daran denkt von den beiden keiner.

Damals haben sie den Wein ausgetrunken und die Flasche an einen Stein geschlagen. »Scherben bringen Glück«, haben sie alle beide gejubelt. Und dann haben sie mit heißen Köpfen den Heimweg gesucht. Den Plastikhirsch haben sie im Moos liegen lassen.

Wie lange ist das nun schon her! Peter ist inzwischen ein richtiges Mannsbild geworden, und Veronika ist noch ein ganzes Stück gewachsen. Nun sind sie beide fast gleich groß und können einander bequem in die Augen schauen. Sie sind auch in ihrer Liebe zueinander gewachsen und halten zusammen.

Drei Jahre war Peter beim Angermeier im Dienst. Erst im letzten Winter hat er sich seinen Jugendwunsch erfüllt und arbeitet nun im Wald. Hoch droben, wo schon die Felsen beginnen, wohnt er in einer Hütte aus Rinden und Moos. Nur am Wochenende geht er herunter ins Dorf, wartet, bis die Dämmerung ins Tal gefallen ist, und macht sich dann auf den Weg nach dem Hof an der Leiten, wo Veronika bei den Hollerstauden auf ihn wartet.

Es fehlt nicht an Brautwerbern, die regelmäßig auf dem Leitnerhof vorsprechen. Burschen, die begütert sind und einen prächtigen Hof zu übernehmen haben, auf den keine so gut als Bäuerin passen würde wie die Veronika.

»Ich mag noch nicht heiraten«, sagt sie immer. Und wenn der eine oder der andere meint, er könne ja noch warten, dann sagt sie ganz unverblümt: »Da brauchst gar net warten. Ich nehm dich doch nicht.«

Im Geheimen wundert sich Veronika selber, dass ihre Liebschaft mit Peter so lange Geheimnis bleibt. Es hat Gelegenheiten genug gegeben, wo sie vor allen anderen so sehr von Peter schwärmte, dass man es hätte merken müssen. Aber auf den Gedanken, dass die schöne, reiche Veronika sich in einen armen Holzknecht verlieben könnte, ist bis jetzt noch niemand gekommen.

Wieder ist so ein Samstag. Es ist noch am frühen Nachmittag, und Veronika hat gerade die Stube gescheuert. Nun eilt sie in den Garten, um einige Blumen für den Herrgottswinkel zu holen.

Veronika setzt sich ein wenig auf das Bankerl, das, halb verdeckt von den Brombeerbüschen, am untersten Ende des Gartens steht. Die braun gebrannten Arme um die Lehne geschlungen, sitzt sie ganz still und blickt zu den Bergen hinauf. Man kann genau in einer Mulde das rote Dach einer Sennhütte herausspitzen sehen. Das ist die Leitner Alm, auf der die halbtaube Bärbel den Sommer über das Vieh betreut. Veronika wäre für ihr Leben gerne diesen Sommer auf die Alm gegangen. Aber der Vater leidet es nicht. Sie sei noch viel zu unerfahren, um solch eine Verantwortung zu tragen.

Ein spöttisches Lächeln zuckt um Veronikas Mund. Nicht einmal richtig arbeiten darf man, wenn man vom Bauern an der Leiten stammt, muss sie denken. Wäre sie aus einem kleinen Häusl, niemand würde sie fragen, ob sie dies oder jenes machen könne. Da hieße es einfach: Du musst arbeiten. Bist alt genug. Ja, und dann würde sie eben in einem Büro sitzen – oder vielleicht sogar auf einer Alm sein, wo Peter jeden Abend einkehren könnte. Und sie würde mit ihm vor der Hütte sitzen bis Sonnenuntergang. Vielleicht würde Peter dann ein Lied singen. Eines von den wunderschönen Liedern, die von Liebe sagen und vom Glück.

Ganz traurig ist ihr zumute, weil sie nun so allein dasitzt und nichts anzufangen weiß mit ihrer Sehnsucht. Der Vater ist mittags fort auf die Jagd. Nur die Mutter ist daheim.

Ganz still ist es ringsum. Nicht einmal das Gegacker der Hühner dringt über die Dächer in die kleine, verwunschene Einsamkeit herein.

Plötzlich raschelt es in den Büschen. Veronika dreht erschrocken den Kopf und sieht in ein braun gebranntes Männergesicht. Es ist der Würmseer Andi, ein Bauernsohn aus dem Dorf.

Veronika steht auf und sagt nicht gerade freundlich: »Ach, du bist es.«

Der Andreas zwirbelt an seinem Bärtchen. »Ja, ich. Hättest dir einen anderen erhofft?«, fragt er lauernd.

Kälte und Abwehr ist in ihrem Gesicht. »Dich einmal gewiss nicht.«

Andi lässt sich nicht aus der Ruhe bringen. Mit kühnem Sprung setzt er über den Gartenzaun und steht vor ihr.

»Freundlich bist du nicht gerade«, sagt er.

»Warum soll ich zu dir anders sein als zu allen anderen? Was ist denn das eigentlich für eine Manier, beim helllichten Tag einfach in einen fremden Garten zu steigen? Hast du sonst keine Arbeit?«

Andi zündet sich in aller Seelenruhe eine Zigarette an und deutet mit dem Daumen über die Schulter.

»Da drüben auf der Wiese hab ich Heu eingefahren. Ich hab dich in den Garten gehen sehen, und weil der

Ladewagen grad voll ist, hab ich mir denkt, ich möcht ein bissel plauschen mit dir. Und das kann man doch am helllichten Tag grad so, als wenn es dunkel ist. Oder nicht?«

Sein lauernder Blick und die spöttische Art, wie er alles sagt, ärgern Veronika. Sie wendet sich von ihm ab und bückt sich um ein paar Nelken.

»Ich hab aber keine Zeit zum Plaudern«, sagt sie.

»Zeit hättest schon, aber mögen tust nicht, gelt?«

»Ja, Recht hast. Mögen tu ich nicht.«

»Ist auch gescheiter, du redest mit anderen Leuten.«

»Das kann ich machen, wie es mir passt.«

Andi blickt auf sie nieder und muss sich alle Gewalt antun, um dieses trotzige, herrische Dirndl nicht einfach an sich zu reißen. Merkt sie denn gar nicht, warum er hier steht? Hat sie denn keine Augen im Kopf? Ist er denn nicht der älteste Sohn vom Würmseer, um den sich andere die Finger abschlecken würden, wenn sie in den Hof kommen könnten? Nein, das scheint sie gar nicht zu bemerken. Oh, er weiß ganz genau, warum sie so kalt zu ihm ist. Dieser Peter, der in der Woche vielleicht dreihundert Mark verdient, der braucht nicht zu warten auf ein gutes Wort. Wie er ihn hasst! Er muss es ihr doch einmal sagen.

»Meinst, ich weiß nicht, warum du zu mir so unfreundlich bist?«

Veronika dreht das Gesicht über die Schulter zurück. »Ich bin zu allen Menschen gleich. Mir hat noch niemand gesagt, dass ich unfreundlich bin.«

»Am allerwenigsten wird das der Peter behaupten können«, fährt es ihm heraus.

Mit einem Ruck steht Veronika kerzengerade vor ihm. »Was willst du damit sagen?«

»Dass du verliebt bist in ihn, und dass du ihn jeden Samstag, wenn es dunkelt, bei den Hollerstauden triffst.«

»Ja, ich hab ihn gern.« Ganz ruhig sagt sie es. »Hast uns nachspioniert?«

»Ja, ich hab euch gesehen.«

»Schäm dich! Ein erwachsenes Mannsbild schleicht zum Horchen umeinander.«

Mit einem raschen Griff hat er ihr Handgelenk. »Ich leid es nicht«, sagt er heiser.

Mit einem Ruck macht sie sich von ihm frei.

»Du leidest es nicht? Ja, sollt ich dich vielleicht um Erlaubnis fragen, wen ich gernhaben darf?«

»Sei doch gescheit, Vroni. Was hat denn das für einen Sinn? Wo willst denn hinheiraten? Der hat ja hint und vorn nix.«

Veronikas Augen funkeln. Sie streckt sich ein wenig und schaut ihn aus halbgeschlossenen Augen an.

»Dir hat er viel voraus, Andi. Wenn ich euch zwei, dich und den Peter, nebeneinander stell, dann ist das grad wie Licht und Schatten. Damit will ich dir von deiner Ehr gar nix abknöpfen. Zu einer anderen passt du vielleicht ganz gut. Zu mir niemals.«

»Das kann man doch jetzt noch gar nicht wissen. Schau, Vroni, du weißt ja gar nicht, wie gern ich dich hab. Und meine Leut, die hätten gar nix dagegen, wenn wir im Herbst schon Verlobung feiern täten. Der Vater ist nimmer recht gut beinander, und die Mutter war ja auch nie eine von den Festen. Es gehört eine junge Kraft ins Haus. Überleg es dir wenigstens einmal, Vroni!«

Der Ton, in dem er nun gesprochen hat, lässt auch sie ein wenig weicher werden.

»Da gibt es nichts zu überlegen, Andi. Inwendig muss man das fühlen, ob man einen Menschen so gern hat, dass man ein ganzes Leben lang mit ihm zusammen leben kann. Ich hab den Peter schon gern seit meiner Kindheit. Wir lassen auch niemals voneinander.«

Der Bursche lacht gereizt auf. »Spinnerei! Verrücktheit ist das! Glaubst denn du, dass dein Vater das jemals zugeben wird? Wart nur, was er sagt, wenn er es einmal erfährt!«

»Willst du vielleicht hingehen und es ihm sagen?«

»Ja, ja!«, schreit er. »Der Leitner muss erfahren, was da hinter seinem Rücken vorgeht. Eine Schand ist es für die ganze Gemeinde! Du, die Veronika von der Leiten – und der armselige Kramerbub! Da lachen ja die Hühner!« Er lacht, dass ihm die Schultern zucken.

Veronika betrachtet ihn von oben bis unten, schiebt die Unterlippe vor und sagt verächtlich:

»Mannsbild, saudummes!« Damit wendet sie sich ab und geht ins Haus.

Andi sieht ihr brennenden Auges nach. Seine Fäuste zittern. »Wart nur, du Weibsbild, du ungutes! Dir brock ich schon eine Suppe ein!«

Veronika hört noch, dass er etwas brummt, kann es aber nicht verstehen. Sie schlägt das Gartentürchen hinter sich zu, ohne den Kopf zu wenden, geht schnell an den Wirtschaftsgebäuden entlang und verschwindet im Haus.

Missmutig steigt der Würmseer Andi wieder über den Zaun und rattert mit seinem Ladewagen ins Dorf hinunter. Als er beim Wirt vorbeirollt, sieht er den Leitnerbauern im Garten sitzen. Der kommt ihm jetzt wie gelegen. Schnell stellt er den Traktor ab und steuert auf den Tisch zu, an dem der Leitner sitzt.

»Grüß dich, Leitner«, sagt er freundlich. »Warm macht's heut, was?«

»Ich kann's aushalten«, lächelt der Bauer und dreht die Daumen übereinander.

Andi seufzt. »Wer es halt so schön haben könnt wie du! Warst auf der Jagd?«

»Ein bissel, ja. Du – weißt mir keinen Holzarbeiter? Die Schonung am Lärchengraben braucht ein wenig

Ausputzen. Beim Heigenlechner war ich schon, aber der hat jetzt keine Zeit, weil er in Ödenhub am Bau schafft.«

Andi blinzelt in die Sonne.

»Holzarbeiter?«, fragt er listig. Brockenweise könnte er es jetzt dem Bauern hinwerfen. Aber er will sich schön Zeit lassen. Umständlich hebt er das Glas und macht einen kräftigen Zug. »Holzarbeiter?«, fragt er wieder und zwinkt das linke Auge ein. »Jetzt im Sommer wird schlecht einer aufzutreiben sein. Aber Leitner, da fällt mir grad was ein. Brauchst ja bloß in deiner angehenden Verwandtschaft ein bissel umschauen.«

»Närrischer Bub«, lacht der Bauer. »In meiner Verwandtschaft sind keine Tagwerker, sind lauter Bauern. Der kleinste hat dreißig Küh im Stall.«

»Ja, ich weiß schon. Ist ein nobler Schlag, deine Rasse. Aber ich hab ja gesagt, in der angehenden Verwandtschaft. Das heißt also: Was nicht ist, kann noch werden.«

Der Leitner zieht die Brauen hoch. »Du redest ein bissel komisch daher, Andi.«

»Glaub's schon, dass es dir komisch vorkommt. Aber so – ich mein – es ist ja kein unrechter Bursche, der Kramer Peter.«

»Wie kommst denn jetzt auf den Kramer Peter?«

»Na ja, ich hab halt gemeint. Tut mir Leid, Leitner. Wenn ich gewusst hätt, dass du von der Sach keine Ahnung hast, dann hätt ich lieber mein Maul gehalten.«

Der Bauer stellt das Glas, aus dem er gerade trinken will, unsanft auf den Tisch zurück und fragt interessiert: »Was für eine Sach?«

»Ja, ja, mit deiner Veronika halt und dem Kramer Peter!«

»Was ist es mit dene zwei?«

»Nein, Leitner, es tut mir Leid, aber mehr kann ich nicht sagen. Ich will nicht haben, dass es dann heißt: Der Würmseer Andi ist das Waschweib gewesen. Und dass du es weißt: Ich hab es dir nur gesagt, weil du mir Leid tust, da alles so hinter deinem Rücken geschieht. Jeden Sonntag treffen sie sich hinterm Stadel. Aber ich will nix gesagt haben, Leitner. Das möcht ich allweil wieder betonen. Nur dir zulieb hab ich's getan, weil ich weiß, dass du ein Ehrenmann bist.«

Das ohnehin schon rote Gesicht des Leitners färbt sich noch eine Nuance dunkler. Wortlos greift er nach seinem Hut und dem Gewehr.

»Dank dir schön für die Botschaft, Andi.«

Damit verlässt er den Garten und geht so schnell den Hügel hinauf, dass man dies seinen zwei Zentnern gar nicht zugetraut hätte.

»Sodala«, sagt Andi befriedigt. »Jetzt hab ich den Stein schon ins Rollen gebracht. Und dankbar wird er mir noch sein, der Alte. Da kenn ich ihn. Geh her, Burgl, zahlen möcht ich.«

Er wirft ein paar Münzen auf den Tisch und verlässt den Garten. Gerade kann er noch sehen, wie der Leitner droben in seinen Hof einbiegt.

Der Leitnerbauer geht zuerst in die Stube linker Hand und hängt das Gewehr auf. Dann geht er in die Küche, wo die Bäuerin das Abendessen bereitet.

»Wo ist denn die andere?«, fragt er grob.

»Na, na, was hast denn heut? Was für eine andere?«

»Unser sauberes Töchterl halt! Himmisakra! Nette Sachen muss man da hören! Ja, Alte, wo hast denn du deine Augen, dass du so was nicht merkst? Für was bist denn du die Mutter?«

»So sag doch erst , was sie angestellt hat! Du tust ja grad, als wenn sie ein Verbrechen begangen hätt.«

»Da fehlt es schon nicht recht weit davon! Eine Liebschaft hat sie mit dem Kramerbengel.«

»Geh, Matthias! Benimm dich doch nicht gleich gar so grob! Was ist denn da dabei, wenn sie ihn ein bissel gern hat?«

Der Bauer fährt mit dem Gesicht herum.

»Du bist ja nicht …! Du leistest, wie mir scheint, der Sach sogar noch Vorschub! Jetzt wird's Tag! Wo ist sie denn?«

»In der Stuben ist sie. Aber gelt, Vater, sei nicht gleich so grob mit dem Madl! So weit wird es nicht gleich fehlen.«

Der Bauer gibt keine Antwort mehr, sondern geht schnurstracks in die Stube, wo Veronika gerade fertig geworden ist mit dem Schmücken des Herrgottswinkels. Sie steht noch auf der Bank und dreht langsam das Gesicht, als der Bauer so stürmisch in die Stube kommt.

»Grüß Gott, Vater!«, sagt sie. Aber er gibt ihr keine Antwort, sondern geht zuerst ans Fenster, weil der Sepp gerade mit einem Fuder Heu in den Hof fährt. Dann wendet er sich mit einem Ruck um.

»Du, geh einmal runter da von der Bank. Mit dir hab ich was zu reden.«

Veronika zieht die Brauen hoch, wie es ihre Art ist, wenn ihr etwas Unerwartetes begegnet. Sie steigt herunter und stemmt die Arme in die Hüften.

»Was ist denn?«

»Da hört man ja ganz saubere Sachen von dir!«

»So? Was denn?«

»Frag nur nicht so dumm! Du weißt ganz gut, was ich mein.«

»Nein, ich kann mir's nicht denken, Vater.«

»Dann muss ich es dir halt sagen. Mit so einem Bettelbuben hast du eine Liebschaft! Und gar nix erfährt man davon! Fremde Leut müssen es einem sagen.«

Veronika ist wohl im ersten Augenblick zusammengezuckt. Aber nun streckt sie sich. Ganz instinktiv fühlt sie, dass sie nun mit ganzem Herzen dafür einzustehen hat, was ihr Lebensinhalt ist.

»Meinst du den Peter?«, fragt sie.

»Gelt, du weißt, was ich mein! Kruzitürken! So eine Schand! Hast du denn gar keinen Stolz mehr? Hast du denn vergessen, dass du vom Bauern an der Leiten bist? Und mit einem gibst du dich ab, der von allen im Dorf das wenigste hat! Das sag ich dir aber, da wird Schluss gemacht, sonst kannst was erleben!«

»Ich schau nicht drauf, was der Mensch hat, sondern wie er ist.« Ganz ruhig und klar sagt es Veronika.

»Red nur du recht dumm daher! Du kommst mir ja grad recht. Über dich hab allweil ich noch zu bestimmen, verstehst! Ich glaub, dir hab ich allweil zu viel hingehen lassen. Aber noch bist mir nicht über den Kopf gewachsen.«

Veronika senkt einen Augenblick den Kopf. Gleich darauf wirft sie ihn aber mit einem Ruck zurück. Ihre Augen sprühen.

»Ich kann die paar Monate warten, bis ich mündig bin. Und zwingen lass ich mich zu gar nix.«

»Ich glaub, du wärst so verrückt! Geh nur zu, wenn du meinst. Kriegen tust aber keinen Pfennig.«

»Mein Muttergut muss ich ja kriegen.«

»Ah, darauf spekulierst du? Da ist ja schon alles bis ins Kleinste beredet, wie mir scheint. Da ist es höchste Zeit, dass wir einen Riegel vorschieben. Morgen kommt der Reitenberger Wast von Griesberg. Und untersteh dich und sei unfreundlich zu dem! Da kannst mich aber von einer anderen Seite kennen lernen.«

Der Leitner Sepp, durch die lauten Stimmen aufmerksam geworden, kommt in die Stube.

»Was schreist denn so, Vater?«, fragt er.

Der Bauer verschränkt die Hände hinter dem Rücken und geht die Stube auf und ab, so heftig, dass der Boden dröhnt. Dann bleibt er plötzlich vor dem Sohn stehen.

»Hast denn gar keine Augen im Kopf gehabt, dass du da nie was gemerkt hast? Oder steckst du mit der da unter einer Decke und hilfst ihr noch zu ihrer Liederlichkeit?«

Der Sepp ist ein gutmütiger Bursch und nicht so leicht aus der Ruhe zu bringen.

»Ich weiß ja gar nicht, um was es sich handelt«, sagt er achselzuckend.

»Natürlich, du merkst ja auch immer erst was, wenn es schon die Spatzen von den Dächern pfeifen. Dir hab ich das Madl anvertraut, wenn ihr in eine Disco oder sonst wo hingegangen seid. Du hättest drauf schauen sollen, dass sie mit dem Kramer Peter nicht so viel allein ist. Aber wenn du einmal den Bierkrug vor dir stehen hast, dann ist dir alles andere gleich.«

Sepp regt sich über den Vorwurf nicht im Geringsten auf. Er zuckt die Schultern und meint:

»Ich kann doch dem Madl nicht allweil auf der Kittelfalten sitzen. Und die Veronika wär grad die Richtige, dass sie sich was einreden lässt. Überhaupt – ein Weiberleut, wenn es einmal in dene Jahr ist, da kannst aufpassen, wie du magst. Da bist hundertmal der Ausgeschmierte. Und mit dem Kramer Peter ist unsere Veronika schon allweil gut Freund gewesen. Da hätt ich mir wirklich nix dabei denkt, und es wird mir auch in Zukunft nicht einfallen, dass ich ihr da Vorschriften mach.«

»In Zukunft! In Zukunft!« Der Bauer schnappt förmlich nach Luft. »Ja, bildest du dir denn ein, dass es in Zukunft so bleiben wird? Da wirst schaun, was sich bei uns in der nächsten Zeit alles ändert! Und das sag ich dir, Veronika ...« Er dreht sich um. Aber Veronika hat längst die Stube durch die hintere Tür verlassen.

»Aha, jetzt hat sie sich aus dem Staub gemacht. Von heute an wird der Hund jede Nacht hinausgehängt. Und wenn ich nicht da sein sollt, dann gehst du naus und schaust nach, wenn der Hund Krach schlägt. Ich will hoffen, dass du dich besinnst, was du unserem Namen schuldig bist. Lass dir ja nicht einfallen, Sepp, dass du mir einmal mit einer so verrückten Idee daherkommst wie deine Schwester. Von der Lieb allein kannst nicht leben. Zubringen musst ein Madl, wenn's auf unsern Hof heiraten will. Aber vorerst pressiert da überhaupt nichts. Ich bin schon noch da. Und solang ich da bin, geht's, wie ich es haben will!«

Sepp lässt diesen Wortschwall mit der größten Seelenruhe über sich ergehen. Er dreht sich langsam und verlässt die Stube, indem er sagt:

»Ich muss schaun, dass ich wieder nauskomm. Das Vieh braucht sein Futter.«

Nun hat sich der Leitner richtig ausgetobt, und er beginnt die Sache mit etwas mehr Ruhe zu überlegen. Und je länger er nachdenkt, desto klarer wird es ihm, dass die Sache im Augenblick nicht mit Gewalt zu regeln ist. Mit List und Schlauheit lässt sich da vielleicht eher was machen. Er setzt sich auf die Ofenbank, lehnt den Kopf an die Kacheln und zieht die Stirn in Falten. Ein paar Mal schüttelt er den Kopf und murmelt:

»So was, so was! Ausgerechet in den Peter! Wenn doch wenigstens der so gescheit wär und meiner Veronika aus dem Weg ginge.«

Plötzlich scheint er einen feinen Plan ausgeheckt zu haben, denn die Kummerfalten auf seiner Stirne glätten sich, und um seinen Mund geht ein spitzbübisches Schmunzeln.

Er setzt seinen Hut auf, zündet sich eine Zigarre an und verlässt das Haus.

Weil Samstag Nachmittag ist, trifft er den Kramer daheim an. Er ist gerade damit beschäftigt, das Unkraut in seinem Garten auszugrasen.

Der Leitner lehnt sich mit beiden Armen über den Gartenzaun und fragt recht freundlich: »Wächst dir's Gras schon wieder über die Krautköpf?«

Der Kramer lehnt sich ebenfalls an den Zaun. »Die paar Beete, die wir haben, sind bald sauber. Bei dir ist das freilich was anderes. Da heißt es schon fest anpacken auf einem solchen Hof.«

»Na ja, es muss andere auch geben«, meint der Leitner. »Ich hab auch mehr Steuern zu zahlen als du.«

»Dass ich wenig zahlen muss, könnt ich grad nicht behaupten. Aber die Hauptsach ist, wenn es allweil ein bissel umgeht.«

»Recht hast, Kramer. Mit dir hat man allweil schon vernünftig reden können. Wir sind auch allweil gut auskommen, mir zwei, nicht wahr?«

»Hat nie was gefehlt, denk ich.«

»Das sag ich auch. Und schau – ich muß dir's sagen, wie es ist. Mir ist zuwider genug, dass ich heut mit dir eine Sach zu bereden hab, die mir nicht leicht fällt.«

»Du tust ja ganz geheimnisvoll«, sagt der Kramer und geht dem Großbauern voran in das Haus. Die Kramerin fühlt sich sehr geschmeichelt über den noblen Besuch und fragt gleich, ob sie ein Stamperl Schnaps bringen dürfe, was aber der Leitner ablehnt. Freilich, von denen sollt er sich auch noch was schenken lassen! Er, der Bauer von der Leiten!

»Aber niedersitzen wirst dich dann doch schon«, dienert die Kramerin wieder und schiebt dem Bauern einen Polsterstuhl hin.

»Dank schön«, sagt er. »Was ich mit euch zu besprechen hab, kann ich im Stehn auch abmachen.« Er räuspert sich umständlich, schnellt die Asche von seiner Zigarre und fährt fort: »Es handelt sich um euren Buben, den Peter. Ich weiß nicht, ob ihr was wisst davon. Eine Liebschaft hat er mit meiner Veronika. Und das leid ich natürlich nicht. Das heißt, bis jetzt hab ich noch nie was sagen wollen, weil ich mir denkt hab, mein Madl wird schon selber zur Vernunft kommen. Und sie ist es auch bereits. Mit dem Reitenberger Wast ist sie so viel wie versprochen. Na ja, ich glaub schon, dass es dem Peter ein bissel gegen den Strich geht. Aber der Bub, der muss halt vernünftig sein und soll nicht nach einem Blümerl greifen, das für ihn nicht gewachsen ist. Kurz und gut, er soll dem Madl seine Ruhe lassen und sie nicht allweil belästigen. Jeden Samstag lauert er ihr auf. Und da appelliere ich halt jetzt an euch. Wenn ihr dem Buben ins Gewissen redet und ihm sagt, dass die Veronika bereits versprochen ist, dann schickt er sich vielleicht eher drein. Im Übrigen hoff ich, dass ihr mich versteht und mir deswegen nix nachtragt. Dürft mir's glauben, es ist nicht so einfach für einen Vater, wenn er einen solchen Weg machen muss.«

»Aber natürlich, Leitner«, plappert die Kramerin. »Wir sind ja froh, dass du uns aufmerksam gemacht hast.«

Der Kramer sagt gar nichts. Er starrt nur vor sich hin und hebt erst die Augen, als der Leitner sich der Türe zuwendet und sagt:

»Also, nix für ungut! Und schaut, dass ihr euren Buben zur Vernunft bringt!«

»Wenn er heimkommt heut, werd ich gleich mit ihm reden«, sagt der Kramer und wendet sich um.

Der Leitner atmet tief auf, als er wieder draußen auf der Straße steht. Es war gar nicht so leicht, den Kramer zu belügen. Der Mann hat eine sonderbare Art, einem ins Gesicht zu sehen.

»Passt hat es ihm nicht recht«, murmelt der Leitner vor sich hin. »Pah! Der Esel, der dumme. Ich glaub, der ist beleidigt, weil ich mich dagegen stell, wenn sein sauberer Sprössling auf meine Taler spekuliert.«

Den Hut aus der Stirne schiebend, geht er breitbeinig dahin. Da sieht er am Würmseer Hof den Andi.

»Machst du noch nicht Feierabend?«, ruft er ihm zu.

»Gleich bin ich fertig, Leitner.«

»Kommst ein bissel zum Neuwirt hinüber? Auf ein paar Maß? Ich zahl's.«

»Gilt schon«, sagt der Andi, schwingt sich auf den Traktor und schiebt den Ladewagen in den Schuppen. »Wart ein bissel, ich geh gleich mit. Bloß die Händ muss ich mir noch waschen.«

Währenddessen betrachtet der Leitner das Gehöft und konstatiert: Wirklich sauber ist er beinander, der Hof. Und der Andi wär auch kein unrechter Bursch.

Nein, er hätte gar nichts dagegen, wenn der Andi der Veronika zu Gefallen ginge.

Da kommt der Bursche schon aus dem Haus, und sie gehen zum Neuwirt. Als die schäumenden Krüge vor ihnen stehen, sagt der Leitner, zum Kramerhaus hinüberblinzelnd: »Jetzt war ich grad drüben in der Bruchbude und hab den Alten meinen Standpunkt klar gemacht wegen ihrem Buben.«

Andi lacht verschmitzt. »Sakra, du packst die Sach gleich scharf an!«

»Daheim bin ich auch schon hineingefahren mit einem richtigen Donnerwetter. Andi, das hättest hören sollen.«

»Was hat denn die Veronika gesagt?«

»Da gibt's nicht mehr viel zu reden, wenn ich einmal red. Ja, ja, Andi, so ist es bei mir an der Leiten

Brauch. Meine Veronika nimmt den zum Mann, der mir als der Richtige erscheint. Prost, Andi!«

»Prost, Leitner!«

»Siehst, Andi«, fährt der Leitner nach dem Trinken fort: »Ich bin dir dankbar, dass du mir das heut gesagt hast.«

»Na ja, ich mein, das war ja schließlich auch meine Pflicht.«

»Magst eine Zigarrn, Andi? Burgl! Zwei Zigarren, aber gute.«

»Hast du der Veronika gesagt, dass ich es dir verraten hab?«, fragt Andi ein wenig gedämpft.

»Geh, was dir nicht einfällt! Das braucht sie ja gar nicht zu wissen, wer mir das gesagt hat.«

»Das mein ich auch. Weißt, wenn die Veronika auf einen die Wut hat, da ist der nicht zu beneiden.«

Der Leitner lacht.

»Aha, du willst dir nix verscherzen bei ihr. Zeig halt einmal deine Schneid und schau, dass du ihr den Kramer Peter ausreden kannst! Ich weiß ja auch nicht, wie ihr jungen Burschen heutzutage seid. Zu meiner Zeit wär das nicht passiert, dass so ein Hungerleider seine Finger nach einer Bauerntochter ausstreckt.«

Drauf wird der Andi ein wenig nachdenklich. Erst nach einer Weile sagt er:

»Wenn du nix dagegen hast, dann komm ich halt ab und zu nauf zu euch.«

»Komm nur, ich hab nix dagegen. Prost, Andi!«

»Prost, Leitner! Respekt, du bist halt ein Mann, mit dem man reden kann!« Sie trinken noch eine zweite und eine dritte Maß. Kurz vor Mitternacht begleicht der Leitner die Zeche, und da haben sie zusammen zwölf Maß.

»Teufel«, lacht der Leitner gröhlend. »Das ist schon ein kleiner Banzen. Saufen kannst du nicht schlecht, Andi.«

»Ich bin aber vogelnüchtern«, behauptet Andi.
»Ja, meinst vielleicht, dass mir was fehlt?«

Der Leitner geht auch wirklich ganz aufrecht. Aber draußen in der frischen Luft taumelt er doch, und Andi nimmt ihn lachend unter dem Arm und sagt: »Geh weiter, Leitnervater« – jawohl »Vater« sagt er. »Ich begleite dich heim. So ein kleines Spaziergangl macht mir nix aus.«

So wandern die beiden einträchtig Arm in Arm durch die Mondnacht! Aber sie haben keine Gedanken für die Schönheit und Stille dieser Nacht, denn sie beginnen nach einer Weile laut zu singen:

»Grean san die Hollerstaud'n,
Weiß san die Blüahn, die Blüahn –«

»Das ist um eine Oktave zu hoch«, sagt der Leitner. »Du musst – huppla – musst anstimmen, und ich übersing dich dann.«

»Grean san die Hollerstaud'n,
Weiß san die Blüahn, die Blüahn,
Aber schön san die schwarzen Aug'n,
Aber treu bleim tean's nia.«

Bei diesem etwas zweifelhaften Gesang hebt einer auf der Schwedenwiese den Kopf und lauscht. Es ist Peter Markus, den es aus dem Haus getrieben hat, nachdem ihm von der Stiefmutter auf offensichtlich schadenfrohe Weise mitgeteilt worden war, dass er auf Veronika verzichten müsse.

Er ist nicht aufgebraust, ist wie erstarrt unter der Küchentür stehen geblieben und hat nicht mit der Wimper gezuckt, während die Stiefmutter mit ihren Worten alles in Trümmer schlug, was sein Leben ausmachte. Es ist nicht wahr, hat es in ihm geschrien. Aber der Vater bestätigte es ihm, in ruhiger, verständlicher Weise zwar und in aller Güte. Und da erst war ihm, als griffe ihm jemand in seine Brust, um sein Herz herauszureißen.

Ja, nun muss es schon wahr sein. Aber Peter ist außerstande, es zu glauben. Er begreift nichts, kann den Gedanken nicht fassen, dass mit Veronika alles zu Ende sein soll. Dass sie nie mehr mit ihren Händen über seine Stirn streicheln werde und ihn nie mehr mit ihren kleinen Zärtlichkeiten alles vergessen mache.

Da ist er nun gerade nach einer Woche schwerer Arbeit vom Berg gekommen, brennend vor Sehnsucht nach der Stunde, in der er Veronika in die Arme schließen würde. Und nun ist alles nicht mehr. Belogen hat sie ihn und betrogen. Ihm ist, als stürze das Haus über ihm zusammen, und ganz langsam wendet er sich um und geht in den fallenden Abend hinaus. Er sucht nicht Weg und Steg, irrt im Wald umher und geht dann neben dem kleinen Bach bei der Schwedenwiese entlang. Die Sterne tanzen wie kleine, blasse Funken auf den Wellen. Ohne dass er es recht weiß, setzt er sich in das warme Gras, verschränkt die Hände hinter dem Kopf und legt sich zurück.

Jetzt erst ordnen sich seine Gedanken wieder. Ich werde mit ihr reden, denkt er. Ein einziges Mal noch. Gleich darauf aber verwirft er den Gedanken und meint, dass es wohl besser sei, ihr nicht mehr zu begegnen, denn es tut nichts zur Sache, dass er ein ruhiger, verständiger Mensch ist. Einmal – wenn ihm ein großes Leid geschieht – kann auch der verständigste Mensch seine Ruhe verlieren, und er könnte zuschlagen mitten in das Gesicht hinein, das er einmal in Liebe gestreichelt hat. Eine kleine Genugtuung für den Betrug an seinem Herzen wäre es schließlich, aber es ist eines Mannes unwürdig, ein Mädchen zu schlagen.

Immer ruhiger denkt er über alles nach. Zum Schluss sagt er sich: Die ganze Sache war ein Theater.

Ich war der Träger der Hauptrolle, und nun ist das Stück zu Ende. Der Vorhang fällt. Aus!

Gleich morgen in aller Frühe wird er zurückkehren in die Einsamkeit des Waldes und nicht eher wieder ins Dorf heruntergehen, bis Eis und Schnee ihn dazu zwingen. Er wird schon dafür sorgen, dass niemand in seine Hütte kommt und ihm etwa davon erzählt, dass sich Veronika verlobt oder verheiratet habe. Im Winter dann, wenn er wieder im Dorf ist, kann es ja sein, dass er ihr einmal begegnet – des Sonntags vielleicht beim Kirchgang. Aber er wird ihr bis zu dieser Zeit ganz ruhig begegnen können, denn es liegen ja Monate dazwischen, so dass er sie vielleicht sogar auf recht nette Art wird grüßen können.

Veronika weiß von alledem nichts. Sie wartet auf Peter, wie sie jeden Samstag auf ihn gewartet hat, ein wenig ungeduldiger heute, weil sie ihm doch sagen muss, was geschehen ist, dass sie aber trotz allem zu ihm halten wird, möge kommen, was da wolle.

Obwohl sie es sich nicht recht erklären kann, dass Peter nicht kommt, macht sie sich darüber noch gar keine Gedanken und rechnet damit, dass sie ihm sicher am anderen Morgen auf dem Kirchweg begegnen wird. Dann wird sie ihm sagen, dass sie ihn am Nachmittag auf der Schwedenwiese erwartet.

Sie geht also am andern Morgen schon etwas früher fort, in der Hoffnung, dass sie Peter vor der Kirche noch treffe. Doch so sehr sie auch späht, sie kann ihn nirgends entdecken. Als dann droben der Chor einsetzt und Peters Stimme nicht dabei ist – sie hätte seine Stimme aus Tausenden herausgekannt – da fällt ihr ein kleiner Schreck ins Herz.

»Vielleicht ist ihm etwas passiert?«, fährt es ihr durch den Sinn. Die Arbeit auf dem Berg ist mit vielen Gefahren verbunden, und Peter wäre nicht der Erste, den man herunterträgt auf einer Bahre, mit Fichtenästen zugedeckt. Aufschreien hätte sie können bei diesem Gedanken, und kaum erwarten kann sie es, dass der Schlusssegen kommt.

Als eine der Ersten verlässt sie die Kirche und geht zum Kramer. Sie weiß kaum, dass sie es tut, und es kommt ihr erst zum Bewusstsein, als die Ladenglocke rasselt.

Die Kramerin kommt, grüßt recht freundlich und fragt nach ihrem Begehr.

Ich möchte wissen, was mit Peter ist, schreit es in ihr. Aber sie erkennt im selben Augenblick, dass sie diese Frau nicht fragen kann. Sie verlangt daher in der Verwirrung ein paar Schürzenbänder.

»Was für eine Farbe?«

»Das ist ja gleich. Schürzenbänder einfach.«

Die Kramerin lächelt ironisch, und daran erkennt Veronika, dass sie sich ungeschickt benommen hat.

»Blaue krieg ich«, sagt sie schnell. »Drei Meter blaue, breite Schürzenbänder.«

Ganz laut sagt sie es und schaut wieder auf die Küchentüre. Ihr ist, als müsste Peter jetzt unbedingt durch diese Türe kommen.

Nein, er kommt nicht. Nur sein Bruder, der Stefan, steckt neugierig den Kopf heraus.

Sieht man ihr denn ihre Erregtheit am Gesicht schon an? Die Kramerin sagt nämlich, während sie die Bänder einwickelt:

»Da brauchst keine Angst zu haben, Veronika. Der Peter ist nicht daheim.«

Angst? Ja, warum denn Angst? Was ist eigentlich los?

»Wo ist er dann?«, fragt sie und erschrickt vor der Farblosigkeit ihrer Stimme. Ihre Kehle ist wie zugeschnürt.

»Heut in aller Frühe ist er wieder fort in die Berge. Wir haben ihm gestern noch alles erklärt, was uns dein Vater gesagt hat, und der Peter ist vernünftig genug und sieht ein, dass es keinen Wert hat, wenn er dir allweil nachlauft.«

»Mein Vater war gestern bei euch?«

»Ja, gestern Abend, bevor der Peter heimkommen ist.«

»Was hat denn mein Vater alles gesagt?«

Die Kramerin erzählt alles ausführlich. Veronika kann darauf nicht antworten. Zu unerwartet kommt alles und stürzt auf sie herein. Zum Glück kommen Leute in den Laden, so dass sie jeder weiteren Diskussion enthoben ist. Sie fragt mit weißen Lippen, was sie schuldig ist, und als sie bezahlt, zittern ihre Hände so heftig, dass eine alte Bäuerin neben ihr sagt: »Mei, Madl, bist du nervös! In dem Alter schon so nervös sein, das ist ja ganz aus der Weis.«

Veronika verlässt beinahe fluchtartig den Laden und rennt auf der Straße dahin. Sie sieht nicht, dass der Würmseer Andi vor seinem Hof auf der Bank sitzt, hört seinen freundlichen Gruß nicht, hört und sieht überhaupt nichts. Es ist ein wilder Aufruhr in ihr, und sie hat keinen anderen Gedanken, als heimzukommen und dem Vater alles ins Gesicht zu schreien, was sie von ihm denkt.

Aber der Vater ist nicht daheim, und die Mutter, der sie alles hastig erzählt, hat nur ein bedauerndes Kopfschütteln und jammert. Sie macht zwar Veronika wegen ihrer Liebe keinen Vorwurf, sondern ihr ist nur Angst um den Kummer und den vielen Verdruss, der nun einkehren wird auf dem Hof.

»Nein, du brauchst keine Angst zu haben«, sagt Veronika. »Ich bleib nicht daheim. Ich kann dem Vater kein gutes Wort mehr geben. Stell dir einmal vor, Mutter, wie man nur so lügen kann! Ich hätte ihn zum

Kramer geschickt, weil mir der Peter allweil nachlauft!«

»Du hättest aber doch wissen müssen, Dirndl, dass der Vater so was gar nie gutheißt.«

»Ja, warum denn nicht, Mutter? Sag mir doch, was denn so Unrechtes dabei ist? Sind wir denn nicht alle Menschen?«

»Beim Vater fängt der Mensch erst beim Großbauern an.«

»Und bei dir, Mutter? Wo fängt bei dir der Mensch an?«

»Mir sind alle Menschen gleich, so lang sie rechtschaffen und ehrlich sind.«

»Also, dann schlag ich dir nach und hab vom Vater nur den Dickschädel geerbt. Ich lass mich nicht unterdrücken, Mutter, und lass mir meinen Mann nicht bestimmen. Ich nehm den, der mir am liebsten ist, und das ist der Peter.«

»Geh, Madl, sei doch gescheit!«

»Eben drum, weil ich gescheit bin, kann ich nicht anders handeln. Oder tätest du ohne weiteres nachgeben, wenn du noch jung wärst und hättest einen Menschen gern und dürftest ihn nicht nehmen?«

Die Leitnerin wendet sich ab und gibt keine Antwort.

»Du sollst mir auf meine Frage Antwort geben, Mutter«, drängt Veronika.

»Bei mir war es so. Ich hab nachgegeben.« Ganz kleinlaut sagt es die Frau. »Aber schau, es ist auch gegangen. Wenn ich auch in der Ehe nicht das gefunden hab, was ich mir allweil gewünscht hab, ich bin doch glücklich geworden auf meine Art. Der Himmel hat mir dich geschenkt, und das hat mich für vieles entschädigt.«

Veronika geht ein paar Mal in der Küche auf und ab und wendet sich dann wieder der Mutter zu.

»In deinen jungen Jahren hast du also auch einen anderen gern gehabt, Mutter?«

Die Leitnerin schaut an der Tochter vorbei. Ihr Blick geht zum Fenster hinaus, sucht die Ferne, und ihre Gedanken gehen wohl in diesem Augenblick dort hin, wo sie ihre Jugend verlebt hat, wo sie am Zaun gewartet hat in der Dämmerung, bis der junge Jäger gekommen ist und sie in die Arme geschlossen hat.

»Hast ihn vergessen?«, fragt Veronika weich, denn sie hat die Gedanken der Mutter gefühlt.

»Nein«, sagt die Frau und schüttelt den Kopf. »Bis heute noch nicht.«

Veronika kann nicht anders. Sie muss ihre Arme um den Hals der Mutter legen und muss sie trösten, obwohl sie selber Trost gebraucht hätte. Aber nur kurze Zeit dauert diese melancholische Stimmung an, dann kehren wieder Wille und alle Kraft in sie zurück. Sie verspricht der Mutter zwar, dass sie mit dem Vater keinen Streit vom Zaun brechen wird, wenn er am Mittag heimkommt, aber sie erklärt fest und entschieden, dass sie an ihrer Liebe zu Peter festhalten werde, denn das habe sie nun bei ihr, der Mutter, wieder deutlich gesehen, dass man das, was man einmal mit festem Herzen umschlossen hat, niemals mehr aus sich herausreißen kann.

Sie sitzen schon alle in der großen Stube um den Tisch beim Essen, als der Leitner heimkommt. Es ist ihm anzumerken, dass er gestern etwas über den Durst getrunken hat, denn seine Augen sind entzündet. Er hat auch keinen Appetit, sondern geht an den Wandschrank und schenkt sich ein Gläschen Kirschwasser ein.

»Einen Magen hab ich heut beinander, dass es ein wahrer Graus ist«, sagt er gähnend.

»Warum trinkst denn dann allweil so viel, wenn du

doch weißt, dass es dir nicht gut tut?«, fragt die Leitnerin gelassen.

»Manchmal gibt es halt Grund dazu«, schmunzelt der Bauer und streckt sich auf dem breiten Lederkanapee aus.

»Bist durstig worden auf den Besuch beim Kramer?«, fragt Veronika spitz.

»So? Weißt es schon wieder?«, fragt er misstrauisch.

Veronika gibt keine Antwort mehr, weil sie merkt, dass sich die Urlauber, die die Bäuerin an diesem Tag zum Essen eingeladen hat, verstohlene Blicke zuwerfen. Erst als sich die Stube geleert hat, sagt sie:

»Den Weg hättest dir sparen können.«

»Ja, mei, sicher ist sicher, hab ich mir denkt. Aber mich freut's, wenn du zur Vernunft kommst.«

Veronika ordnet vor dem Spiegel ihr Haar. »Hast du mich denn für unvernünftig gehalten?«, fragt sie, und es schwingt ein leichter Spott in ihrer Stimme.

»Na ja, das grad nicht – ich mein – schließlich bist ja doch meine Tochter, nicht wahr?«

»Drum hab ich auch einen eisernen Kopf wie du«, kommt es prompt zurück. Es klingt so frech, dass der Leitner lachen muss und sich noch einen Kirsch einschenkt.

»Also, heut kommt der Reitenberger Wast von Griesberg«, sagt er dann gut gelaunt.

»So! Kommt er?«, fragt Veronika, ohne sich umzuwenden. »Der will doch allweil den Haflinger, den ich geritten hab, so viel ich weiß?«

»Freilich, interessieren tut er sich schon dafür. Ist auch ein Prachtross. Und er will ja einen Ponyhof aufmachen. Aber der Hauptgrund ist schon ein anderer. Du weißt schon, was ich mein.«

»Ja, ja, ich weiß schon. Gelt, der Sebastian, das ist doch der Lange mit der Hakelnasen?«

»Groß und stark ist er, der Wast, jawohl. Ein strammes Mannsbild, mit dem man sich überall sehen lassen kann.«

»Wann kommt er denn?«

»Ich denk halt, bis um zwei rum.«

»Dann geh ich in meine Kammer nauf und richt mich zusammen.«

Veronika sagt es auf eine besondere Art, die aber dem Leitner nicht weiter auffällt. Er blickt ihr nach, wie sie rasch aus der Stube geht, und nickt zufrieden lächelnd vor sich hin. Als die Bäuerin auf einen Augenblick in die Stube kommt, sagt er:

»Na, Alte, was sagst jetzt? Die Veronika hat gar nix mehr gegen den Reitenberger Wast und wird ihn nehmen. Das war höchste Zeit, dass ich das gestern erfahren hab.«

Die Leitnerin kennt sich gar nicht recht aus und verlässt kopfschüttelnd die Stube. Der Leitner aber dreht sich an die Wand und beginnt gleich darauf laut zu schnarchen.

Punkt zwei Uhr fährt der Reitenberger Wast in den Hof – nicht mit dem Auto, sondern mit seinem alten Gäuwagerl. Denn er weiß, dass die Veronika Pferde liebt. Der Sepp spannt die beiden Braunen aus und führt sie in den Stall. »Der Vater ist in der Stuben«, sagt er, und der Wast geht darauf sofort in das Haus. Im Flur guckt er noch einmal an sich herab und nickt zufrieden. In der Miesbacher Tracht, die er zu diesem Anlass angelegt hat, bietet er ein ganz eindrucksvolles Bild. An dem Rosmarinstrauß, den er im Knopfloch trägt, können die Leitnerischen ohne weiteres erkennen, was sein Besuch eigentlich zu bedeuten hat.

Er klopft an die Stubentür. Aber es ruft niemand »Herein«, und er hätte noch länger im Flur gestanden, wenn nicht die Bäuerin aus der Küche gekommen wäre.

»Grüß dich, Leitnermutter«, sagt der Sebastian. Er

hat eine recht sanfte Stimme, die zu seinem Riesenwuchs nicht recht passen will.

»Auch so viel«, sagt die Leitnerin. »Geh nur rein in die Stuben, der Bauer ist schon drinnen.« Sie geht mit ihm hinein und rüttelt den Leitner wach. »Matthias! Geh weiter, steh auf, der Reitenberger Sebastian ist da.«

Es dauert eine Welle, bis der Bauer ganz munter wird, und der Sebastian hat schon ein paar Mal gesagt: »Lass ihn doch schlafen, Bäuerin, es pressiert ja nicht so.« Endlich findet sich der Leitner ganz zurecht und reißt die Augen auf.

»Jesses, der Wast! Bist schon da, Wast? Ja, grüß dich!« Er drückt ihm die Hand und wendet sich der Leitnerin zu. »Geh zu, Bäuerin, hol eine Flasche Wein rauf! Und du, setz dich her. Musst grad tun, als ob du daheim wärst.«

Sie setzen sich an den Tisch. Der Wast kommt direkt unter dem Herrgottswinkel zu sitzen. Ganz kerzengerade sitzt er, die Hände wie zur Andacht auf der Tischplatte gefaltet.

Sie sprechen zuerst von allem Möglichen, vom Wald, von der Viehzucht, von dem Aufschwung, den das Geschäft mit den Reitpferden in den letzten Jahren genommen hat, und von der Politik. Das heißt, nur der Leitner redet. Wie am Schnürl geht es bei ihm dahin. Der andere braucht bloß »ja« zu sagen und »nein«. Auch die Leitnerin mischt sich nicht in das Gespräch. Sie sitzt auf dem Kanapee und strickt und denkt wohl zurück an den Tag, an dem vor vielen Jahren der Leitner auf ihrem elterlichen Hof vorgefahren kam mit dem Rosmarinstrauß im Knopfloch. Es ist genauso gewesen, wie heute hier. Nur dass sie selbst dabeigesessen hat mit wehem Herzen und dass der Leitner damals nicht so lange im Nebel herumstochert hat wie der Reitenberger Wast. Nein, der ist gleich in der ersten halben Stunde auf sein Ziel losgesteuert und hat kurz und bündig erklärt: »Da bin ich jetzt. Wer ich bin und was ich hab, das wisst ihr ja. Wird also keine schlechte Bäuerin, eure Tochter.«

Der Wast räuspert sich immer wieder. Man merkt, dass er etwas sagen will und den Mut dazu nicht so recht hat. Endlich scheint er den Anfang gefunden zu haben. Er legt den Kopf ein wenig zurück und sagt:

»Ich weiß nicht, ob ihr euch denken könnt, warum ich heut eigentlich gekommen bin. Ich kann nicht so gut reden wie du, Bauer. Aber was ich sag, ist ehrlich gemeint. Kurz und gut: Ich tät halt fragen, ob ihr mir eure Veronika als Bäuerin geben mögt.«

Nun ist es heraus! Der junge Bauer wischt sich den Schweiß von der Stirne und atmet tief.

»Ja, Wast«, heuchelt der Leitner, »das kommt uns völlig überraschend. Wie gesagt, gar nicht vorbereitet waren wir darauf. Aber ich denk, dass wir schon einig werden. Ich hab nix dagegen. Ich kenne dich als rechtschaffenen Burschen. Und die Mutter wird auch nix dagegen haben. Wann hättst denn du gedacht, dass es sein soll?«

»Ich denk, dass man gar nicht so lang zu warten braucht. Das lange Rumziehn ist nicht mein Sach. Im Herbst wär es halt recht.«

»Ganz richtig«, nickt der Leitner. »Wenn es doch sein soll, dann bin ich auch nicht für ein langes Warten. Geh zu, Mutter, hol die Veronika!«

Die Bäuerin wirft ihm einen Blick zu und geht.

»Da kommt es halt noch drauf an«, meint der Wast.

»Auf was kommt es an?«

»Auf die Veronika, mein ich. Schließlich ist sie ja die Hauptperson. Es kann ja auch sein, dass sie mich nicht mag.«

»Geh, was du dir einbildest, Wast! Bist doch ein strammer Bursch.«

Da öffnet sich die Türe, und Veronika erscheint auf der Schwelle. Vom dunklen Hintergrund hebt sich ihre schlanke Gestalt ab. Sie richtet ihre Augen auf den jungen Bauern, der im Herrgottswinkel fast unbeweglich sitzt, und lächelt ein wenig – nicht spöttisch, eher mitleidig.

Selbst der Leitner betrachtet sie erstaunt, denn noch nie war ihm seine Veronika so schön vorgekommen. Ihr Gesicht ist heute ein wenig bleich. Und schön hat sie sich hergerichtet, stellt er befriedigt fest.

Sie trägt einen dunkelblauen, eng gefältelten Rock, der gerade noch ein Stück der schneeweißen Strümpfe und ein Paar feste schwarze Halbschuhe sehen lässt. Dazu eine weiße Leinenbluse, die den Hals etwas frei lässt und zur Hälfte die Arme.

Ganz langsam geht sie nun zum Tisch und reicht dem jungen Bauern die Hand. Ruhig und klar ist ihre Stimme, als sie sagt: »Grüß dich Gott, Reitenberger.«

Der Leitner strahlt über das ganze Gesicht und rückt den Stuhl zurecht, damit sich die Veronika niedersetzen könne. Sie bleibt aber stehen.

Ganz still wird es in der Stube, bis endlich der Wast leise sagt:

»Deine Mutter wird dir schon gesagt haben, warum ich hier bin?«

»Ja, die Mutter hat es gesagt.«

»Na, alsdann? Wie denkst nachher du, Veronika?«

Schweigen. Größer noch als zuvor ist die Stille in der Stube. Man hört sogar den Holzwurm nagen in der Wand.

»Na, wird's bald was?«, fragt der Leitner und rührt in Unbehagen die Schultern.

Veronika achtet nicht auf ihn. Sie schaut nur auf den Reitenberger Wast, dessen Blick meist verlegen am Tischtuch hängt. Plötzlich sagt er: »Du brauchst ja heut nicht gleich ja zu sagen, wenn es dir zu unverhofft kommt. Ich schau halt einmal in vierzehn Tag wieder her.«

»Nein«, sagt Veronika und stemmt beide Hände auf die Tischplatte. Und sich ein wenig vorbeugend, schaut sie ihm fest in die Augen und spricht weiter: »Wenn du schon einmal da bist, Wast, dann machen wir die Sache gleich richtig.«

»Jawohl, das sag ich auch«, unterbricht sie der Leitner ungeduldig.

»Denn ich seh nicht ein«, spricht sie weiter, »warum du den Weg zweimal machen musst um das, was auf das erste Mal gleich gesagt werden kann. Du bist ein anständiger Bursch, Wast, und du verdienst eine Frau, die dich von ganzem Herzen mag. Schau – du darfst mir nicht bös sein, wenn ich dir genau sag, was ich denk. Ich könnt dir niemals das sein, was du brauchst, denn ich hab mein Herz schon lang einem anderen geschenkt. Ich werd auch nie lassen von dem andern, denn das ist zu tief in mir und lässt sich nicht rausreißen. Oder wär es dir lieber, wenn ich jetzt ja sagen tät zu dir und nähm dich? Mit einem anderen im Herzen, an den ich Tag und Nacht denken müsst? Nein, Wast, dazu bist du mir zu gut. Es tät mich freuen, wenn du mich verstehn tätst, denn ich möcht nicht haben, dass du in Zorn und Hass an mir vorbeigehst, wenn wir uns begegnen. Weiter hab ich nix mehr zu sagen.«

Sie macht ein paar Schritte vom Tisch zurück.

»Aber ich hab da was zu sagen!«, brüllt der Leitner mit hochrotem Kopf und steht auf. Er kann es aber nicht verhindern, dass Veronika schnell die Stube verlässt, im Flur draußen ein Schultertuch an sich nimmt und schnell zum Hof hinausläuft. Er schreit ihr zwar vom Fenster aus noch nach: »Gehst her! Hast nicht g'hört? Gehst her oder nicht?« Aber Veronika läuft den Hang hinunter.

Der Bauer fährt herum. »Da hast jetzt dein Töchterl! Hättest sie richtig gezogen, dann käm so was nicht vor. Aber mit deiner Affenlieb hast in das Dirndl hineingeschaut wie in ein Spiegel. Jetzt kannst dich auch entschuldigen für sie beim Wast.«

»Aber warum denn?«, fragt der Reitenberger, und seine leise Stimme klingt jetzt ganz klar und sicher. »Da gibt es doch nichts zu entschuldigen. Ich trag euch deswegen gar nichts nach. Auch der Veronika nicht. Im Gegenteil. Dass sie so ehrlich und aufrichtig mit mir gesprochen hat, rechne ich ihr hoch an.« Er schiebt sich hinter dem Tisch hervor, richtet sich auf und dreht den Hut zwischen den schwieligen Fingern. »Da lässt sich gar nix ändern, und die Sach ist ausgeredet für alle Zeit. Sie mag mich nicht. Gut! Warum sollt man da dem Mädl einen Vorwurf machen? Ich tät auch nicht eine heiraten, die ich nicht mag. Es tät mir Leid, wenn ihr der Veronika Vorwürfe machen tätet deswegen. Bloß eines möchte ich noch wissen: Wer ist es denn, hinter dem ich zurückstehen muss?«

»Das ist ja das Grässliche an der ganzen Geschicht! Der Kramerbub hat ihr den Kopf verdreht. Stell dir die Schand vor!«

Der Reitenberger zieht die Augenbrauen hoch.

»Der Peter Markus?« Es zuckt ein wenig um seine Mundwinkel, und seine Augen blicken geradeaus. Er nickt. »Da kann ich mich freilich nicht messen mit dem. Alles an dem ist Kraft und Gesundheit. Und ein Arbeiter ist er auch, der sich überall sehen lassen kann. Bei mir hat er im vorigen Winter im Holz gearbeitet, und ich muss schon sagen, dem geht was von der Hand. Da kann ich die Veronika schon verstehen. Und – es ist halt einmal so: Wo die Liebe hinfällt, da bleibt sie hängen. Also, nix für ungut, Leitner! Und wenn ich der Veronika nix nachtrag, dann sollt ihr es auch nicht tun. Ich will nicht, dass meinetwegen ein

Unfrieden ins Haus kommt. Behüt euch Gott miteinander!«

Der Wast geht mit langen Schritten zur Türe. Der Leitner folgt ihm und ruft den Sepp zum Einspannen. Als er dann wieder in die Stube kommt, schüttelt er seinen ganzen Groll über die schweigsame Bäuerin aus. Die ganze Schuld schiebt er ihr in die Schuhe, weil sie keinen Einfluss auf das Mädel ausüben könne. Aber er werde jetzt andere Saiten aufziehen, und die Veronika werde ein Donnerwetter erleben, das sich gewaschen hat, wenn sie heimkommt.

Eine halbe Stunde lang wettert der Leitner so fort. Dann stapft er hinaus und schlägt die Türe hinter sich zu, dass ein Dröhnen und Zittern das ganze Haus durchläuft.

Währenddessen steigt Veronika über den Bergwald hinauf. Ihr Entschluss steht fest. Sie wird nicht eher wieder heimgehen, bis der Vater nachgibt. Augen wird er machen, wenn morgen die Bärbel von der Alm herunterkommt und sagt, dass nun sie, die Veronika, die Arbeit da droben machen will.

Mit ruhigem, gleichmäßigem Schritt steigt sie dahin. Immer steiler wird der Weg. Die Stimmen des dörflichen Lebens bleiben zurück, und bald ist sie dann mitten im großen Schweigen des Waldes. Einmal kommt sie an einem Holzschlag vorüber. Hier dürfte Peter vor wenigen Wochen noch gearbeitet haben. Jetzt aber ist er viel weiter oben. Das weiß sie, und sie kann sich ungefähr den Platz denken, wo seine Hütte stehen wird.

Nach einer Stunde weiterer Wanderung lichtet sich der Wald, und eine wellig geneigte Almfläche wird sichtbar. Es ist eine Niederalm, die dem Angermeier gehört. Veronika macht einen kleinen Umweg um die Hütte, denn es sitzen Touristen davor, und sie will jetzt nicht unter Menschen sein. Erst droben auf dem

Stein bleibt sie stehen und schaut mit ruhigen, glänzenden Augen hinunter in die Tiefe. Sie sieht den Leitnerhof und das Dorf. Freilich sieht aus dieser Höhe alles wunderlich aus. Als sei eine Spielzeugschachtel wahllos ausgestreut worden, so wirken die Häuser.

Nach kurzer Rast geht Veronika weiter. Ihr Weg führt jetzt über ein Geröllfeld, das auf der anderen Seite wieder etwas abfällt.

Ein dichter Hochwald nimmt sie dann auf. Wie still, wie groß, wie schön ist doch dieses Schweigen des Bergwaldes! Und so kühl. Nur hin und wieder findet die Sonne einen Spalt durch das Geäst und bricht mit breiter, brennender Welle quer durch den Wald.

Einmal setzt ein Hochwild knapp vor der Wanderin über den Weg. Herrlich ist er anzusehen, dieser flüchtende Hirsch, wie er zwischen den braunen Stämmen dahinsaust, den Kopf mit dem prächtigen Geweih zurücklegt. Veronika spürt unwillkürlich das Verlangen, jetzt ein Jäger sein zu dürfen und die Waffe an die Wange reißen zu können.

Wie festgenagelt steht sie da. Sie spürt eine sonderbare Erregung. Was ist das nur? Wie kann sie über ein Stück Wild so in Aufregung geraten? Wie kann der Wunsch, ein Gewehr zu haben und zu schießen, so mächtig in ihr sein? So gewaltig, dass ihr die Hände zittern und sie einen Augenblick vergisst, was ihr seit gestern das Herz schwer gemacht hat.

In der Ferne hört man das Brechen von Ästen. Der Hirsch muss also jetzt das tieferliegende Jungholz erreicht haben.

Zögernd wendet sich Veronika zum Gehen, und die sonderbaren Gedanken fallen von ihr ab, als sie oben steht, auf der Zanglerplatte, und das leise, harmonische Läuten der Herdenglocken sie umschmeichelt. Tief unten im Grund weiden die Kühe, und gleich dort drüben, am gegenüberliegenden Hang, steht die

Almhütte. Leichter Rauch kräuselt sich aus dem niederen Schornstein und zerfließt langsam in der blauen Luft.

Scharf streicht der Wind von den Felsen herüber, die so spitz wie Messer in den Himmel stoßen.

Veronika blickt unruhig umher. Und immer wieder muss sie ein paar lockere Haarsträhnen zurückstreichen, denn der Wind bläst ihr heftig um die Ohren. Endlich scheinen ihre Augen gefunden zu haben, was sie suchen. Dort unten muss ein Holzschlag sein. Die frisch geschälten Bäume schimmern in der Sonne. Ohne sich lange zu besinnen, kehrt sie um und läuft den Hang hinunter. Es ist nicht schwer, die kleine Holzhackerhütte zu finden. Aber Veronikas Vermutung bestätigt sich nicht. Die Hütte ist leer. Nur eine Motorsäge liegt darin, ein paar Äxte und Keile und ein voll bepackter Rucksack.

Natürlich, was sollte Peter auch in der Hütte tun, an einem solch herrlichen Sommertag! Sicher streift er irgendwo in den Felsen herum. Oder sitzt in irgendeiner Sennhütte und leistet der Sennerin Gesellschaft.

Veronika schüttelt diesen Gedanken gewaltsam von sich ab. Sie lockert das Mooslager ein wenig auf, das in der Ecke angebracht ist. Sie tut es mit einer liebevollen, sorgsamen Bedachtsamkeit und geht dann langsam und ein wenig traurig den Weg zurück, den sie gekommen ist.

Als sie wieder auf der Zanglerplatte steht, ist die Sonne tief hinuntergegangen. Gerade zwischen einer Felsspalte steht sie, ein rot glühendes, großes Gestirn, das mit seinem Feuer die ganzen Bergspitzen im weiten Umkreis entzündet.

Veronika breitet unwillkürlich die Arme aus.

»Ach, Herrgott! Wie schön ist doch deine Welt!«

Ganz still steht sie dann, die Augen in den ungeheuren Himmelsbrand gerichtet, umfächelt vom

Wind, der die Blumen am Hang, Almrosen und Brunellen, zu Boden drückt, so dass der ganze Berg aussieht, als wär er übergossen von jungem hellrotem Blut. So viel Schönheit und Glanz ist in dem Abend, dass Veronika den festen Entschluss fasst, nicht mehr ins Tal hinunterzugehen, bis der erste Schnee fällt und die Tiere abgetrieben werden müssen.

Ganz langsam geht sie den Hang hinunter, geht mitten durch ein Latschenfeld und steht nach kurzer Zeit vor der Almhütte.

Es ist eine große Hütte, schon mehr ein Haus, fest gemauert und gefügt, mit einem breiten, weit vorstehenden Dach, unter dem die Schwalben nisten.

Bärbel ist gerade mit dem Melken fertig und treibt die Kühe zu der hinteren Stalltüre hinaus. Da erkennt sie Veronika. Ein breites Grinsen geht über das Gesicht der alten Sennerin. Sie freut sich offensichtlich über den Besuch und fragt gleich, ob sie die Nacht über bleiben wolle.

»Was treibst?« Die Alte hört wirklich schlecht, und Veronika muss ihr ziemlich laut ins Ohr schreien, dass sie den ganzen Sommer bleiben will und dass sie, die Bärbel, morgen in aller Frühe hinunter müsse ins Tal.

Als Bärbel endlich verstanden hat, schaut sie zuerst ein wenig verständnislos. »Warum muss ich hinunter?«, fragt sie dann.

»Weil ich nimmer daheim sein mag.«

»Krank bist?«, versteht die Alte und betrachtet sie mitleidig. »Ja, ja, schaust gar nicht gut aus. So blass bist. Aber wart nur, das Lüfterl da heroben richtet dich schon wieder zusammen. Ja, und wenn ich doch schon hinunter muss, geh ich lieber heut noch. Der Mond wird bald kommen, so dass es nicht dunkel wird. Komm, Veronika, dann zeig ich dir das Wichtigste.«

Und während Bärbel sich umzieht und unermüdlich plappert, steht Veronika mit verschränkten

Armen vor dem Fenster und schaut zu den Brachwänden hinüber, an denen schon langsam die Schatten der kommenden Nacht emporkriechen. Nur die Gipfel leuchten noch im Abendrot. Plötzlich wendet sie sich um.

»Kommt der Kramer Peter nie daher?«

»Der Peter? Der holt jeden Tag die Milch. Du, da musst Obacht geben. Weißt, das ist ein ganz Gefährlicher. Vorige Woch war einmal eine Berlinerin da, die ist ganz verrückt gewesen nach ihm.«

»Er nach ihr auch?«

Die Alte schüttelt den Kopf. »Er hat ihr nix wollen. Aber gib nur du gut Obacht. Weißt, die Mannsbilder muss man sich vom Leib halten.«

Veronika muss unwillkürlich lachen, obwohl ihr innerlich dazu gar nicht zumute ist. Endlich ist die Bärbel fertig, und Veronika gibt ihr bis zum Brunnen das Geleit.

Eine Weile hört man noch ihre Schritte, und dann wird es still. Die Stille wächst und breitet sich aus. Alles Licht ist bereits erloschen, und am Himmel glühn die Sterne auf.

Veronika sitzt auf dem Brunnenrand und blickt hinunter in die Tiefe, aus der die Lichter der Häuser blinken wie vom Himmel gefallene Sterne. Jetzt erst fühlt sie eine unendliche Einsamkeit auf sich herabsinken, und plötzlich spürt sie einen heißen Tropfen auf ihren Händen, die sie im Schoß verschlungen hält. Ganz lautlos weint sie, ohne mit den Schultern zu zucken. Die Tränen fallen aus den offenen Augen wie Tautropfen am Morgen, wenn der Wind erwacht und in die Gräser fährt. Es ist ihr kaum bewusst, dass sie weint, und als es ihr plötzlich bewusst wird, steht sie mit einem Ruck auf. Es kommt ihr so unverständlich, so kindisch vor, dass sie nun am Brunnen sitzt und nichts anderes zu beginnen weiß, als zu weinen ohne

Grund. Nein, wirklich, es ist kein Grund da. Am Morgen wird Peter kommen, und sie wird sich zuerst hinter der Türe verstecken und sich dann diebisch freuen über sein verblüfftes Gesicht.

Da bin ich jetzt, Peter, wird sie sagen. Oder vielleicht sagt sie gar nichts, sondern nimmt ihn einfach um den Hals und küsst ihn, bis ihr der Atem vergeht. Das ist die gesündeste und deutlichste Sprache der Welt.

Hinter der Zanglerplatte steigt ein heller Schein empor. Der Mond will kommen und wird in kurzer Zeit das ganze Almfeld mit seinem silbernen Licht überschütten. Ungeheuer groß ist der Schatten, den der Berg über das Almfeld wirft.

Gerade als Veronika in die Hütte gehen will, hört sie einen Schritt vom Steig herunter. Sie wendet das Gesicht über die Schulter und späht scharf zum Gatter hinauf. Ja, es kommt jemand. Jetzt öffnet er das Türchen und ist gleich darauf vor der Hütte.

Es ist der Huisen Lenz, ein alter Holzknecht, der nebenbei Kräuter sammelt und ein fleißiger Gast auf den Almen ist, seit es mit der Arbeit nicht mehr recht gehen will. Er erkennt Veronika nicht gleich und meint, es sei die alte Bärbel.

»Bist noch auf, Bärbel?«, fragt er. »Gut, dann kann ich durch die Tür gehn. Ich hätte aber schon so auch einen Schlupf zum Heuboden gefunden. Kannst mir noch ein Stamperl Schnaps geben, Bärbel?«

»Ich bin nicht die Bärbel«, sagt Veronika. »Aber einen Schnaps kannst von mir auch kriegen, Lenz.«

Der Alte muss erst etwas näher treten, bis er Veronika erkennt. »Ah, du bist es«, lacht er dann. »Wie kommst denn du da herauf?«

»Mit den Füßen halt. Fliegen kann ich nicht. Aber wo kommst denn du noch her?«

»Auf der Mittschneider Alm war ich heut. Da war's

lustig. Sommergäste sind da gewesen und getanzt worden ist.«

»Kannst denn du auch noch tanzen, Lenz?«, fragt dann Veronika. »Du musst doch bald sechzig Jahre alt sein?«

»Dreiundsechzig. Ich hab ja auch nicht gesagt, dass ich getanzt hab. Waren ja Junge genug dort. Der Geringler Stefan, der Hauserbauern Martin, der Kramer Peter und wie sie alle heißen. Ich kenn ja die jungen Leut gar nimmer so.«

»Wo ist dann der Kramer Peter jetzt?« Ihre Stimme klingt etwas gepresst. Der Schmerz muss bei ihm also nicht gar so groß gewesen sein, wenn er tanzen kann und lustig sein.

»Wer?«, fragt der Alte. »Der Kramer Peter? Der ist mit mir gegangen und hat sich erst da droben beim Almzaun von mir getrennt.«

»Hat er nicht mitgehn wollen da runter?«

»Ich hab auch nix gesagt, dass er mitgehn soll. Freilich, wenn ich gewusst hätt, dass du da bist, hätt ich ihn mitgebracht. Glaub's schon, dass dir ein Junger lieber wär zur Unterhaltung als ein so alter Krauterer, wie ich einer bin.«

»Geh, so hab ich das doch nicht gemeint«, verteidigt sich Veronika und erinnert sich, dass der Alte einen Schnaps möchte. »Gehen wir in die Hütte«, sagt sie und geht ihm voran. Es stellt sich heraus, dass die Patrone der Gaslampe leer ist, und Veronika weiß nicht, wo die Ersatzkartuschen sind.

»Auweh«, sagte sie. »Da wird es schlecht ausschaun mit dem Schnaps. Licht haben wir keines, und ich weiß nicht, wo die Flasche ist.«

»Dort droben auf dem Kastl steht die Flasche. Wart, die find ich, und das Schnapsglasel brauch ich nicht. Ich trink gleich aus der Flasche, dann hast die Arbeit mit dem Einschenken nicht.«

»Du kennst dich ja gut aus da«, antwortet Veronika lachend.

Der Alte hat sich die Flasche geholt, und nachdem er einen herzhaften Schluck getrunken hat, setzt er sich auf die Ofenbank, nimmt die Flasche zwischen die Knie und sagt:

»Ich bin auf jeder Alm daheim. Wenn man einmal so lang in den Bergen herumkugelt wie ich, da kennt man sich aus, meine Liebe.«

Veronika setzt sich auf die Bank neben dem Fenster. Inzwischen hat sich der Mond über den Berg emporgeschoben und wirft sein mildes Licht durch das kleine Fenster herein.

»Gehst noch allweil ins Holz?«, fragt sie nach einer Weile.

»Geht nimmer recht. Hab auch nimmer Zeit. Weißt ja, ich tu ein bissel quacksalbern. Auf der Brandl Alm hat es gestern eine Kuh aufgetrieben. War gut, dass ich grad dagewesen bin. Das Madl hat sich gar nicht zu helfen gewusst.«

»Mir ginge es genauso«, meint Veronika und wendet den Blick zum Fenster hinaus.

»Ja, weißt, ich tu auch die Leut kurieren. Das ist zwar ein bissel komplizierter, weil sie erstens keinen Viehmagen nicht haben, und einem zweitens die Doktoren auf die Eisen steigen, wenn sie was in die Nasen kriegen. Es geht aber nix über die Naturheilkunde, das sag ich dir, so wahr ich der Huisen Lenz bin. Ich kenn mich da aus, meine Liebe! Die Gröbmeierin von Heimathofen, die hat kaum mehr gehn können. Schau sie heut an! Wie eine Junge läuft sie rum, und nix mehr spürt sie von ihren Gallensteinen. Alles weg.«

Veronika gibt keine Antwort, schaut unverwandt hinaus in das wundervolle Gezack von Licht und Schatten dieser silberdurchtränkten Nacht. Der Alte nimmt wieder einen Schluck und spricht weiter:

»Da hab ich noch einen anderen Fall, der ist noch viel schwieriger. Der Himmelsteiner von Oetzbach – ist sogar von euch ein weitschichtiger Verwandter – also, der Himmelsteiner hat schon lang mit seiner Leber so ein Malheur gehabt. Leberschwellung haben die Doktoren gesagt und ihm für jede Untersuchung eine gesalzene Rechnung geschickt. Denn die Privatpatienten werden gerupft nach Strich und Faden. Nur helfen hat ihm keiner können. Da ist er zu mir kommen, der geplagte Himmelsteiner, und hat mir sein Leid geklagt. Leberschwellung, hab ich gesagt, das ist ein schwieriger Fall. Aber wir werden es schon hinkriegen. Pass auf, da geb ich dir ein paar Wurzeln mit, die soll deine Alte kochen in einem großen Hafen. Zehn Liter Wasser dürfen es sein. Das tust dann in Flaschen füllen, hab ich gesagt – und lässt es drei Tag gären. Dann nimmst im Tag dreimal eine kleine Tasse von dem Zeug, und helfen muss es, so wahr ich der Huisen Lenz bin. Und geholfen hat's. Ganz gut ist er wieder beieinander.«

Veronika wendet den Kopf ein wenig.

»Ist er recht lustig gewesen?«

»Da kannst gut lustig sein, wenn du eine Leberschwellung hast! Geschrien hat er oft Tag und Nacht, der Himmelsteiner.«

»Ich hab ja nicht den Himmelsteiner gemeint, sondern den …«

Sie verstummt plötzlich und schaut wieder zum Fenster hinaus.

»Wen hast denn dann gemeint?«, fragt Lenz nach einer langen Weile.

»Den Kramer Peter.«

»Ach so, den. Ob der lustig war, meinst? Eigentlich nicht so recht. Aber du – singen kann der, Teufel! Wie wir über den Berg gegangen sind, da hat er ein Lied angestimmt. Grad gehallt hat alles. So eine Stimm ist eine Gottesgab, das sag ich dir, so wahr ich der Huisen Lenz bin.«

Veronika steht auf und nimmt ihm die Flasche weg.

»Für heut reicht es, Lenz. Hab gar nicht gewusst, dass du so gern schnapselst. Wie einem das Zeug nur schmecken kann!«

»Ich hab ja auch nicht gewusst, dass du den Kramer Peter so gern siehst. Aber Recht hast, Veronika. Ihr zwei passt zusammen wie Almenrausch und Edelweiß. Ja, ja, es ist was Schönes um die Lieb.«

»Geh, was weißt denn du von der Lieb?«

»Ja, meinst denn du, dass ich nie jung gewesen bin? Hast du eine Ahnung! Kein Weg war mir zu weit zu einem Dirndl und keine Nacht zu finster. Freilich, eine hat mich dann zum Narren gehalten, und dann hab ich Schluss gemacht mit den Madeln, obwohl ich damals erst ein paar Jahr über die Dreißig war.«

»Was war denn das für eine?«

»Du kennst sie schon. Die jetzige Kramerin war es.«

Veronikas Interesse wächst.

»Die Stiefmutter vom Peter? Die Ulrike Markus?«

Der Alte nickt und starrt wie in Erinnerung versunken vor sich hin.

»War ein blutjunges Dirndl damals, und sie hat mir Treue versprochen und hat mich vielleicht auch gern gehabt. Aber wie ich aus dem Gefäng ..., wollt sagen, aus der Anstalt herauskommen bin, da war sie nimmer in meinem Dorf. Ich hab ihren Aufenthalt auch nicht erfahren können. Erst wie ich dann zehn Jahre später nach Gündelsbach bin, hab ich sie zum ersten Mal wiedergesehn. Sie war aber schon verheiratet und für mich verloren.«

Die Uhr räuspert sich, und der kleine Kuckuck ruft zehnmal laut durch die mondhelle Stube. Die Schatten der beiden Menschen sind an der Mauer zu sehen.

Wie ein gewaltiger Berg ist der Rücken des Alten, und Veronika steht neben ihm, den einen Arm auf den Tisch gestemmt, mit der anderen Hand spielt sie an ihrer Halskette.

»Bist denn du schon einmal eingesperrt gewesen, Lenz?«, fragt sie voller Mitleid.

»Einmal? Dreimal schon.«

»Ja, warum denn?«

Der Alte macht eine Bewegung mit den Armen, die aber in dem matten Zwielicht etwas unverständlich wirkt.

Nur weil er dazu sagt: »Piff, paff«, kann es Veronika erraten.

»Hast gewildert?«

»Das hat früher fast jeder Holzknecht getan. Freilich, ich hab es schon ein bissel arg getrieben, und einmal bin ich mit dem Förster zusammengetroffen, und auf allen zwei Seiten hat es gekracht. Er war nicht tot. War nur eine Fleischwunde. Erkannt hat er mich auch nicht, aber ich bin verraten worden, und dann hab ich selbiges Mal zweieinhalb Jahr gekriegt. Das war das erste Mal. Das zweite Mal waren es drei Jahre und das dritte Mal dreieinhalb Jahr.«

»Das sind neun Jahre im Ganzen«, sagt Veronika schaudernd.

Es kann sein, dass der Huisen Lenz etwas viel Schnaps getrunken hat und ein wenig betrunken ist, denn er beginnt auf eine etwas schwermütige Weise aus seinem Leben zu erzählen. Er spricht von dem großen, grauen Haus in der Stadt, das ihm neun Jahre zur Heimat geworden ist. Er spricht auch von der Liebe. Veronika glaubt zuerst, das sei verworrenes Zeug, was der Alte da plappert. Denn was soll ein Mann, dessen Rücken schon gekrümmt ist und dessen Haare silbern schimmern, noch von Liebe wissen. Er müsste dies doch längst vergessen haben.

Nein, der Huisen Lenz hat nichts vergessen. Er holt alle Begebenheiten seines Lebens herauf wie aus einer Versunkenheit. Und er findet so wunderliche Worte für alles, dass man nicht glauben möchte, dass seine Hände zeitlebens nichts anderes in Händen gehalten haben als Axt und Säge und zuweilen in hellen Nächten ein Gewehr. Die Liebe, sagt er zum Beispiel, sei der Quell des Lebens. Ohne Liebe sei das Leben nichts anderes als ein Baum ohne Blätter. Er habe die Liebe erst kennen gelernt, als er schon ein Bursch war mit über zwanzig. Vierzig lange Jahre seien nun schon darüber hinweggegangen, viel Leid und Kummer habe er erfahren, aber die Erinnerung an jene Zeit sei wach geblieben und stünde heute noch als freundliches Licht über manchem seiner grauen Tage.

Die kleine Kuckucksuhr schlägt schon die Mitternachtsstunde, als die beiden sich trennen. Der Alte steigt die Stiege zum Heuboden hinauf, während Veronika in die Kammer geht. Sie hat die Klinke schon in der Hand und dem Alten eine recht gute Nacht gewünscht, da sagt sie, als habe sie sich plötzlich darauf besonnen:

»Du, Lenz …«

»Was ist denn?«, fragt der, schon auf der Leiter stehend.

»Ach nix«, sagt sie und öffnet die Türe.

»So sag es halt, wenn dich was drückt! Schau, Madl, mir kannst alles anvertrauen.«

»Es ist bloß … ich mein… ob du das Gewehr noch hast?«

»Was für ein Gewehr?«

»Das, mit dem du gewildert hast.«

Ein dünnes, unterdrücktes Lachen kommt aus der dunklen Ecke.

»Haben sie mir ja genommen, damals.«

»Hast also keins mehr?«

»Warum? Möchtest gar zum Wildbretschießen gehn, du Teufelsmadl?«

»Ach geh! Was du gleich denkst! Aber treffen tu ich schon gut. In Ellmoos hab ich einmal fast lauter Zwölfer geschossen. Der Peter war auch dabei. Gut Nacht, Lenz!«

»Gut Nacht, Veronika!«

Die Türe schließt sich, und ein Riegel klappert. Dann ist alles still in der Hütte.

Veronika findet auf einem Stuhl neben dem Bett eine Schachtel Streichhölzer und einen Kerzenstummel. Sie braucht aber beides nicht, denn das Mondlicht fällt mit breitem Streifen durch das geöffnete Fenster herein.

Am Morgen wäre sie nicht rechtzeitig aufgewacht, wenn Lenz sie nicht geweckt hätte. Er treibt ihr auch die Kühe herauf vom unteren Almfeld zur Brandl Alm, wo er nach einer Kuh schauen müsse. Bevor er weggeht, sagt er so nebenbei:

»Ein Büchsl hab ich schon noch. Ist ein verteufelt gutes Gewehr. Ich bring es einmal mit.«

Veronika, die gerade beim Melken sitzt, antwortet, ohne ihn anzuschaun: »Bringst es halt einmal mit! Es ist immer gut, wenn ein Weiberleut allein ist und man hat was, womit man sich erwehren kann, wenn es grad einmal wär.«

Veronika hat die Kühe nach dem Melken wieder ins Freie getrieben, hat die Hütte sauber gefegt, steht nun vor dem Herd und wartet, bis das Kaffeewasser siedet.

Da huscht ein Schatten am Fenster vorbei, und Veronika versteckt sich blitzschnell hinter der Türe.

Peter betritt die Hütte, hemdsärmelig, direkt von der Arbeit kommend.

»He, Bärbel! Wo steckst denn wieder?«

Keine Antwort kommt. Peter stellt seine Milchflasche auf den Tisch und will in den Stall hinaus. Da muss er den huschenden Schritt hinter sich gehört haben und dreht sich blitzschnell um.

Ein jähes Erschrecken geht über sein Gesicht. Den Mund halb geöffnet, als möchte er etwas sagen, starrt er Veronika an. Aber er bringt kein Wort heraus.

»Na?«, sagt sie, »hast du mir gar nichts zu sagen?«

Das gibt ihm die Fassung einigermaßen wieder. Eine Falte erscheint auf seiner Stirn, die immer tiefer wird.

»Zu sagen hätt ich dir allerhand«, kommt es dann aus seinem Mund. »Aber warum denn so lang reden, wenn es doch keinen Wert hat?«

»Aber Peter? Was soll denn das heißen?«

»Das soll heißen, dass es mir lieber gewesen wär, wenn ich dich nimmer gesehen hätt. Warum bist du denn raufkommen?«

»Weil ich dich hab sehen wollen, nein, müssen.« Sie macht einen Schritt auf ihn zu. Ihre Hand legt sich auf seine Schulter. »Geh, Peter! Bist denn wirklich so dumm und hast alles glaubt, was mein Vater gesagt hat?«

Er schaut sie ungläubig an.

»Wirklich nichts ist wahr?«

»Kein Sterbenswörtl. Ich hab noch nie einen anderen mögen, und ich mag auch keinen andern. Meinst du denn, dass ich sonst da heroben wär, wenn ich es ausgehalten hätt da drunten ohne dich?«

»Hat er dich denn raufgehen lassen, dein Vater?«

»Ich hab ihn nicht gefragt. Ich bin einfach davon, gestern. In deiner Hütte war ich zuerst, aber du warst nicht da.«

Er schüttelt zuerst noch den Kopf. Aber ihr glückseliges Lächeln, ihre leuchtenden Augen sagen ihm, dass alles Wahrheit ist und Wirklichkeit. Sie ist zu ihm gekommen, weil sie ohne ihn nicht sein kann. Ganz langsam hebt er die Arme. Aber dann reißt er sie lachend an seine Brust, mit so heißer Kraft, dass sie stöhnen muss.

»Du bist zu mir kommen!«, stammelt er immer wieder. »Ich kann es gar nicht glauben.«

»Ich bleib sogar bei dir«, antwortet sie und nimmt sein Gesicht zwischen ihre Hände. »Hast du denn gar nicht gewusst, wie gern ich dich hab?«

»Zeig mir's ...«

»Da – da – da –« Sie küsst ihn dreimal hintereinander und macht sich dann schnell von ihm los. »Das Kaffeewasser sprudelt schon. Schnell, Peterl! Trag die Tassen hinaus, wir trinken vor der Hütte draußen Kaffee.«

Und dann sitzen sie vor der Hütte im milden Schein der Morgensonne und haben sich so unendlich viel zu sagen. Die ganze steinerne Welt, der rot gesprenkelte Hang mit den tausend und abertausend Alpenrosen, der dunkelgrüne Fichtenwald – all diese Dinge versinken ihnen als flimmernde Farbenpracht im Traum ihres neu gefestigten Glückes.

Das ist ein Leben voll Seligkeit. Peter kommt nun nicht mehr jeden Morgen, wie bisher, denn dadurch würde er mit seiner Arbeit nicht vorankommen. Er kommt am Abend, wenn die Sonne untergegangen ist, und geht auch nicht mehr in seine Hütte, sondern bleibt auf der Büchler Alm, droben im Heu.

Am dritten Tag kommt die Bärbel wieder herauf. Sie hat den Befehl, auf der Alm zu bleiben und Veronika unter allen Umständen heimzuschicken. Es hilft nichts. Veronika bleibt standhaft, und Bärbel muss wieder unverrichteter Dinge heimkehren. Sepp, ihr Bruder, kommt am Samstag Nachmittag. Aber auch er kann Veronika nicht dazu bewegen, mit ihm zu kommen. Er dringt auch gar nicht näher in sie und erzählt, dass es daheim nicht mehr zum Aushalten ist. Der Vater hätte eine Laune, die haarsträubend sei.

»Also, ich bleib auf jeden Fall da«, erklärt Veronika kurz und bündig.

Ein sehr häufiger Gast ist der Huisen Lenz. Es ist sonderbar. Die beiden haben immer etwas Geheimnisvolles miteinander zu tuscheln. Selbst Peter hat es schon bemerkt und hat lachend erklärt:

»Wenn du nicht schon so alt wärst, Lenz, dann tät ich eifersüchtig werden auf dich.«

Ja, irgendein Geheimnis haben die beiden miteinander. Mitunter kommt es vor, dass der Alte ein paar Tage unsichtbar ist, und wenn er dann plötzlich wieder auftaucht, schmunzelt er behaglich und knistert mit den Geldscheinen in seiner Hosentasche.

Einmal ist Peter wieder abends bei Veronika. Gegen zehn Uhr sagt er: »Jetzt mach ich mich schön langsam auf den Heimweg.«

Veronika erhebt sich sogleich und sagt: »Ja, ich geh auch schlafen. Um Sechs ist die Nacht um.«

Peter betrachtet sie forschend und geht zur Tür. Plötzlich wendet er sich nochmals um und nimmt sie bei der Hand.

»Veronika! Du verbirgst irgendetwas vor mir.«

Eine flammende Röte geht über ihr Gesicht.

»Was soll ich denn verbergen?«

»Das weiß ich nicht. Aber etwas muss es sein, das fühl ich.«

Ungestüm schlingt sie ihre Arme um seinen Hals und presst ihre Wange an die seine.

»Dummer Bub, allweil zweifelst«, sagt sie scherzend und drängt ihn zur Türe hin.

Peter steht mit verworrenen Gedanken draußen in der mondhellen Nacht. Irgendetwas stimmt da nicht.

Da ist er ganz sicher. Aber was? Etwas Fremdes ist zwischen ihnen, das ist nicht zu bestreiten. Aber so viel er auch nachgrübelt, er findet keine Antwort.

Er geht bis zum Brunnen und blickt auf die Hütte zurück. Die Fenster sind dunkel geworden. Ganz still ist es rings umher, fast unheimlich still. Doch gerade, als Peter sich endgültig zum Heimgehen wenden will, hört er einen leisen quietschenden Ton, so, als würde eine Tür geöffnet und wieder geschlossen.

Blitzschnell duckt er sich hinter den Brunnenrand und verhält den Atem. Ganz deutlich kann er jetzt sehen, wie jemand mit vorsichtigen Schritten von der Hütte wegschleicht und dann rasch den Hang hinaufsteigt.

Dem Lauschenden ist zumute, als müsse er aufschreien, denn er hat keinen Zweifel: Es ist Veronika. Er kennt ihren Gang, die Haltung ihres Körpers.

Was soll das bedeuten?

Jetzt verschwindet der Schatten hinter einer Bodenwelle. Peter schnellt in die Höhe und eilt ebenfalls den Hang hinauf. Da steht die Gestalt, einen Augenblick verharrend, und Peter wirft sich blitzschnell in Deckung.

Veronika geht wieder weiter. Nein, es war wohl nichts. Es war nur die Überreizung ihrer Nerven. Vorsichtig, jeden Schatten nutzend, geht sie dahin, bis sie auf der Höhe des Berges ist. Dort bleibt sie wieder stehen und schaut sich vorsichtig nach allen Seiten um, als könnte sie dieser Stille nicht trauen. Dann zieht sie aus dem Rucksack ein Gewehr – eine Doppelbüchse mit abgesägten Läufen und lädt es. Vor ihr breitet sich eine Grasmulde. Drüben auf der rechten Seite zieht sich eine Fichtenschonung entlang. Verstreute Felsbrocken und ein paar Latschenstauden sind auf der Wiese, und ein paar Mal fährt Veronika erschrocken zusammen. Es ist aber nichts. Höchstens, dass sich die Latschen im Nachtwind ein wenig bewegen.

Hinter einem Felsenstein geht sie in Stellung. Wie aufgeregt sie heute ist. Dummheit! Denn der Jäger ist ja heut in einem ganz anderen Revier. Und wer sollte mich schon verdächtigen? Kein Mensch würde das glauben, und der Lenz, der einzige, der es weiß, der sagt nichts.

Wenn Peter das wüsste! Ach ja, das ist ihr einziger Kummer, dass sie es ihm verheimlichen muss, denn sie weiß, dass er nicht verstehen könnte, wie sie dazu kommt, solche Wege zu gehen. Weiß sie es denn selbst? Nein! Tausendmal hat sie sich schon gefragt und sich Vorwürfe gemacht. Aber sie findet keine Antwort darauf. Es hilft nichts, dass sie den festen Vorsatz fasst, von diesem Tun zu lassen. Wenn der Lenz kommt und sagt: »Heut weiß ich einen Bock, Veronika. Ein Prachtexemplar!«, dann verschwinden alte Bedenken. Sie ist dann von einer brennenden Unruhe erfüllt und wird erst wieder ruhig, wenn das Wild unter ihrer Kugel zusammengebrochen ist. Doch dann verflucht sie den Lenz, der ihr das Gewehr ins Haus gebracht hat und der an dem Ganzen den Gewinn hat. Denn er hat gute Abnehmer dafür, und Veronika nimmt kein Geld.

Beinahe hätte sie nun vergessen, weshalb sie hier sitzt. Ein Geräusch lässt sie aufhorchen und reißt sie aus ihren Gedanken. Man hört das Brechen von Ästen und den gedämpften Sprung eines Wildes.

Gleich darauf taucht aus der Schonung drüben ein kapitaler Gamsbock auf und bleibt dann witternd neben einem Latschenbuschen stehen. Hat er gehört, wie sie den Hahn gespannt hat, oder hat er den Schatten hinter dem Felsen bemerkt? Mit einem Satz wendet er sich zur Flucht.

Aber es ist schon zu spät.

Der Schuss kracht, und der Bock stürzt lautlos zusammen. Schaurig rollt das Echo des Schusses über die Felsenwände hin. Veronika lässt die rauchende Büchse sinken. Ihr Gesicht hat einen gelösten, entspannten Ausdruck. Plötzlich zuckt sie zusammen und fährt herum, das Gewehr hochreißend. Ein Schrei löst sich von ihren Lippen.

Hoch aufgerichtet steht Peter vor ihr. Sein Gesicht ist kreidebleich. Veronika erschrickt noch mehr, als sie dieses Gesicht sieht mit den unendlich traurigen Augen. Kein Wort kommt über seine Lippen.

Sie drängt sich ganz nah an ihn, dass er ihren Atem an seinem Gesicht spürt.

»Sei nicht bös«, bettelt sie.

Ein schmerzliches Lächeln zuckt um seinen Mund.

»Veronika«, sagt er leise.

Es ist ein Ton, der sich anhört wie Lachen oder Weinen oder beides zugleich. Das Gewehr entfällt ihren Händen. Sie hängt an seinem Hals, spricht in sein Ohr:

»Ich kann nichts dafür, Peter. Ich muss einfach. Im Blut muss mir das liegen, genauso« – sie streift mit halb geöffneten Lippen über seine Schläfen – »genauso, wie ich dich lieb haben muss, weil ich nicht anders kann, genauso muss ich das auch tun.«

»Und wo soll das hinführen, Veronika?«

Sie zuckt die Schultern.

»Es ist heut nicht das erste Mal«, redet er ernst auf sie ein. »Der Jäger war schon zweimal bei mir und hat mich gefragt, ob ich nicht was gemerkt hätte, weil er so oft auf Spuren stößt in der Umgebung. Gesetzt den Fall, du würdest auf frischer Tat ertappt. Hast du dir auch schon überlegt, was dann wär?«

»Ich hab mir alles schon überlegt, aber es hilft nichts. Peter, hilf mir halt du, dass ich drüber wegkomm, über diese unselige Leidenschaft! Ich seh es ja selber ein, dass es so nicht weitergehen darf. Ich weiß auch, dass es ganz und gar unweiblich ist, aber ich kann einfach nicht dagegen an. Wie ein Fieber erfasst mich das, und dann vergess ich auf alles andere.«

»Komm«, sagt er gütig und schlingt den Arm um ihre Schulter. »Ich bring dich heim. Das Gewehr –«, er bückt sich danach und schlägt es an den Felsen, dass der Schaft splitternd abbricht. »So«, sagt er dann, »das ist die Hauptsache, dass das einmal weg ist. Und in Zukunft muss ich halt besser Obacht geben auf dich.« Das letzte sagt er halb scherzend, wie man zu einem Kinde spricht.

Vielleicht wäre es auf diese Art und Weise gegangen. Denn Peter schläft nun immer auf der Büchler Alm und hat den Schlüssel zu Veronikas Kammer in der Tasche, so dass sie nachts nicht aussteigen kann, denn das Fenster ist vergittert. Aber da tritt eine Änderung ein, an die niemand gedacht hätte.

Eines Nachmittags kommt Stefan, Peters Bruder, zu ihm in den Holzschlag und bringt ihm Botschaft, dass er nach Hause kommen müsse, weil der Vater vom Bau gestürzt sei und nun mit gebrochenem Bein daheim liege, unfähig sich zu rühren. Die Grummeternte müsse eingebracht werden, und auch sonst gäbe es noch viel Arbeit, weil doch die Mutter nicht aus dem Haus könne wegen der Kramerei und er, der Stefan, in Ellmoos bei einem Elektrogeschäft in der Lehre sei.

»Geh nur derweil zu«, sagt er zum Bruder. »Ich komm gleich nach.«

Er geht vorher noch auf die Büchler Alm, um sich von Veronika zu verabschieden.

»Das Beste wär, du gingst gleich mit mir hinunter, dann hätt ich wenigstens Ruh«, sagt er. »Oder kannst du mir versprechen, dass du nicht wieder zurückfällst in das alte Laster.«

»Ich glaub schon, Peter.«

»Versuch es, Veronika! Es muss einfach gehen.«

»Wenn ich allweil an dich denk, dann geht es sicher, Peter.«

»Ja, und samstags komm ich allweil herauf zu dir.«

Veronika gibt ihm noch das Geleit bis in den Wald hinunter, dann kehrt sie wieder in die Hütte zurück. Als sie dort ankommt, sitzt der Huisen Lenz auf den Stufen vor der Tür.

»Wo hast denn gesteckt?«, fragt er und blinzelt zu ihr auf.

»Den Peter hab ich ein Stückl begleitet. Er muss nämlich heim.«

»Auweh, dann wird es dich auch nimmer lang leiden da heroben.«

»Jetzt bleib ich schon da bis zum Abtrieb.« Sie setzt sich zu ihm und stützt die Ellbogen auf die aufgezogenen Knie. »Einmal müssen wir doch reden darüber, Lenz. Was verlangst denn für das Gewehr, das der Peter kaputtgeschlagen hat?«

»Ist ein teuflisch gutes Gewehr gewesen«, antwortet der Alte.

»Ja, sag nur, was es wert war. Ich zahl es schon. Sollst keinen Schaden haben durch mich.«

Lenz schaut eine Weile in den Himmel.

»Ich hab schon wieder ein anderes«, sagt er dann, ohne das Mädchen an seiner Seite anzuschauen.

Sie gibt keine Antwort.

»Fast neu. Ganz billig ist es hergegangen. Von einem Tschechen am Hauptbahnhof hab ich's gekauft.«

»Von mir aus«, meint Veronika kalt. »Ich mag nix mehr damit zu tun haben.«

»Ich hab ja auch nix gesagt davon«, tut der Alte beleidigt. »Bloß gemeint hab ich.«

»Nein, nein!«, schreit sie ihm ins Gesicht. »Wenn ich doch nimmer mag.«

»Brauchst ja auch gar nicht. Du tust ja grad, als wenn ich dich zu was zwingen wollt. Ich hab ja bloß gemeint, ob ich es nicht bei dir in der Hütte unterstellen dürft, weil ich sonst auch keinen richtigen Platz dafür hab.«

Veronika schüttelt den Kopf.

»Nein, Lenz. Bring es nicht. Es ist besser.«

Als Peter zu Hause ankommt, sieht er gleich, dass er diesen Sommer wohl nicht mehr zu seiner Holzarbeit zurückkehren kann. Es wartet eine Menge Arbeit auf ihn daheim. Außerdem liegt auf dem Bahnhof eine Menge Ware, die abgeholt werden muss. Am gescheitesten wär, er würde sich einen Lastwagen leihen, denn mit des Vaters Kleinwagen wäre es zu langwierig.

»Da gehst am besten zum Bürgermeister«, sagt der Vater. »Der leiht dir vielleicht den Laster vom Bauhof.«

Peter macht sich auch sofort dorthin auf den Weg. Als er die Amtsstube betritt, verhandelt der Gemeindevorsteher soeben mit einem kleinen, dicken Herrn. Es ist ein Fremder, den Peter nicht kennt.

Der Bürgermeister wendet sich sofort an Peter.

»Haben s' dich heimgeholt von der Holzarbeit? Ist dumm gegangen mit deinem Vater, nicht wahr? Was tätst denn wollen, Peter?«

Peter macht eine abwehrende Handbewegung.

»Ich kann leicht warten«, sagt er und setzt sich auf eine kleine Bank in der Ecke.

Der Bürgermeister wendet sich also wieder an den kleinen Dicken.

»Sind Sie der Direktor selber?«

Der Angeredete macht eine graziöse Verbeugung. »Jawohl! Direktor Karl Lamperl, Inhaber des Kunstscheins und der Konzession. Wir spielen nur dezente Stücke, ganz einwandfreie Stücke, bestimmt nicht jugendgefährdend, Herr Bürgermeister.«

»Meinen Sie denn, dass Sie in Gündelsbach recht viele Geschäfte machen?«

»Das lassen Sie nur meine Sorge sein, Herr Bürgermeister. Wenn die erste Vorstellung auch nicht so besucht wird – es wird sich rumsprechen. Das Gute bricht sich Bahn. Es sind doch auch viele Sommergäste in Gündelsbach?«

»Ich bin gar nicht recht dafür«, zögert der Bürgermeister. »Vor drei Jahren war eine Truppe da, die haben nix dagelassen als einen Haufen Schulden.«

»Das kommt bei meiner Truppe nicht vor, Herr Bürgermeister. Wir können überall, wo wir waren, wieder erscheinen.«

Der Bürgermeister schüttelt den Kopf.

»Also, wie gesagt, begeistert bin ich grad nicht.«

Da steht Peter auf.

»Versag es ihm nicht, Bürgermeister! Die Leute müssen doch auch leben.«

Herr Lamperl wirft Peter einen dankbaren Blick zu und sagt mit Pathos:

»O Himmel! Ein Retter in hehrer Gestalt.«

»Na dann, von mir aus«, sagt der Bürgermeister. »Aber das sag ich Ihnen gleich: Zettel an die Scheunen und Häuser anpappen, das gibt's nicht. Dafür …«

»… sind die Plakattafeln da«, unterbricht ihn der Theaterdirektor. »Oh, ich weiß, Gündelsbach ist ein fortschrittliches Dorf und wird unter der vorbildlichen Führung des Herrn …«

»Gehen Sie jetzt und behalten Sie Ihren Schmus für sich!«, unterbricht ihn der Bürgermeister ungnädig.

Herr Lamperl verbeugt sich tief und mit Grazie vor dem Gemeindeoberhaupt, macht auch gegen Peter einen Bückling und huscht hinaus.

»Also, Peter, was hast du für einen Schmerz?«, fragt der Bürgermeister.

»Fragen hätt ich wollen, ob ich nicht den Laster vom Bauhof haben könnte. Ich sollt nämlich nach Ellmoos fahren zum Güterbahnhof.«

»Freilich, Peter. Da hat's doch gar nix. Das ist nur ein Eineinhalbtonner. Den darfst ja auch fahren ohne LKW-Führerschein.«

»Ja, dann sag ich halt derweil dank schön. Und nix für ungut, dass ich dich aufgehalten hab.«

»Ist schon gut, Peter.«

Der Bürgermeister wendet sich seinem Schreibtisch zu, und Peter geht durchs Dorf hinaus zum Gemeindebauhof.

Der dicke Lamperl ist schon beschäftigt, die Plakate anzukleben. Er ist Direktor und Plakatkleber in einer Person. Unter seinem breitkrempigen schwarzen Hut wirft er Peter einen freundlichen Blick zu und sagt: »Kommen Sie nur, junger Mann, in meine Vorstellung! Sie kriegen eine Freikarte.«

Als Peter beim Neuwirt vorbeigeht, gewahrt er die drei Wohnwagen, die der Theatergesellschaft Lamperl gehören. Vom Saal herunter hört man einiges Hämmern und Klopfen. Da schlagen sie wahrscheinlich schon die Bühne auf.

Gündelsbach hat wirklich eine Anzahl Sommergäste zu verzeichnen. Alle Augenblicke begegnet Peter fremden Gesichtern. Manchmal sind auch Stammgäste darunter, die seit Jahren kommen, und Peter muss immer wieder grüßen.

Außerhalb des Dörfchens steht noch eine Villa. Sie wird bewohnt von einem Studienrat, das Erdgeschoss wenigstens. Die oberen Zimmer sind an Sommergäste vermietet. Ein großer, schön angelegter Garten zieht sich bis knapp an die Straße heran. In diesem Garten sieht Peter sie zum ersten Mal. Sie steht bei den

Rosenstöcken und wendet das etwas bleiche Gesicht über die Schulter zur Straße hin, als sie den Mann vorübergehen hört. Dieses schmale Gesicht ist von einem dichten Geringel pechschwarzer Haare eingerahmt, die im Nacken von einer breiten silbernen Spange zusammengehalten werden. Ebenso dunkel sind ihre Augen, die beschattet sind von langen, seidenweichen Wimpern.

Nur einen Blick wirft Peter in diese samtschwarzen Augen, nickt gelassen einen Gruß und geht schnellen Schrittes über die Landstraße, dem Bauhof zu. Er denkt nicht daran, zurückzublicken und hat die eigenartige Fremde längst wieder aus dem Sinn.

Patrizia Ahrends lächelt hinter ihm her. »Das sieht ja beinahe aus wie eine Flucht«, sagt sie vor sich hin und bricht eine dunkelrote, prachtvoll duftende Rose ab. Dann geht sie ins Haus.

Frau Lamperl sitzt an der Kasse und schmunzelt. Das Geschäft lässt sich gar nicht so schlecht an. Die erste Vorstellung hat gefallen, und heute, es ist Freitag, ist der geräumige Saal schon fast voll besetzt, obgleich es erst halb acht Uhr ist. Der Wettersturz der letzten Tage mit anschließendem Landregen treibt die gelangweilten Touristen scharenweise in den Saal. Denn sonst gibt es nicht viel Abwechslung in Gündelsbach.

So sind die vorderen Plätze fast durchweg von Sommergästen besetzt, die vor der Vorstellung noch ihr Abendessen einnehmen. An den hinteren Tischen sitzen die Dorfbewohner, die später gekommen sind.

Direktor Karl Lamperl geht geschäftig zwischen den Stühlen und Tischen hin und her, weist die Plätze an und verkauft Programme. Dann geht er wieder an die Tür, hebt den Deckel der Kasse hoch und reibt sich zufrieden die Hände.

»Gar nicht schlecht, Linchen, was?«

»Ich hab dir ja schon immer gesagt: In Fremdenverkehrsorten ist ein Geschäft zu machen, wenn der Wirt nur einen genügend großen Saal hat. Das hat mein Vater schon immer gesagt, und der war über vierzig Jahre Theaterdirektor.«

Es schlägt soeben acht Uhr vom Kirchturm.

»Geh hinter, Karl, und schmink dich«, sagt die Frau. »Du kommst im ersten Akt gleich dran und hast den ersten Auftritt.«

Karl Lamperl ist ein guter Theaterdirektor. Aber seine Auftritte vergisst er zur rechten Zeit. Auch mit seinen Rollen steht er auf Kriegsfuß, und die übrigen Mitglieder des Ensembles beklagen oft, dass er niemals das richtige Stichwort bringt.

Das Ensemble besteht aus fünf Personen. Es kann vorkommen, dass bei größeren Stücken einer gleich zwei und drei Rollen zu spielen hat. So muss auch heute, beim »Jägerblut«, Herr Lamperl im ersten Akt den Wirt spielen und in den übrigen Akten den Förster. Ja, wirklich, sie spielen ein original-oberbayerisches Volksstück, obwohl zwei der Schauspieler aus Sachsen stammen.

Beim ersten Klingelzeichen erhebt sich auch die Frau Direktor, um in die Garderobe zu gehen. Da kommt noch ein später Gast, Peter Markus.

»Leider ist alles ausverkauft«, sagt Frau Lamperl in bedauerlichem Ton.

»Macht nichts, ich bleib gleich unter der Türe da stehn«, antwortet Peter, wirft einen Zwanzigmarkschein auf den Tisch und lehnt sich an den Türrahmen.

Ganz gelassen schaut er über die Menschenmenge hin, erwidert hin und wieder einen freundlichen Gruß und ruft der Kellnerin zu, sie möge ihm doch ein Weißbier bringen. Auf einmal aber zuckt er leicht zusammen.

Wer ist diese Fremde, die ihn so durchdringend anblickt?

Einen Moment versinkt sein Blick im sprühenden Licht dieser dunklen Augen, die unter den langen Seidenwimpern mit gespannter Aufmerksamkeit jede seiner Bewegungen verfolgen. Dann blickt er wieder gleichgültig über sie hinweg.

Da kommt das zweite Klingelzeichen, und der Vorhang geht hoch. Das Spiel beginnt.

Man wird nirgends ein dankbareres Publikum finden als in abgelegenen Dörfern, in denen wenig Abwechslung geboten wird. Schon den weinroten Vorhang mit den symbolischen drei Masken in der Mitte haben die Gündelsbacher andächtig bestaunt. Sie verfolgen das Spiel und leben mit. Das erkennt man am besten an den Zwischenrufen, die trotz des unwilligen »Pst, Ruhe« der Touristen immer wieder laut werden. So schreit der Mittermeier Franz, als der Wildschütz seine Schwester Loni nicht mit dem Jäger tanzen lassen will, diesem aufmunternd zu: »Hau ihm doch eine runter, wenn's ihm nicht passt.«

»Ruhäää!«, kreischt vorn ein dünner Herr im nagelneuen Trachtenanzug.

Im zweiten Akt verhalten sich die Ortsbewohner schon etwas ruhiger. Aber der Herr Förster, alias Direktor Lamperl, schickt von der Bühne einen empörten Blick auf die Kellnerin herunter, weil die sich im spannendsten Moment mit einem Tablett voll Schweinshaxen durch die Gänge drängt.

Jetzt ist der kurze Zwischenakt an der Reihe.

Die Leute im Saal halten den Atem an. Die Bühne liegt im Dämmerlicht. Aber der Mond will kommen. Er geht irrtümlicherweise nicht hinter den Bergen auf, wie es seiner natürlichen Bahn entspräche, sondern er senkt sich langsam von oben herunter vor das Bühnenbild.

Immer weiter kommt er herunter und steht nun als große gelbe Scheibe im Hintergrund. Wer ganz vorn rechts sitzt, kann Herrn Lamperl hinter der Kulisse auf einer Stehleiter sehen mit einer Stange in der Hand, an der der Mond hängt.

»So was Raffiniertes«, wispert das Brunhuber Katherl ihrem Freund zu. »Sogar einen Mond haben die.«

»Sei doch still«, antwortet der. »Schau nur hin: Die haben nix Gutes im Sinn.«

Wirklich, über die Bühne huschen ein paar Wilderer. Jetzt ziehen sie den Baumstamm über die Klamm, damit der sie verfolgende Jäger abstürzen soll. Schon hört man seine polternden Schritte. Jetzt erscheint er auf der Bühne, da schreit das Brunhuber Katherl: »Halt, Bub, bleib stehn! Die haben den Baum weggezogen!«

Im selben Augenblick hört man ein Krachen und ein Poltern. Hinter der Kulisse fällt die Stehleiter um, und Direktor Lamperl plumpst mit seinem Mond auf die Bühne.

Der ganze Saal kreischt vor Vergnügen. Diesmal auch die Touristen. Man sieht gerade noch, wie sich der Mondmacher vom Boden aufrappelt, dann fällt schnell der Vorhang. Es folgt die große Pause, die auf dem Programm angekündigt ist.

Peter steht immer noch an seinem Platz und denkt bei diesem Thema unentwegt an Veronika.

»Verzeihung«, dringt da plötzlich eine Stimme an sein Ohr. »Dürfte ich Sie um Feuer bitten?«

Die Fremde steht vor ihm. Ihr Blick geht wie ein Leuchtfeuer in seine Augen. Er lehnt die angebotene Zigarette ab und reicht ihr Feuer.

»Warum nehmen Sie denn nicht Platz? Da vorne, bei mir, wäre noch ein Stuhl frei«, fährt die Fremde fort und bläst den Zigarettenrauch nachlässig gegen die Decke.

»Weil …«, er stockt.

»Weil, weil?«

»Weil ich von da aus schneller draußen bin, wenn Schluss ist«, antwortet er dann.

»Haben Sie es denn so eilig, nach Hause zu kommen?«

Jetzt schaut er sie zum ersten Mal länger an. Ganz ruhig gleitet sein Blick über ihr Gesicht, über ihre Gestalt. Er betrachtet sie, wie man einen schönen Gegenstand betrachtet. Ein Genuss für die Augen, weiter nichts.

»Warum antworten Sie mir denn nicht? Wissen Sie was? Wir trinken anschließend noch eine Flasche Wein zusammen. Ja?«

Peter runzelt die Brauen.

»Ich kenn Sie ja gar nicht.«

»Das ist im Augenblick auch gar nicht so wichtig. Also, ich rechne mit Ihnen.«

Der nächste Akt beginnt, und die Fremde geht wieder an ihren Platz.

Nach dem Schlussapplaus geht Peter sofort hinunter, wirft einen Blick in die Gaststube und tritt dann auf die Straße hinaus.

Er ist noch nicht beim Kirchhof, da steht plötzlich die Fremde an seiner Seite.

»Warum haben Sie denn nicht gewartet?« Ihre Stimme klingt vorwurfsvoll.

»Weil ich nicht gewollt hab«, antwortet er gleichgültig.

»Fürchten Sie sich denn vor mir?«

»Nein! Ich möchte wissen, warum?«

»Na, also! Kommen Sie, ich höre Leute. Wir haben doch ein Stück Weg zusammen.«

Schweigend gehen sie nebeneinander her. Ihm kommt es sonderbar vor, dass er an der Seite einer Frau geht, die er vorher noch nie gesehen hat. Wenigstens kann er sich nicht erinnern. Und diese Frau ist von einer seltsamen, zwingenden Schönheit, die ihn aber ganz kalt lässt. Sein Blick streift sie zuweilen von der Seite.

»Wo wohnen Sie denn?«, fragt er.

»Wissen Sie das nicht?«

»Nein.«

»Sie sind diese Woche einmal vorbeigangen, als ich im Garten stand. Können Sie sich nicht erinnern? Im Landhaus Helenenruh.«

»Ach ja, jetzt weiß ich es«, erinnert er sich. »Da haben Sie noch ein Stückl Weg«, fügt er hinzu und bleibt stehen, denn sie sind inzwischen beim Kramerhaus angekommen. »So, da bin ich daheim.«

Sie nickt. »Ja, ich weiß es. Ich weiß mehr von Ihnen, als Sie denken.«

Peter lacht auf.

»Sie sollten nicht über mich lachen«, sagt sie ärgerlich und tritt ein wenig in den Schutz der Gartensträucher, weil man Leute kommen hört. Auch Peter geht von der Straße weg.

Die Stimmen kommen näher. Es sind Leute aus dem Dorf, die auch im Theater waren.

»Die Ahrends war auch im Theater«, sagt eine weibliche Stimme.

»Heut hat sie schon wieder ein anderes Kleid angehabt«, antwortet eine andere.

»Ganz schwere Seide«, sagt die Erste wieder und seufzt. »Geld muss die haben, wie Heu.«

Und dann gehen die Leute an den beiden vorüber und verschwinden im Dunkel.

»Sind Sie das?«, fragt Peter.

»Ja, die Ahrends bin ich«, antwortet sie und streckt den Arm ein wenig aus, um eine Rose zu brechen. »Patrizia Ahrends«, setzt sie nach einer Weile hinzu.

»Aus München?«

»Nein, aus Stuttgart.«

»Oh«, sagt er. »So weit weg.«

»Gar nicht weit«, meint sie. »Das kommt Ihnen nur so vor, weil Sie nie aus dem Dorf herauskommen.«

»Wissen Sie das?«, fragt er spottend.

»Ja, das merkt man. Sie wissen nichts von der Welt.«

Patrizia Ahrends versteckt ihr Gesicht in ihrem Seidentuch und dreht die Rose spielerisch in ihren Fingern. Er soll nicht sehen, dass sie wütend ist – wütend über sich selbst, weil es ihr nicht gelingen will, diesen Kerl aus seiner Starre zu reißen, und wütend über ihn, über seine Kälte und Gleichgültigkeit.

»Sie sind aber ein sonderbarer Mensch«, sagt sie plötzlich gereizt.

»Warum sonderbar?«

»So kalt, wie Sie sind.«

Peter lacht ihr unbekümmert ins Gesicht. Das bringt sie erst recht in Harnisch.

»So sagen Sie doch was«, bricht es ihr heraus. »Sie müssen doch etwas sagen.«

»So? Muss ich?«

»Natürlich! Sie können mich doch nicht einfach hier stehen lassen.«

Ganz nah steht sie vor ihm, den Mund halb geöffnet. Ihr warmer Hauch streift sein Gesicht. Dicht unter ihm sind ihre Augen. Die Glut, die darin aufleuchtet, verwirrt ihn für einen Moment. Er fühlt, dass etwas Zwingendes an ihn heranschleicht.

Mit einer matten Bewegung hebt sie die Arme. Ihre Stimme hat plötzlich alles Herrische verloren. Ganz weich und sanft klingt sie über ihn hin. Langsam und nachdenklich bewegt sie die Brauen. In ihrem Gesicht ist jetzt etwas wie Demut.

Warum redet sie nur so viel? muss Peter denken. Und warum steh ich denn eigentlich hier?

Er ist kein großer Frauenkenner. Aber das weiß er,

dass er nur seinen Arm um sie legen müsste, und sie wäre sein.

Nun schweigt sie wieder, und ganz still ist es um sie. Etwas Gefährliches liegt in dieser Stille. Peter merkt, wie es über ihn kommt. Es ist nichts Sanftes. Nein! Eine wilde Aufwallung ist es im Blut.

Im Dunklen schimmern ihm ihre weißen Zähne entgegen. Es zuckt ein wenig um ihren Mund. Lacht sie etwa?

Mit einem Schlag hat sich Peter Markus wieder in der Gewalt.

»Gute Nacht«, sagt er und will sich abwenden.

»Lassen Sie mich doch nicht allein gehn«, bettelt sie. »Es ist ja so dunkel, und ich kenne den Weg nicht genau.«

Widerwillig kommt er ihrer Aufforderung nach und begleitet sie. Aber er kann nun plötzlich reden. O ja, es ist ihm sogar eine Genugtuung, dass er ihr erzählen kann von dem Mädchen, das er liebt.

Sie sei ja gewiss schon öfters verliebt gewesen, sagt er, und denke vielleicht auch jetzt wieder an so ein kleines Abenteuer. Aber da sei sie nun leider bei ihm an die falsche Adresse gekommen, denn er halte seiner Veronika unter allen Umständen die Treue.

Sehr schnell sind sie an Ort und Stelle angekommen. Peter hat unaufhörlich geredet, sagt dann plötzlich vor dem Gartentürchen Gute Nacht und wendet sich rasch ab.

Patrizia Ahrends steht wie erstarrt. Sie sieht ihn davongehen.

Verschmäht!

Dieses Wort schmerzt sie wie ein Peitschenhieb. Ihr stolzer, herrischer Geist bäumt sich darunter.

Wie kalt er war! Wie sicher und stark er ihr widerstanden hat! Alles an ihm ist Kraft und Wille. Es müsste schön sein, von seinen jungen, starken Armen umschlossen zu werden – nicht nur in einem kleinen Abenteuer, sondern in einer Liebe, die alles einschließt, Vergangenheit und Zukunft ...

Patrizia Ahrends stampft mit dem Fuß auf wie ein Kind, dem man ein Spielzeug weggenommen hat. Ihre Finger zerpflücken die Rose, die sie noch immer in den Händen hält. Langsam wendet sie sich um und öffnet das Gartentürchen. Da ist ihr plötzlich, als hätte sie ein Geräusch vernommen. Einen Augenblick zuckt es wie Freude in ihr auf.

»Ist jemand da?«, ruft sie leise.

Keine Antwort. Patrizia geht ins Haus. Die Tür fällt laut ins Schloss, und im Flur flammt das Licht auf.

Da richtet sich draußen am Gartenzaun eine Gestalt auf und verschwindet mit leisem Lachen und huschenden Schritten in die Nacht hinein.

Seit Veronika auf der Alm ist, kommt auch der Würmseer Andi als fleißiger Gast. Da Peter nun im Dorf ist, hat auch der Leitner nichts dagegen, dass Veronika da oben weilt.

Im Heu liegt immer noch das Gewehr versteckt, das der Huisen Lenz gebracht hat. Veronika hat es bisher noch nicht berührt, und sie freut sich selber wohl am meisten, dass sich diese unselige Leidenschaft in ihr wieder gelegt hat, und wenn der Jäger Anderl bei ihr zukehrt, dann braucht sie nicht mehr vor ihm die Augen niederzuschlagen.

Es ist Samstag Mittag, und Veronika ist soeben fertig geworden mit dem Putzen, da lässt sich vor der Tür ein fester Schritt vernehmen.

Rasch tritt sie unter die Türe in der Hoffnung, dass es Peter schon sein könnte, obwohl er sonst eigentlich immer erst gegen Abend kommt.

Die Enttäuschung mag ihr vielleicht zu sehr im

Gesicht stehen, denn der Angekommene – es ist der Würmseer Andi – sagt lächelnd:

»Mir scheint, du bist nicht recht erfreut über meinen Besuch?«

»In meiner Hütte ist für jeden ein Platz zum Rasten«, sagt sie abweisend.

Andi tritt ein, lehnt seinen Rucksack in die Ecke und macht es sich bequem, indem er die Füße unter den Tisch streckt und sich eine Zigarette anzündet.

»Der Vater hat mich raufgeschickt auf unsere Alm«, beginnt er das Gespräch. »Aber ich hab denkt, zuerst will ich schon bei dir ein bissel zukehren.«

»Was habt ihr denn für eine Sennerin?«, fragt Veronika, während sie den Herd blank scheuert.

»Die alte Resl halt. Die ist ja schon zehn Jahre bei uns. Bist du noch gar nie hinüberkommen auf unsere Alm?«

»Nein! Ich geh überhaupt nicht fort. Was magst denn? Eine Milch?«

»Milch? Brrrr!« Er schüttelt sich. »Hast kein Bier heroben?«

»Du magst's Bier recht gern, gelt?«

»Na ja, es geht. Drum trink ich auch nicht gern was anderes, weil ich's mit der Abwechslung nicht recht hab.«

»Bier hab ich leider nicht.«

»Dann trink ich lieber gar nix, weil ich, wie gesagt, die Abwechslung nicht gern hab.«

Es liegt ein gewisser Unterton in seiner Stimme, der Veronika eigentlich hätte aufmerksam machen müssen, wenn ihr sein Dasein nicht so grenzenlos gleichgültig gewesen wäre.

Andi lehnt hoheitsvoll den Kopf zurück und schnellt die Asche von seiner Zigarette.

»Ja, ja«, sagt er gekünstelt. »So gehn die Sachen halt manchmal.«

»Das ist ja ganz nett und schön, wenn der Mensch keine Abwechslung mag«, meint Veronika, auf den vorhergehenden Satz eingehend.

»Gelt, das sagst du auch. Siehst, und so ein Mensch bin ich. Was ich einmal gern mag – ganz gleich, was es ist – dem bleib ich auch treu. Da mach ich es nicht wie andere Leut. Gewisse Leut, mein ich.«

Ganz langsam dreht Veronika das Gesicht über die Schulter.

»Was meinst denn da für ›gewisse Leut‹?«

Er drückt seine Zigarette im Aschenbecher aus und macht eine lässige Bewegung mit der Hand.

»Es ist gescheiter, man redet nix. Du meinst schließlich auch noch, ich möcht dich aufhetzen.«

»Dann fang halt gleich nicht mit solchen Sachen an«, erwidert sie ärgerlich.

»Is ist mir halt grad so rausgerutscht«, meint er gleichgültig, zwirbelt ein Weilchen an seinem Bärtchen und sagt dann ganz unvermittelt: »Kennst du die Frau, die momentan im Landhaus Helenenruh wohnt? So eine Große, Schwarze ist es?«

»Nein, die kenn ich nicht. Warum, was ist mit der?«

»Sein tut es nix mit ihr. Ich hab bloß halt gemeint. Gestern war sie im Theater.«

»So?«, sagt Veronika, während sie sich am Brunnen mit Seife und Bürste die Hände säubert.

»Der Kramer Peter war auch im Theater«, erzählt Andi weiter und beobachtet scharf die Wirkung seiner Worte. Aber er kann nichts entdecken an ihr, denn Veronika bleibt ganz ruhig und fragt:

»Ist das so was Wichtiges, dass du mir das erzählen musst?«

»Ja, das kommt halt drauf an, ob man es wichtig nimmt oder nicht. Ich weiß ja nicht, wie du da eingestellt bist. Jedenfalls ist der Peter gestern mit der Touristin heimgegangen.«

So, nun ist es heraußen. Aber es hat nicht die beabsichtigte Wirkung. Im Gegenteil, Veronika lacht ihm laut ins Gesicht und sagt:

»Und da hast jetzt so lang herumdrucken müssen, bis du das rausbracht hast! Hättest es nicht gleich sagen können? Du wirst halt gemeint haben, ich ärgere mich recht. Nein, gar nicht. Weißt, so kleinlich denk ich grad nicht. Was ist denn da dabei, wenn der Peter mit einer heimgeht? Das wirst du auch schon öfters getan haben?«

»Bei mir ist das ganz was anderes. Ich hab ja kein festes Verhältnis nicht. Jedenfalls, ich könnte dir das nicht antun.«

Veronika tritt jetzt an den Tisch heran und sagt ihm:

»Ja, du – das ist auch ganz was anderes. Dir tät ich ja nicht soviel trauen, was schwarz unterm Nagel ist. Vom Peter, da weiß ich es. Der kann alle Tage eine andere heimbegleiten, dann denk ich mir auch nix.«

Andi wird weiß bis in die Lippen. Blitzschnell fasst er über den Tisch nach ihrer Hand.

»Veronika, sei doch gescheit. Was willst denn mit dem Peter? Blindlings vertraust du ihm, und ein anderer, der dich wirklich gern mag, der ist der Garniemand. Ich kann dich gar nicht begreifen, Veronika. Mit dem Peter hast ja gar keine Zukunftsaussichten.«

Mit einem Ruck macht sie ihre Hand los.

»Weißt du das so genau? Kümmer dich nicht um meine Angelegenheiten! Ich weiß schon selber, was ich zu tun hab. Glücklich werden kann ich in einer ganz kleinen Hütte, dazu brauch ich gar nicht deinen Bauernhof. Damit möcht ich dich nicht beleidigen, Andi. Aber eines sag ich dir: Wenn du anfangen willst, den Peter bei mir schlecht zu machen, dann verlier ich die Achtung, die ich bisher vor dir gehabt hab, auch noch. So – und jetzt muss ich in die obere Wand nauf und nach meinen Kühen schauen. Behüt dich Gott, und lass dir das Zukehren ein andermal nicht verdrießen!«

Veronika nimmt draußen vor der Hütte die Geißel von der Wand und steigt langsam das Almfeld hinauf. Plötzlich ist der Andi wieder an ihrer Seite.

»Nimm es nur nicht gar so leicht, Veronika«, sagt er. »Du kennst diese Touristin nicht. Augen hat die wie Feuer. Alles, was in ihre Nähe kommt, verbrennt. Alle Burschen sind verrückt nach ihr. Aber für keinen hat sie was übrig. Aber gestern Abend hat sie nur Augen für den Peter gehabt.«

Eine Unmutsfalte hat sich in Veronikas Stirn geschoben. »So lass mir doch endlich meine Ruh mit dem Blödsinn!«, sagt sie ärgerlich. »Aus dir spricht ja bloß der Neid. Wärst höchstens du gern heimgegangen mit ihr.«

Damit lässt sie ihn stehen und steigt über den Zaun. Der Andi will ihr zunächst nachsteigen. Schließlich besinnt er sich doch und kehrt um.

Veronika geht ganz langsam weiter, rafft im Gehen ein paar Steinröslein auf, zerknüllt sie in der Faust und wirft sie weg.

Ein kleiner Gifttropfen ist nun in den Becher ihrer Freude gefallen. An keiner Miene ist es an ihr zu erkennen. Nur innerlich spürt sie einen dumpfen Schmerz. Erst als sie oben steht, auf dem Gipfel, da wird sie wieder ruhiger. Und je länger sie hinunterschaut ins Tal, desto klarer wird es in ihr.

Wie man nur so dumm sein kann und auf so ein Geschwätz was geben, sagt sie sich und lässt einen Juhuschrei in den schönen Sommernachmittag erschallen, dass das Echo hundertfach von den Bergen zurückkommt.

Als sie gegen die fünfte Nachmittagsstunde in die Hütte zurückkehrt, ist Peter bereits da. Nur einen Blick tut sie in seine Augen. Rein und klar ist sein

Blick. Nichts von Falschheit und Trug ist darinnen zu lesen. Und sie ist an diesem Abend und am folgenden Sonntag so froh und glücklich wie immer. Erst als sie sich wieder trennen, fragt sie unvermittelt:

»Warst du am Freitag im Theater?«

Ihr Herzschlag setzt einen Augenblick aus im Warten auf die Antwort.

Da lacht er herzhaft auf.

»Ja du, das muss ich dir noch erzählen. Im Theater war ich, und da war eine Touristin ...« Er schweigt betroffen und starrt ihr ins Gesicht, das plötzlich von tausend Schatten zerrissen ist. »Was hast denn, Veronika?«

»Nichts, Peter, red nur weiter.«

»Ja, also, da war eine Fremde. Ich sollte sie unbedingt heimbegleiten. Ist ein selten aufdringliches Frauenzimmer. Aber ich hab ihr meine Meinung schon gesagt.«

»So? Hast es ihr gesagt?« Das kommt spitz und spöttisch.

Peter schaut sie verwundert an. »Was soll das heißen, Veronika? – Glaubst du mir nicht?«

Sie blickt ihn lange an, dann nickt sie. »Doch, Peter. Ich glaub an dich.« Ihre Schultern gleiten an ihm empor. Sie drängt sich gegen ihn wie eine Gerte, die sich gegen den Wind wirft. »Sei mir nicht bös, Peter, dass ich gezweifelt hab an dir! Ich tu es nimmer.«

»Ja«, sagt er und schaut über ihren Kopf hinweg in das weiche grüne Dunkel des Waldes. »Glauben und vertrauen muss man, sonst steht eine Lieb auf schwachen Füßen.«

Sie nickt an seiner Brust, und dann sagt sie:

»Komm gut heim, Peter! Und am nächsten Sonntag kommst du doch wieder?«

»Freilich komm ich. Was glaubst denn du, wie lang mir die Woch' allweil vorkommt! Kaum erwarten kann ich es, bis ich wieder zu dir komm. Und gelt, ich brauch keine Angst mehr zu haben wegen der …«

»Nein, Peter, seitdem hab ich kein Gewehr mehr angerührt. Ich glaub, das ist vorbei.«

Nein, sie hat es im Innern wohl selbst nicht geglaubt, denn sie geht von ihm weg direkt auf den Heuboden und holt das Gewehr hervor. Vielleicht wäre sie diese Nacht wieder gegangen, wenn nur der Mond gekommen wäre. Aber der ist im abnehmenden Viertel, und folglich ist erst in vierzehn Tagen wieder daran zu denken. Es kann aber sein, dass bis dorthin wieder alles ruhig geworden ist in ihr.

Ja, es ist etwas in ihr. Sie fühlt es ganz instinktiv, dass diese Fremde, von der Peter eigentlich gar nichts erzählt hätte, wenn sie nicht gefragt hätte, irgendwie etwas zu bedeuten hat in ihrem Verhältnis zu Peter.

Ist sie ihm wirklich so gleichgültig, oder hat er es ihr absichtlich verschweigen wollen, dass er sie heim begleitet hat? Warum musste sie ihn erst fragen, ob er im Theater war? Veronika grübelt die ganze Nacht darüber nach und kommt auch in den nächsten Tagen nicht ganz darüber weg.

Indes beginnt der Mond wieder zu wachsen, und die Nächte werden wieder heller. Immer öfter nimmt Veronika das Gewehr aus dem Versteck und legt damit auf irgendetwas an, nur, um sich die Zeit ein wenig damit zu vertreiben, wie sie sagt. Sie merkt wohl, dass es einer ungeheuren Willenskraft bedarf, um daheim zu bleiben, wenn der Huisen Lenz von einem Bock erzählt, der todsicher kommen müsse auf den Wechsel. Aber sie hat es ja Peter versprochen …

Der Würmseer Andi kommt wieder und erzählt ihr, dass die Touristin beim Peter im Garten gesessen habe, und sie solle doch einmal selber hinuntergehen, um sich zu überzeugen, wenn sie ihm keinen Glauben schenken wolle.

Sie schüttelt den Kopf. Nein, sie wird nicht hinuntergehen. Aber als der Andi fort ist, überfällt sie eine große Traurigkeit, und sie findet nur Trost und Beruhigung, indem sie das Gewehr nimmt und geht.

Am andern Tag kann es Veronika nicht mehr aushalten. Diese Ungewissheit martert sie sonst noch zu Tode. Im sinkenden Abend, als sie mit ihrer Arbeit fertig ist, verschließt sie die Hütte und macht sich auf den Weg ins Dorf.

Peter soll beim Angermeier aushelfen, weil der Sohn im Examen steht, die Grummeternte aber eingebracht werden muss. Nun hat aber Peter selbst noch eine Wiese zu mähen, damit die Geißen – das Hobby seines Vaters – über den Winter kommen.

Er entschließt sich, diese kleine Wiese noch in dieser Nacht zu mähen, damit er morgen beim Angermeier helfen kann.

Beim Wirt wäre eigentlich Abschiedsabend der Theatergruppe, verbunden mit einem kleinen Tanz. Peter verzichtet aber ganz gern darauf, nimmt die Sense vom Haken und geht hinauf auf die Waldwiese. Die Wiese ist zu steil, um mit dem Traktor zu mähen. Und es ist schön, nachts zu mähen unter dem milden Licht des Mondes, der wie eine fremde Sonne still und feierlich über den Horizont gleitet; schön, wenn alles kühl ist, der Griff der Sense, der Boden, das Gras mit den Tauperlen.

Mahd um Mahd legt Peter um. Und wenn er am Rand der Wiese die Sense schleift, da horcht er jedes Mal eine Weile in den Wald hinein, weil sich das Echo so wunderbar anhört in der großen Nachtstille. Dann geht er die Mahd zurück und singt leise vor sich hin, irgendein kleines trauriges Lied, wie es passend ist für Stille und Mondschein.

Vom Kirchturm schlägt die zehnte Nachtstunde. Peter wirft einen Blick über die Wiese. Nicht mehr weit ist es bis zum Waldrand, und in einer Stunde kann er fertig sein.

Da kommt jemand über die Wiese her. Kommt auf den Mähenden zu, langbeinig, schnell, mit federndem Schritt. Patrizia Ahrends ist es. Nun steht sie vor ihm, ihrer verführerischen Wirkung wohl bewusst.

Peter sagt erst kein Wort, lässt die Sense noch ein paarmal durch das Gras pfeifen und blickt ihr dann streng ins Gesicht.

»Was wollen Sie denn?«, fragt er kurz.

»Nichts«, antwortet sie leise und blickt auf seine Hände, die den Griff der Sense umklammert halten. »Ich habe dir schon lange zugeschaut. Dort hinten habe ich gestanden. Es war wunderschön.«

»Was war schön?«

»Alles! Der Schwung deiner Arme, dein langsames Schreiten durch den Silberglanz der Nacht, deine Lieder. Warum arbeitest du eigentlich nachts? Im Dorf ist doch Tanz. Warum bist du nicht dort?«

»Weil ich morgen woanders arbeiten muss, darum muss die Wiese heut noch gemäht werden.«

»Ich möchte so gerne einmal tanzen mit dir.«

Zweimal lässt Peter die Sense durch das Gras rauschen, dann sagt er hart: »Es schickt sich nicht, dass Sie mich duzen. Wir kennen uns doch kaum.«

Patrizia Ahrends beißt sich auf die Lippen. »Hier sagen doch alle du zueinander. Warum darf ich es nicht?«

»Nur die mich kennen, sagen du zu mir.«

»Wir kennen uns doch auch. Oder hast du – haben Sie den Abend nach dem Theater schon vergessen?«

»Da war wirklich nichts so Wichtiges dran, dass man es im Gedächtnis behalten müsst.«

»Mir wird es in Erinnerung bleiben.«

Peter lacht auf, kurz und zornig. Und beginnt wieder zu mähen. Patrizia geht neben ihm her die Mahd entlang, kehrt am anderen Ende um und geht mit ihm wieder zurück.

»Darf ich hier bleiben?«, fragt sie zaghaft.

»Mir gleich«, antwortet er mürrisch und schleift die Sense.

Es ist nicht wahr, dass Peter ganz ungerührt bleibt von der strahlenden Erscheinung, die neben ihm hergeht. Er ist nicht mehr so ruhig wie vordem, denn es ist immerhin Nacht und Mondschein, und wenn da ein junger Mensch zu spüren bekommt, wie sein Blut immer drängender wird und in den Schläfen zu hämmern beginnt, dann ist das für ihn nicht ganz ungefährlich.

Patrizia Ahrends spricht jetzt wieder. Immer sind es nur ein paar Worte zwischen dem schweigenden Ausholen seiner Arme und dem Rauschen des stürzenden Grases. Aber sie spricht die Worte so wunderbar aus, so weich, so dunkel, aufwühlend, mit einem Klang, der trunken macht.

Von Zeit zu Zeit blickt sie Peter von der Seite her verstohlen an.

Bei der halben Mahd bleibt er plötzlich stehen und sagt »du« zu ihr.

»Sag Patrizia zu mir«, bittet sie.

»Patrizia«, sagt er und holt tief Atem. »Es ist wohl besser, du gehst.«

»Lass mich bei dir!« Sie kann betteln wie ein Kind.

»Was hast du denn davon, wenn du so neben mir herläufst?«

»Viel. Sehr viel. Ich liebe dich doch.«

»Dummheit«, antwortet er knurrend und führt einen wütenden Hieb durch das Gras.

»Ich habe mich noch nie in einen Mann verliebt, der jünger ist als ich«, spricht sie langsam weiter. »Ich habe eigentlich überhaupt noch nie jemanden richtig geliebt.«

Peter gibt keine Antwort und mäht grimmig weiter.

Die Mahd ist zu Ende. Er nimmt die Sense auf die Schulter und geht zurück.

»Willst du nicht wieder ein Lied singen?«, fragt sie bittend. »Du hast so eine wunderschöne Stimme.«

Er schüttelt den Kopf und geht hartnäckig weiter.

Vier bis fünf Mahden noch, dann ist die Wiese abgemäht. Dann werde ich sie küssen, denkt er. Und morgen werde ich es Veronika sagen. Es war ein Scherz, Veronika. Hat wirklich mit Treubruch nichts zu tun. Schau her, ich lach darüber.

Er lacht auch wirklich über seine Gedanken. Ganz laut lacht er, so dass ihn Patrizia erschrocken anstarrt. Aber jetzt wetzt er die Sense und sagt gleichgültig:

»Vier Mahden sind es noch, Patrizia. In einer halben Stunde ist alles vorbei.«

Beim Neuwirt ist Hochbetrieb. Die ganze Dorfjugend hat sich versammelt. Herr Lamperl hat einen kurzen Einakter aufs Programm gesetzt als Abschiedsvorstellung, und nun dreht sich Jung und Alt im Tanz.

Veronika hat lange auf der Lauer gestanden und durch die Fenster hineingespäht. Aber sie kann nichts Genaues unterscheiden, und so entschließt sie sich, kurzerhand in den Saal zu gehen.

Da begegnet ihr auf der Stiege der Würmseer Andi. Ein Lächeln huscht über sein Gesicht, als er sagt:

»Suchst den Peter? Der ist nicht da. Wird keine Zeit haben. Der mäht die Wiese droben am Waldrand.«

»Jetzt, in der Nacht?«

»Ist ja mondhell.« Er blickt sich schnell um, ob niemand komme, dann fasst er ihre Hand, die auf dem Stiegengeländer liegt. »Komm mit, Veronika, dann siehst deinen braven Peter mit der Touristin.«

Veronika empfindet diese Worte wie einen Schlag. Ihre Finger klammern sich um das Treppengeländer und reißen daran. Einen Augenblick ist ihr zumute, als schwinde der Boden unter ihren Füßen. Keinen Augenblick ist sie im Zweifel, dass Andi diesmal die Wahrheit spricht.

Ein Ruck geht durch ihren Körper.

»Komm!«

Sie wandern durch die silberhelle Nacht. Veronika spricht kein Wort. Sie merkt kaum, welche Wege der Andi sie führt. Es ist ein dumpfer, grässlicher Schmerz in ihr. In ihrer Angst beginnt sie zu beten, dass es nicht wahr sein möchte.

Da zupft Andi sie leicht am Ärmel und zischt ihr zu: »Schau hin! Dort sitzen sie, am Waldrand.«

Veronika glaubt, sie müsse laut hinausschreien, vor Schmerz und Qual. Keine Träne kommt aus ihren starren Augen.

Sie sieht die zwei am Waldrand sitzen. Die Sense liegt daneben und blitzt im Mondlicht wie ein Schwert, das bereit ist, ihr Herz zu durchbohren.

Jetzt plötzlich kann sie alles in der ganzen Tragweite erfassen. Die Erkenntnis, dass nun alles zu Ende ist, fällt über sie her. Dabei ist ihr zumute, als hätte ihr Peter das Leben zerbrochen. Heiß steigen die Tränen in ihr auf. Aber mit Gewalt zwingt sie sich, nicht zu weinen. Nur den Andi nicht merken lassen, wie schwer sie das trifft. Mit einem Ruck wendet sie sich ab, nicht achtend, ob Andi ihr folgt. Er bleibt jedoch an ihrer Seite.

Beim Dorfeingang bleibt Veronika stehen. »Ich dank dir, dass du mich hingeführt hast. Aber jetzt lass mich allein.«

Verdutzt bleibt Andi stehen und blickt ihr nach, wie sie langsam, mit hängenden Armen, aber hoch aufgerichtet, die Straße dahingeht. Ein böses Lächeln spielt um seinen Mund. Jetzt hab ich dem Peter eine Suppe eingebrockt, denkt er schadenfroh und wendet sich wieder dem Wirtshaus zu. Er rechnet fest damit, dass er nun bei Veronika mehr Gehör finden wird.

Wie viel Unheil könnte verhindert werden, wenn die Menschen nicht aus der Erregung eines ersten Augenblicks Schlüsse ziehen würden, die ihr ganzes Leben bestimmen.

Da hat also nun Peter seine Wiese gemäht. Er freut sich über sein Werk und spürt ein klein wenig Schmerzen im Kreuz. Dann setzt er sich am Waldrand hin, verschränkt die Hände um die aufgezogenen Knie und blickt über die Wiese hin.

Patrizia steht neben ihm und sagt ärgerlich: »Erzähl mir doch etwas!«

Peter blickt auf, packt ihren Arm. Ihr Gesicht ist über ihm.

»Du …«, sagt er. Nichts weiter als: »Du …« Und dann küsst er sie.

Damit ist für ihn das Abenteuer erledigt. Er will weiter nichts wissen von ihr. Aber da fühlt er sich von ihren Armen umschlungen. Ihre Lippen sind kühl.

Energisch macht er sich aus dieser Umklammerung los.

»Jetzt langt's aber«, sagt er. »Ist schon zu viel.«

Patrizia biegt ihr Gesicht von ihm weg und betrachtet ihn. Ihre Augen werden ganz klein dabei und flimmern katzenhaft. Dann schüttelt sie den Kopf.

»Du bist wirklich schwer zu verstehen.«

Peter lacht. »Warum?«

»Weißt du denn überhaupt nichts von Liebe?«

»Doch, doch. Aber meine Lieb, die gehört der Veronika. Du brauchst dir gar nichts darauf einbilden, dass ich dich geküsst hab.« Er fasst sie wieder beim

Handgelenk und zieht sie zu sich nieder. Rührend, hilflos sitzt sie neben ihm. Ein großes Mitleid überkommt ihn, ohne dass er weiß, warum. Zart und leise wie ein Bruder streicht er ihr über das Haar.

»Siehst, Patrizia«, sagt er. »Vorhin, da war's grad, als wenn du mich verhext hättest. Ich hab dich küssen müssen. Ich weiß nicht, warum. Aber im selben Augenblick, da hab ich gewusst, dass ich es nicht hätte tun dürfen. Ich muss es der Veronika beichten, sonst habe ich kein ruhiges Gewissen nimmer. Und was den Kuss betrifft, so nimm halt an, es sei ein Freundschaftskuss gewesen. Mehr kann ich dir auch nie sein als ein Freund.«

Patrizia schürzt verächtlich die Lippen.

»Freund«, spricht sie leise vor sich hin. »Es ist sehr wenig, was du mir zu geben hast.«

»Was nicht sein kann, kann einfach nicht sein.«

Und dann sitzen sie ganz still nebeneinander und erzählen sich gegenseitig aus ihrem Leben. Und da ist nun plötzlich alles anders, denn Peter hat Patrizia immer mit den anderen weiblichen Sommergästen gleichgestellt, hat gedacht, dass sie vielleicht eine kleine Angestellte ist, die in dem abgeschiedenen Winkel für ein paar Wochen Ruhe und Entspannung finden möchte.

Aber Patrizia Ahrends ist reich, sehr reich, und sie steht mit ihrem Vermögen allein in der Welt. An nichts ist sie gebunden, und nur durch einen Zufall ist sie nach Gündelsbach gekommen. Sie ist nämlich bei der Fahrt nach Bad Gastein in einen schier endlosen Stau geraten, hat die Autobahn bei der nächstbesten Ausfahrt verlassen und ist dann aufs Geratewohl nach Gündelsbach gefahren, in dem Glauben, dass dies ein größerer Kurort sei. Denn das Fremdenverkehrsamt von Gündelsbach versteht sich auf Reklame und hat in jeder größeren Zeitung Inserate geschaltet, in denen sie besonders bei Herz- und Kreislaufbeschwerden vollmundig Besserung versprechen. Ja, und da hat Patrizias Gesundheit ihren Schwachpunkt. Ein angeborener Herzfehler, sagen die Ärzte, zwar nicht unmittelbar gefährlich, aber keinesfalls zu vernachlässigen. Immerhin sind ihre beiden Eltern vor wenigen Jahren kurz hintereinander an Herzversagen gestorben.

Peter muss sich immer mehr wundern, wie sie so erzählt von den modernen Badeorten, in denen sie sonst immer den Sommer verbracht hat. Er staunt über das Leben, das dort geführt wird, und kann es nun nicht mehr recht fassen, dass eine Frau aus jener großen Welt neben ihm am Waldrand sitzt, mitten in der Nacht. Er muss sich wundern, dass er sie geküsst hat, und könnte sie wieder und immer wieder küssen. Aber nun ist plötzlich eine Schranke da. Der Unterschied zwischen ihm und ihr ist doch unüberwindlich groß.

Da schlägt es vom Kirchturm die zweite Morgenstunde, und Peter springt erschrocken auf. Es ist höchste Zeit, nach Hause zu gehen.

Während er über die abgemähte Wiese geht, schnell und weit ausgreifend, bleibt Patrizia an seiner Seite.

»Auf Wiedersehen«, sagt Peter dann plötzlich ganz leise. Sie sind schon beim Kramerhaus, und im nächsten Augenblick ist er durch die Stalltüre verschwunden.

»Wiedersehen«, antwortet Patrizia verwirrt. Sie sagt es nochmals leise vor sich hin: »Auf Wiedersehen!«

Als Peter am Samstagabend auf die Alm kommt, findet er die Hütte verschlossen. Veronika ist auch in der Nähe nirgends zu finden. Dann geht er sie suchen und findet sie hoch oben auf dem Gipfel der Zanglerplatte. Er denkt gar nicht daran, sie zu fragen, warum sie die Hütte verlassen hat, obwohl sie doch weiß, dass er kommt. Ganz einfach, als wäre es die selbstverständlichste Art der Welt, setzt er sich neben sie und gibt ihr die Hand.

Ganz kalt und teilnahmslos ruhen ihre Finger einen Augenblick in den seinen. Er schaut in ihre Augen und fragt: »Hast du geweint, Veronika?«

Sie schüttelt den Kopf und senkt die Lider.

»Deine Augen sind so rot.«

»Weil ich so lang ins Abendrot geschaut hab.«

Dann schweigen sie lange Zeit. Die Sonne ist längst hinübergegangen, und die stumme Sternenpracht wölbt sich über ihnen. Auf dem Heimweg reden sie nichts, und sie sind schon in der Nähe der Hütte, da bleibt Peter plötzlich stehen, fasst sie an den Schultern und dreht sie zu sich herum.

»Jetzt sag endlich, was los ist«, forscht er ein wenig ungeduldig.

Starr blickt sie an ihm vorbei. »Nichts!«

»Lüg doch nicht! Ich kenne es dir an.«

Immer noch ist der trotzige, abweisende Blick in ihren Augen. Jetzt schiebt sie die Unterlippe vor, öffnet den Mund, als ob sie etwas sagen möchte, aber es zuckt nur um ihre Mundwinkel. Es ist ein Lächeln, wie er es an ihr nicht kennt. Langsam wendet sie ihr Gesicht dem seinen zu. Sie betrachtet ihn sehr lange und schlingt dann plötzlich ungestüm ihre Arme um seinen Hals.

»Ich will dich nicht verlieren, Peter! Um alles in der Welt will ich dich nicht verlieren!«

Er ist erschüttert von diesem Ausbruch, weil er sie nicht kennt in dieser flammenden, glühenden Leidenschaftlichkeit. Sie trägt ja alles immer so tief in sich verschlossen, ihre Liebe, ihre Küsse, selbst das Streicheln ihrer Hand sind seltene, karge Zärtlichkeiten. Über all diese Dinge ist sie erhaben, denn ihr Stolz lässt es nicht zu, Gefühle ungehemmt zu zeigen.

Ganz leise fragt er: »Was ist denn los mit dir, Veronika?«

Sie lässt ihn los. Mit hängenden Armen steht sie nun vor ihm. Aber sie schaut ihm fest ins Gesicht, und die Worte überstürzen sich fast, so schnell spricht sie.

»Die Wiese hast du gemäht! Nachts! Und sie war bei dir. Sie nimmt dich mir weg, Peter! Ganz gewiss! Sie nimmt dich mir. Ich weiß es!«

»Einbildung«, sagt er und wendet sich halb ab.

»Nein, ich hab es selber gesehen. Ich hab gefühlt, dass da etwas ist, und es hat mich hinuntergetrieben ins Dorf.«

Peter findet nicht gleich die richtige Antwort. Er muss erst ein paar Schritte auf und ab gehen. Bis zum Brunnen geht er hin und wieder zurück. Auf halbem Wege bleibt er dann stehen.

»Wenn du drunten warst, warum bist dann nicht hin zu mir? Dann hätt ich sagen können: Die ist es, die ich gern hab, und sonst keine auf der Welt.«

Jetzt kann er wieder reden, steht etwas vorgebeugt und hält die Hände sogar hinter dem Rücken. Oh, er braucht Hände und Arme gar nicht, denn er hätte jetzt nichts mit Zärtlichkeiten anfangen können. Ganz offen und frei erklärt er ihr alles. Nichts verschweigt er, und aus jedem Wort spricht seine große Liebe zu dem Mädchen, das etwas von ihm entfernt steht und das vor vielen Jahren schon in seinem Herzen gewesen ist, wenn es zu ihm kam auf die Schwedenwiese.

Tief erregt ist er. Und gerade diese Erregung gibt ihm Worte ein, die er sonst nie gefunden hätte. Er kann es sagen, wie lieb er sie hat, kann ihr alles sagen, was in seinem Herzen glüht und nur für sie lebt. Und Veronika hört es, lässt jedes seiner Worte tief in sich eindringen, schämt sich, dass sie so kleinlich von ihm gedacht hat.

»Es kann kommen, was will, ich werde dich lieb haben«, sagt er, nachdem er eine kleine Pause gemacht hat. »Ich hab mir das schon oft gedacht. Wenn plötzlich deine ganze Schönheit dahin wär, durch eine Krankheit vielleicht oder so was, ich würde dich trotzdem lieb haben, Veronika. Ich hab ja alles an dir so gern ...«

Groß und aufgeregt steht er da. Der aufgehende Mond fällt in sein Gesicht. Sein braunes Gesicht verändert sich nicht in diesem Licht. Nur die Lippen sind weiß.

Veronika atmet tief auf, in großer Beglückung, und dennoch zittert ihr Herz. Ein namenloses Gefühl springt in ihr auf. Sie geht zu ihm. Herrlich, so sicher zu wissen, dass er ihr ganz allein gehört! Ihre Hände umschließen sein Gesicht. Ihr Mund öffnet sich weich und drängt sich seinen festen Lippen entgegen.

So ruhen sie einander in den Armen. Millionenfach glühen die Sterne am Himmel, und schließlich klingt ein kleines, zärtliches Wort in die Stille.

»Peterle ..., mein Peterle ...«

Im Landhaus Helenenruh sind die Koffer gepackt. Patrizia Ahrends will am nächsten Morgen abreisen. Einmal will sie noch durch das Dorf gehen.

Will sie Peter treffen? Peter?

Wer ist das eigentlich? Ach so, der junge Mensch, mit dem sie nachts auf der Wiese gesessen und der sie geküßt hat. Oh, das ist vorbei. Nur die Nachwehen dieser Demütigung, der sie sich dabei ausgesetzt hat, sind noch da. Nein, sie will ihn nicht mehr sehen. Aber das Schicksal will es anders.

Treibjagd ist gewesen, und eine große Jagdgesellschaft sitzt beim Neuwirt im Garten. Jäger und Treiber in fröhlicher Eintracht beisammen. Peter ist auch bei den Treibern. Patrizia sieht ihn auf den ersten Blick, und weil er so freundlich grüßt, nickt sie ihm ebenfalls zu.

Vielleicht ist er schon ein wenig betrunken, weil er lachend zur Straße hinausschreit:

»Wohin gehst denn noch?«

Sie antwortet nicht. Peter winkt mit der Hand. »Komm doch ein wenig her!«

Natürlich wird sie nicht hingehen.

Da holt er sie. Wirklich, er geht auf sie zu, fasst sie unterm Arm und führt sie unter die lachende Gesellschaft.

Peter wird für diesen Einfall laut gelobt, denn es sind nur zwei Damen bei der Jagdgesellschaft, und es soll doch hernach noch ein wenig getanzt werden. Der Bachschuster Pauli ist bereits heimgegangen, um seine Ziehharmonika zu holen.

»Jetzt muss der Peter eins singen«, ruft ein kleiner, dicker Mann, der ein grünes Hütchen mit einem mächtigen Gamsbart schon etwas schief auf dem Kopf hat.

»Ja, bitte singen«, betteln auch die Damen, die bei dem Herrn sitzen, und alle anderen stimmen mit ein. »Ja, sing uns eins, Peter.«

Nur Patrizia sagt nichts. Sie wundert sich ein wenig, warum denn Peter nun singen soll, gewiss, er hat eine gute Stimme, eine sehr gefällige Stimme, sie hat ihn ja selbst gehört in jener Nacht auf der Wiese, aber es gibt Hunderte solcher Stimmen. Und deshalb wundert sie sich, dass gerade Peter jetzt singen soll.

Aber da ist er bereits aufgestanden. Am Stamm einer Kastanie lehnt er und beginnt zu singen.

Er hat ja viel zu hoch angestimmt, denkt Patrizia. Unmöglich, dass er die hohen Töne bewältigt.

Es ist ein einfaches Lied. Patrizia kennt es und ist unruhig, weil sie nicht haben will, dass sich Peter blamiert. Gleich wird die hohe Stelle kommen. Ganz leise singt sie mit, als müsste sie ihm helfen. Aber dann ist sie plötzlich still und starrt gebannt in sein Gesicht. Ohne sich besonders anzustrengen, singt Peter die hohe Lage, so weich und schmelzend, wie man es bei ungeschulten Stimmen selten findet. Nicht der leiseste Misston ist zu hören.

Als Peter die Strophen gesungen hat, bricht ein brausender Beifall los. Nur Patrizia bewegt keine Hand. Ein Gedanke ist ihr in den Kopf gestoßen, der sie fast schwindlig macht. Ein Verbrechen ist es, meint sie, wenn ein solches Talent hier verkümmert. Aus diesem Peter müsste etwas gemacht werden.

Peter kommt wieder zu ihr an den Tisch. Patrizia schaut unverwandt in sein Gesicht.

»So schön hast du gesungen«, sagt sie dann leise, nur für ihn hörbar.

»Ich sing nicht gern vor so viel Leuten«, antwortet er ausweichend.

Das macht nun einen Strich durch Patrizias Gedanken. Er singt nicht gern vor vielen Menschen, klingt es in ihr nach. Er könnte es, aber er mag nicht. Zum Verzweifeln ist das. Sie kann keine rechte Stimmung mehr finden an diesem Abend, obwohl es noch sehr lustig hergeht. Im Saal wird getanzt, und Peter tanzt sehr oft mit ihr. Um zehn Uhr sagt sie:

»Du hast mich hergerufen, jetzt musst du mich auch heimbegleiten.«

Wider Erwarten ist er sofort dazu bereit.

Sie hat sich an seinen Arm gehängt, und ganz langsam gehen sie auf der Straße dahin. Vollmond ist, und über allen Dingen zittert ein heller Schein. Zuweilen schlägt auf einem Gehöft ein Hund an, bis die Schritte der beiden wieder verhallen.

Plötzlich bleibt Patrizia stehen.

»Komm mit mir, Peter«, sagt sie.

»Ich mit dir?«, fragt er erstaunt.

Sie sieht zitternd in sein Gesicht und nickt.

Peter lacht unwillkürlich.

»Was tät ich denn in der Stadt?«

»Du könntest reich und berühmt werden, Peter. Gold hast du in der Kehle. Glaube mir, ich verstehe schon etwas von Stimmen. Ich hab ja selbst ein paar Jahre Gesang studiert.«

Er gibt keine Antwort.

»Hast du denn noch nie den Wunsch gehabt, einmal aus diesen kleinen Verhältnissen herauszukommen, die Welt zu sehen, das Leben kennen zu lernen?« Ganz atemlos fragt sie das alles.

»O doch. Das hab ich mir schon tausendmal gewünscht.«

»Also, warum willst du nichts unternehmen?« Sie streichelt seine Hand. »Lass mich dir ein wenig helfen, Peter! Ich habe Verbindungen, und man kann dich ohne weiteres empfehlen. Seit heute weiß ich das. Ich bin felsenfest überzeugt davon, dass du deinen Weg machen wirst. Sag doch ja, Peter! Es kann dein Glück sein. Mit deiner Stimme wirst du dich durchsetzen.«

»Meinst du?«

»Warum willst du mir das nicht glauben, Peter?«

Er ist immer noch ganz ruhig, obwohl er schon von ihrem Plan gefangen ist.

»Die Noten tät ich auch kennen«, meint er.

»Ich sage dir ja: Du wirst dich durchsetzen.«

»Früher haben wir Sommergäste gehabt, die haben auch allweil gesagt, dass ich Gesangsunterricht nehmen müsst.«

»Ja, siehst du? Das bestätigt doch, dass ich nicht Unrecht habe.«

Er blickt vor sich hin. Falten stehen auf seiner Stirn.

»Recht hast du schon«, meint er zögernd. »Aber was das Geld kostet?«

»Man kann Freistellen bekommen.«

»Wenn das möglich wäre!«

Ganz aufgeschlossen ist jetzt sein Gesicht. Seine Augen leuchten. Ungestüm presst er ihre Hand. »Wenn das möglich wär«, wiederholt er.

»Es ist möglich, Peter. Morgen reise ich ab und werde dann gleich die nötigen Schritte unternehmen. Aber du musst mir versprechen, dass du auch kommst.«

Ein kurzes Überlegen noch, dann schlägt er in ihre Hand ein.

Im selben Augenblick fällt hoch oben in den Bergen ein Schuss.

Peter zuckt zusammen und starrt hinauf zu den silberübergossenen Felsen.

»Bist denn du so nervös, dass du vor einem Schuss so erschrickst?«, fragt Patrizia.

Er schüttelt den Kopf. Sorge und Angst wühlen in ihm.

Veronika lässt die rauchende Büchse sinken, schiebt den Hut aus der Stirn und wischt sich den Schweiß ab. Sie trägt alte Männerkleidung, die sie auf dem Heuboden der Almhütte vorgefunden hat.

Wie kommt es nur, dass sie alles vergessen hat, was sie versprochen! Sie ärgert sich nun über sich selbst. Ganz maßlos ärgert sie sich. Es ist ja geradezu lächerlich, dass sie zum Wildern gehen muss, nur weil Peter mit jener schönen Fremden im Wirtshausgarten sitzt.

Sie ärgert sich über den Huisen Lenz, der ihr die Botschaft ahnungslos mitbrachte, als er am Abend vom Dorf zurückkam. Sie weiß doch, dass Peter nur ihr allein gehört.

Während sie noch von Reue gepeinigt vor sich hin in die Tiefe schaut, hört sie ein Rascheln in den Latschen.

Erschreckt fährt sie herum, duckt sich blitzschnell hinter einem Felsblock.

Zu spät. Der Jäger hat sie schon gesehen, hat Deckung genommen und das Gewehr hochgerissen.

»Das Gewehr weg, oder es kracht!«, schreit er.

Veronika hat sich vom ersten Schrecken erholt. Ganz klar und ruhig denkt sie. Sie hat ja noch die Möglichkeit zur Flucht, denn sie kann sich in Deckung etwas zurückziehen, während drüben der Jäger seine Deckung nicht verlassen kann.

Langsam, platt an den Boden gedrückt, beginnt sie zurückzukriechen.

Es gelingt. Schon hat sie ein offenes Almfeld erreicht und beginnt zu rennen. Einmal verhält sie horchend den Schritt und zuckt zusammen. Der Jäger ist hinter ihr.

Mit mächtigem Sprung setzt sie über einen Almzaun hinweg, bleibt aber mit dem Janker daran hängen, so dass es sie zurückschleudert. Tief graben sich die Zacken des Stacheldrahtes in ihre Schulter. Veronika spürt einen brennenden Schmerz, spürt, wie ihr das Blut über den Rücken rieselt. Aber nur weiter – jede Minute, die sie verweilt, kann ihr zum Verhängnis werden.

Sie hört bereits den keuchenden Atem des Jägers. Hastig streift sie die Joppe ab, die sie beim Laufen doch nur hindert, schleudert auch den Hut fort und beginnt aufs Neue zu rennen. Sie stürzt den Hügel vor sich hinauf. Drüben geht es wieder hinunter. Aber als sie droben auf der Kuppe ist, ertönt der Anruf des Jägers, dann kracht ein Schuss. Haarscharf ist er an ihr vorbeigegangen. Einen Moment steht sie regungslos, mit keuchender Brust. Dann saust sie den Hang hinunter. Ihre Haare haben sich gelöst und wehen hinter ihr her.

Als sie drunten in der Hütte ankommt, sieht sie bereits den Jäger über den Hang herunterlaufen.

Sie duckt sich und schleicht an der Mauer entlang, kommt durch die Hintertür in den Stall, wo sie das Gewehr unter den Barren versteckt.

Draußen hört man den polternden Schritt des Jägers.

In ihrer Kammer streift sie in fliegender Hast die Schuhe ab und schlüpft in ihr Kleid. Gerade noch kann sie die Haare ein wenig ordnen und das schweißtriefende Gesicht abtrocknen, da pocht's schon draußen an die Türe.

Sie wartet eine Weile, steht mit hochklopfendem Herzen inmitten der Kammer.

Der Jäger rüttelt an der Tür und schreit von neuem. Da geht sie hin und öffnet.

Hastig drängt sich der Jäger herein, durchmisst mit einem Blick die Stube. Jeden Gegenstand nimmt er scharf ins Auge. Dann wendet er sich an Veronika.

»Ich such einen Wildschützen, der sich in deiner Hütte versteckt haben muss.«

Abwehr ist in ihrem Gesicht.

»Bei mir? Wo soll denn der reingekommen sein?«

»Ich muss die Hütte durchsuchen«, antwortet er barsch, und lässt seine Taschenlampe aufflammen.

Veronika folgt ihm in den Stall. Ihr Herz klopft zum Zerspringen.

Der Jäger nimmt es mit der Suche sehr genau. Aber das kleine Licht der Taschenlampe erweist sich als ungenügend, und nach kurzer Zeit kehren sie wieder in die Stube zurück.

Veronika atmet ordentlich auf. Aber da geht er schon auf ihre Kammertür zu. Sie kann ihn nicht hindern, dass er hineingeht. Er leuchtet in alle Winkel, deutet auf das Bett hin und schaut Veronika durchdringend an.

»Warst denn du noch nicht im Bett?«

»Nein, grad wollt ich gehn.«

»Du, das kommt mir aber komisch vor.«

Der Jäger ist voll Misstrauen.

»Was ist denn da so komisch dabei?«, fragt sie, und eine Falte schiebt sich zwischen ihre Brauen. Sie ärgert sich, weil er ganz einfach in ihre Kammer dringt, als hätte sie dort jemanden versteckt. Der Jäger geht wieder hinaus, wirft das Gewehr über die Schulter und sagt:

»Für heut wird er mir wohl auskommen sein, der Lump. Die Gegend, die muss ich jetzt besser im Auge behalten. Nix für ungut, Veronika, dass ich dich gestört hab!«

Sie schüttelt den Kopf.

»Es ist ja deine Pflicht.« Ganz ruhig sagt sie es.

Längst schon haben sich die Schritte des Jägers in der Nacht verloren, da steht Veronika immer noch inmitten der Stube und starrt zum Fenster hinaus.

Am anderen Morgen kommt der Jäger schon wieder. Er hat eine Joppe und einen Hut bei sich. Ob sie das kenne? fragt er.

Nein, wie soll sie denn das kennen! Was kümmere eine Sennerin sich um Männerkleidung!

Im Schweißband des Hutes sind zwei Buchstaben angebracht. »M. B.« Es könnte Matthias Büchler heißen, meint der Jäger. Veronika lacht darüber schallend auf.

»Mein Vater? Glaubst denn du, dass mein Vater zum Wildern geht, wenn er selber die größte Jagd in der Gemeinde hat?«

»Ich hab nix Bestimmtes gesagt«, antwortet der Jäger. »Ich hab bloß gesagt, so könnte es heißen. Vielleicht hat dein Vater den Hut einmal jemand geschenkt, oder er hat ihn verloren. Ist er dir nicht bekannt?«

Veronika wirft einen flüchtigen Blick auf den Hut und meint leichthin: »Mein Vater hat viel Hüt. Den da kenn ich nicht. Es kann schon sein, dass er den einmal verschenkt hat oder verloren.«

Im hellen Morgenlicht ist ihr der Jäger nun viel sympathischer als in der Nacht, als er mit seiner kleinen Taschenlampe herumschnüffelte. Sie schenkt ihm ein Gläschen Enzian ein und fragt, ob er mit ihr Kaffee trinken wolle.

Der Jäger ist noch sehr jung, stammt nicht aus der Gegend und kennt darum die Leute von Gündelsbach sehr wenig, so dass der übliche Dorftratsch gar nicht zustande kommen kann. Er erzählt von seiner Heimat, sagt, dass ihm der Dienst in den Bergen zuerst sehr schwer gefallen sei. Aber nun möchte er gar nicht mehr ins Flachland.

»Aber meinen Vater kennen Sie?«, fragt Veronika.

»Den kenn ich freilich. Sonst wäre ich doch nicht auf den Gedanken gekommen, dass die zwei Buchstaben Matthias Büchler heißen könnten.«

»Und den Huisen Lenz?«

»Den kenne ich auch. Auf den hat mich der Förster gleich am ersten Tag aufmerksam gemacht. Soll früher viel gewildert haben, der Kerl. Aber jetzt ist er harmlos. Da muss ein anderer am Werk sein.«

Veronika gießt ihm Kaffee in die Tasse. Ihre Hände zittern dabei.

»Aber eines Tages geht er mir schon ins Netz«, sagt der Jäger weiter, während er in seiner Tasse rührt. »Der Krug geht so lang zum Brunnen, bis er bricht.«

Veronika geht zum Wandschrank und nimmt einen Brotlaib heraus.

»Gar keinen Verdacht?«, fragt sie, ohne ihn anzublicken.

Er schüttelt den Kopf.

»Zumindest keinen bestimmten. Aber der Schuhspur nach ist es immer der gleiche.«

Um die Mittagsstunde sitzt Veronika vor der Hütte und müht sich ab, die Sohlen ihrer Bergstiefel etwas zu verändern, indem sie mit dem Messer den einen oder anderen Stollen des Profils zuschneidet. Der Huisen Lenz, der in ihrer Nähe sitzt, fragt listig:

»Warum tust denn das?«

»Weil doch die Schuhspur schon so bekannt ist.«

»Du könntest ja andere Schuh auch anziehen.«

Sie blickt ihn zornig an.

»Nix mehr kann ich, dass du es weißt! Ich mag jetzt nimmer! Das wär beinah schief gegangen, heut Nacht.«

»Ist ja ganz gut abgegangen, was willst denn? Wie ich den Jäger hab in die Hütte kommen hören, bin ich zur Dachluke hinaus und hab den Bock geholt. Schöner hätt es ja gar nicht gehn können.«

Veronika blickt eine Weile starr vor sich hin.

Dann sagt sie:

»Stell dir einmal vor, Lenz, was das für ein Aufsehen gegeben hätt, wenn mich der Jäger heut nacht erwischt hätte! Ich trau mich wetten, dass er mich mit gespanntem Gewehr ins Dorf nuntergeführt hätte.«

»Du sagst allweil ›wenn‹ und ›hätt‹. Zuerst muss er dich auch erwischen.«

»Geschossen hat er auch auf mich.«

»Der Teufel, der junge«, empört sich der Lenz. »Aber weißt, Veronika. In dem Fall musst es gradso machen. Auf die Füße halten, natürlich.«

»Nein, das könnt ich nicht. Auf einen Menschen schießen, da gehört schon was dazu. Überhaupt, ich hab dir ja gesagt, dass ich nimmer mag. Und gelt, wenn der Kramer Peter kommt, dann sag nix, wenn er dich fragen sollt.«

»Wo werd ich denn? Meinst vielleicht, dass ich dumm bin?«

Während sich die beiden so vertraulich vor der Hütte unterhalten, sitzt der Jäger Andreas Brugler hoch oben am Berg und starrt zu den Felsen hinüber. Er hat eine seltsame Entdeckung gemacht. Am Morgen hat er Veronikas herrliches Haar bewundert. Niemals zuvor hat er so schönes Haar gesehen. Ja, und nun entdeckt er in dem Hut ein solches Haar. Zuerst eins, dann zwei, zuletzt sind es fünf. Langes, seidenweiches, goldblondes Frauenhaar. Und noch etwas hat er entdeckt. Eine kleine Tüte mit Bonbons hat er in der Joppentasche gefunden. Seit wann trägt ein Mann solche Süßigkeiten mit sich? Immerhin, das könnte auch möglich sein. Der Inhaber der Joppe hat die Tüte vielleicht für seinen Schatz gekauft. Aber da ist nun noch der Hut und das Frauenhaar, für das der Jäger keine Erklärung hat.

Ein Verdacht steigt in ihm auf. Sofort verwirft er ihn aber wieder.

»Nein«, sagt er hastig und wickelt, wohl zum hundertsten Mal, einen dieser goldenen Fäden um seinen Finger. »Das kann nicht möglich sein!«

Beinahe hätte Veronika am folgenden Abend einen schwer wiegenden Fehler begangen, als der Jäger wie zufällig in ihrer Hütte einkehrt und ihr die Bonbons anbietet. Sie will nämlich schon eines nehmen und sagen, dass sie die für ihr Leben gern isst. Aber in der letzten Sekunde besinnt sie sich und lehnt ab.

»Ich mag das süße Zeug nicht«, sagt sie und nimmt sich vor, recht vorsichtig zu sein.

Ein goldenschöner Herbstsonntag ist es. Veronika und Peter sitzen am Waldrand. Peter redet ununterbrochen.

Wie ein Quell sprudelt es aus seiner Brust. Aber er kann Veronika nicht überzeugen, und als es einmal eine lange Weile ganz still wird zwischen ihnen, da sagt er:

»Ja, Veronika. Und schau, wenn ich dann was kann und viel Geld verdiene, dann komm ich und wir schaun uns miteinander die Welt an.«

»Du wirst nicht mehr zurückfinden, Peter«, behauptet sie. »Die Welt draußen wird dich verändern, und mich wirst du vergessen.«

Er fasst sie bei den Händen.

»Wie kannst du das glauben, Veronika? Mich wird nichts ändern, und ich werd dich auch nie vergessen.«

»Fahr nur«, sagt sie lebhaft. »Ich möcht dich nicht halten, wenn du glaubst, dass es dein Glück sein wird.«

»Unser Glück, Veronika. Ich allein bin ja nichts, wenn ich deine Liebe nicht hab. Oder glaubst du denn, dass nichts wird aus mir?«

»Doch, Peter! Das glaub ich schon. Wann willst denn fahren?«

»Morgen früh mit dem ersten Zug.«

Veronika hat sich nun schon entschieden. Kein Wort wird sie mehr sagen, das ihn vermuten ließe, dass sie ihn halten möchte. O ja, mit tausend Händen möchte sie ihn halten, denn sie fühlt es, er wird nicht mehr kommen. Sie lächelt und duldet seine Zärtlichkeiten. Aber ihr Herz weint ganz leise dabei.

Wenn er mich richtig lieb hat, muss sie immer wieder denken, dann bleibt er bei mir und fährt nicht in die fremde Welt.

Sie gehen in die Hütte, denn es ist inzwischen Zeit geworden zum Melken. Veronika rechnet und denkt immerzu: Wenn er wirklich fährt, dann sind es noch elf Stunden, die er mir gehört.

Als sie mit dem Melken fertig ist, sagt sie ganz laut vor sich hin: »Jetzt sind es bloß mehr zehn.«

Aber diese zehn Stunden will sie ihn ganz für sich

haben, denn sie müssen ausreichen für ein ganzes Leben. Seltsam, dass sie nicht daran glauben kann, dass Peter zurückkommt. Plötzlich sagt sie:

»Die Fremde wirst du auch sehn? Die Patrizia, mein ich, oder wie sie heißt.«

Hat er ihr denn nicht erzählt, dass Patrizia ihm einen langen Brief geschrieben hat? Dass von ihr eigentlich der ganze Plan ausgegangen ist, und dass sie sich für ihn um eine Freistelle umgeschaut hat?

Nein, das hat er ihr nicht erzählt, und er bereut es auch jetzt bei ihrer Frage. Er wollte ihr nur keinen unnötigen Schmerz bereiten.

Er tritt von hinten auf sie zu und legt seinen Arm um ihre Schulter.

»Und wenn ich sie treffe?«, fragt er und blickt ihr tief in die Augen. »Dummerle! Wo du einmal bist, hat keine andere mehr Platz. Außerdem – die Frau ist um acht Jahre älter als ich.«

Widerstandslos versinkt sie unter seinem Kuss, und in der Hingabe werden ihre Augen tränennass vor Glück. Oder ist es Trauer oder die Angst, dass sie ihn verlieren muss?

In der Stunde des Abschieds ist sie die echte Veronika. Es ist zwar dunkel, als sie sich trennen, aber er befühlt ihre Augen.

»Weinst du, Veronika?«, fragt er.

Nein, sie weint nicht, presst den Mund zusammen, als er geht, und hält sich die Ohren zu, um nicht zu hören, wie sich seine Schritte entfernen.

Leise schwankend gleitet der Zug durch das flache sonnige Land. Herbstlich braune Stoppelfelder, abgemähte Wiesen, kleine Dörfer und bunte Laubwälder wechseln einander ab. Und dann sieht man die Türme einer größeren Stadt aufsteigen.

Peter Markus hat einen Fensterplatz und schaut unverwandt hinaus. Er fragt den Herrn gegenüber:

»Ist das schon Stuttgart?«

Der Herr blickt von seiner Zeitung auf und schüttelt den Kopf.

»Das ist erst Ulm«, sagt er.

Eine Frau, die bisher ebenfalls ganz still in der Ecke gesessen hat, lächelt ein wenig und sagt dann:

»In Stuttgart sind wir erst in einer knappen Stunde. Sie kennen die Strecke wahrscheinlich noch nicht?«

»Ich fahr heut überhaupt das erste Mal mit einem Schnellzug«, gesteht Peter offen.

»Ach nein«, sagt die Frau. »Gibt es so was noch?«

Peter muss unwillkürlich lachen.

»Wo ich daheim bin, da fährt kein Schnellzug hin, bloß ein Schienenbus geht nach Ellmoos, und von da aus muss man dann drei viertel Stunden nach Gündelsbach laufen, wenn man nicht mit dem Auto fahren will.«

Es ergibt sich nun eine ganz nette Unterhaltung, an der sich auch der Herr beteiligt. Ganz eingehend interessiert er sich für Peters merkwürdige Kleidung: die kurze Gamslederhose, die weißen, zwickelgestrickten Strümpfe und vor allem für die schwere silberne Uhrkette mit den alten Silbertalern.

Ob er zu einer Trachtenveranstaltung fahre? fällt dann einmal die Frage.

Peter wird ein wenig verlegen.

»Nein, zu Besuch. Nach Stuttgart.«

Er schaut wieder zum Fenster hinaus. Die Gegend gefällt ihm jetzt schon besser. Wenn auch keine Berge da sind, aber das Land hinter Geislingen ist wenigstens hügelig, viel anmutiger als die große Ebene zwischen München und Ulm.

Stuttgart!

Hoffentlich hat Patrizia meine Karte bekommen,

muss Peter denken, als er langsam mit seinem schweren Koffer dem Ausgang zugeht. Sie wird doch jemand zum Bahnhof geschickt haben?

Nein! Patrizia hat niemanden geschickt. Sie steht selbst am Bahnsteig, und sie lächelt ein wenig, als Peter in seiner Tracht daherkommt. Vielleicht hat er gar keine andere Kleidung, muss sie denken, und ihr schwindelt ein wenig bei dem Gedanken, was wohl ihre Freunde und Bekannten sagen werden, wenn sie mit diesem braun gebrannten Exoten aus den Bergen angerückt kommt.

Kennt er sie denn nicht mehr? Dicht an ihr geht er vorbei und sagt kein Wort.

Sie folgt ihm bis zum Ausgang. Dort stellt er seinen Koffer nieder und blickt suchend umher. Da sagt sie, neben ihn tretend:

»Guten Tag, Peter!«

Die Freude, die er über ihre plötzliche Gegenwart empfindet, ist ihm deutlich anzusehen. Beide Hände drückt er ihr und sagt: »Ich hab schon Angst gehabt, du hast meine Karte nicht bekommen.«

Patrizia geht zielstrebig auf den Taxistand zu. Sie drückt dem wartenden Fahrer erst Peters Koffer, dann einen Fünfzigmarkschein nebst einem Zettel in die Hand. Auf dem steht die Adresse, wo er Peters Koffer abliefern soll. Dann nimmt sie Peter am Arm und sagt:

»Jetzt komm, Peter. Zuerst wollen wir irgendwo zu Mittag essen.«

Sie geht ihm voran, die Stufen hinunter zur nächsten Tiefgarage. Peter hat noch nie so viele Autos auf einmal gesehen und ist völlig verwirrt. Im Untergeschoss geht sie auf einen knallroten Sportwagen zu und öffnet den Schlag.

»Gehört der Wagen dir?«, fragt Peter erstaunt, bevor er einsteigt.

Sie strahlt ihn an. »Natürlich gehört er mir. Du kannst aber auch fahren damit.«

Sie fahren die breite Königstraße entlang, biegen dann einmal rechts ab und halten vor einem italienischen Ristorante.

In einer Nische finden sie einen gemütlichen Platz. Patrizia findet ihn jedenfalls gemütlich, weil sie mit Peter allein sein kann. Sie ist glücklich wie ein Kind, dass sie ihn bemuttern kann. Peter benimmt sich allerdings noch schrecklich ungeschickt. Aber Patrizia hat für alles ein verständnisvolles Lächeln und denkt sich: Mit der Zeit wird er schon selber darauf kommen, dass man beim Essen die Gabel in die linke und das Messer in die rechte Hand nimmt.

Jedenfalls will sie heute noch nichts dazu sagen, dass er die hauchdünnen Schnitzelchen in Stücke schneidet, das Messer dann weglegt und mit der Gabel isst, während er die linke Hand unter dem Tisch verschwinden lässt.

Patrizia bestellt die Weinkarte und fragt Peter, welche Sorte er zu trinken wünsche.

»Ich mag ein Bier«, sagt Peter trotzig und greift in den Brotkorb, um die Sauce in seinem Teller aufzutunken. »Ich zahl mein Sach, was ich eß und trink, schon selber«, meint er dann plötzlich. Patrizia lacht. »Du musst sogar meine Zeche mitbegleichen.«

Er nickt. »Ja, klar!«

Patrizia lehnt sich zurück und zündet sich eine Zigarette an.

Heimlich betrachtet sie Peter, der sich soeben seine Hände statt an der Serviette an seiner Lederhose abwischt. Am liebsten hätte sie ihn auf der Stelle um den Hals genommen und herzhaft geküsst, weil er so ein großes Kind ist. Und schwierig ist er. Wie wird er sich wohl dazu stellen, wenn ich ihm sage, dass er hier die gewohnte Tracht ablegen muss?

Überhaupt muss sie ihm klarmachen, dass er ihr Gast ist und sie folglich für ihn in jeder Weise zu sorgen hat. Für diesmal will sie es noch angehen lassen. Aber sie bereut es sofort, als sie sieht, wie verblüfft Peter schaut, als ihm der Ober die Rechnung reicht.

»Die haben aber saftige Preise in Stuttgart! Verlangt der für so ein Glasel Bier fünf Mark! Das war ja grad eine ›Preußenhalbe‹.«

»Stimmt, das waren nur drei Zehntel«, lacht Patrizia.

Peter kann sich immer noch nicht beruhigen. Und als sie im Auto sitzen, fängt er wieder an.

»Um den Preis, was da ein Essen kostet, kriegt man bei uns eine ganze Kalbshaxe und Knödel auch noch dazu.«

»Ja, Peter, du darfst nicht vergessen, Stuttgart ist nicht Gündelsbach.«

Das wird ihm allerdings selber mit jeder Minute mehr bewusst. Aber die Stadt gefällt ihm.

»Hab gar nicht gewusst, dass Stuttgart so groß ist«, sagt er einmal.

»Hast du denn überhaupt gewusst, wo Stuttgart liegt?«

Nein, das habe er nicht gewusst. In Ulm habe er schon gemeint, das sei Stuttgart.

»Wenn du gewusst hättest, dass es so weit von deinen Bergen weg ist, dann wärst du vielleicht gar nicht gekommen, oder?«

»Doch, wenn ich einmal was zusage, dann halte ich es auch. Wie ist es denn mit dem Professor, von dem du mir geschrieben hast? Gehn wir heute noch hin?«

»Nein, morgen früh erst. Jetzt fahren wir zu mir heim.«

Etwas außerhalb der Stadt, zwischen Weingärten eingebettet, liegt eine bezaubernde Jugendstilvilla. Ein breiter, sauber angelegter Weg, eingesäumt von jungen Eschen, führt dahin. Die hohen Eisengitter sind weit geöffnet, und Patrizia fährt in den kleinen Park hinein, hält dann vor der weißen Steintreppe, auf der wartend ein älterer Mann steht und dann den Schlag öffnet.

»Sie können den Wagen gleich stehen lassen, Ferdinand. Ich brauche ihn später noch mal«, sagt Patrizia, und steigt die Treppe hinauf.

Ganz benommen folgt Peter ihr, so dass sich Patrizia freundlich nach ihm umwendet.

»Komm nur, Peter! Hier kannst du dich ganz wie zu Hause fühlen. Denn hier bin ich daheim. Mein Großvater hat dieses Haus gebaut, und seit meine Eltern tot sind, gehört es mir.«

Oben wartet ein Mädchen in weißen Jeans und T-Shirt und reicht Patrizia die Post. Sie starrt den jungen Mann, der da neben ihrer Chefin steht, wie ein Wunder an. Wahrscheinlich ist es noch nie vorgekommen, dass jemand mit einer kurzen Lederhose in diesem Haus gewesen ist.

Vielleicht hat Patrizia in Bayern ein Gut gekauft, denkt Jennifer, das englische Aupairmädchen. Es könnte schon sein, denn sie hat in letzter Zeit mehrfach daran gedacht, ihre stattlichen Dividendengewinne in Immobilien zu investieren. Aber bisher war es so Brauch, dass geschäftliche Angelegenheiten unten im kleinen Büro erledigt wurden. Noch niemals hat die Chefin jemand in die Zimmer mit heraufgenommen.

Jennifer hat nichts Eiligeres zu tun, als in die Küche zu laufen, um der Haushälterin diese Neuigkeit zu übermitteln.

»Ich glaube, Patty hat ein Bayer gekauft, Uschi«, sagt Jennifer in gebrochenem Deutsch.

Uschi ist über die Neuigkeit nicht erstaunt. Sie fragt nur so nebenbei in breitem Schwäbisch:

»Isch er jung oder alt?«

»Jung, Uschi, jung und braun, und eine komische kurze Lederhose hat er an.«

Da klingelt das Küchentelefon, und Uschi bekommt den Auftrag, den Tee für zwei Personen herzurichten.

Die beiden in der Küche sehen sich verdutzt an.

»Das ist kein Geschäftspartner«, meint Uschi und schaltet den Herd ein.

Peter sitzt ganz allein in dem hohen Raum mit den hohen Bücherwänden, und das Ganze kommt ihm gar nicht recht geheuer vor. Am liebsten wäre er heimlich fortgerannt zum Bahnhof und wieder heimgefahren. Aber wo ist eigentlich sein Koffer hingekommen?

Er blickt sich im Zimmer suchend um, dann geht er ans Fenster, schaut hinaus und sieht drunten im Garten Patrizia bei dem alten Mann stehen, mit dem sie offenbar sehr Wichtiges zu verhandeln hat.

Da klopft es, und das Mädchen mit den weißen Jeans serviert den Tee. Sie lächelt Peter freundlich zu, als sie das Tablett auf den Tisch stellt und die Tassen verteilt.

Peter lacht sie freundlich an, und weil ihm gerade nichts Passendes einfällt, fragt er, ob sie schon lange im Hause sei.

»Zwei Jahre«, sagt sie und erzählt, dass sie an der Stuttgarter Uni Deutsch und Geschichte studiere und sich mit ihrer Arbeit bei Patrizia Geld für ihr Studium verdiene. Dann fragt sie, ob er denn ein Geschäftsfreund von »Patty« sei.

Peter schüttelt den Kopf.

»Ich versteh ja gar nix von Geschäften.«

Jennifer wendet sich um, denn sie hat die Türe gehen hören, und zieht sich lächelnd zurück.

Patrizia hat sich umgezogen, trägt nun ein dunkelrotes, eng anliegendes Kleid.

»Du musst entschuldigen, Peter«, sagt sie, »dass ich dich etwas allein gelassen habe! Komm, setz dich! Nun wollen wir gemütlich Tee trinken.«

Sie schenkt ihm ein, streicht ihm die Brötchen, sorgt für ihn auf eine so unauffällige, zwanglose Weise, dass er nicht anders kann, als nach ihrer Hand zu fassen und sie zu drücken.

»Gutsein ist doch nicht schwer, wenn …«

»… wenn man einen Menschen liebt«, hätte sie sagen wollen. Aber sie spricht das Letzte nicht mehr aus, denn sie ist gewarnt – seit jener Nacht, als sie mit ihm am Waldrand gesessen hat.

Genau das Gleiche denkt auch Peter in dem Augenblick. Nur denkt er auf eine andere Weise daran. Er kann es einfach nicht fassen, dass er diese Frau auf seiner kleinen Wiese im Mondschein geküsst hat. Damals war sie ihm bei weitem nicht so schön erschienen wie jetzt, da sie so still neben ihm sitzt und ihn umsorgt.

»Nun will ich hoffen, dass du dich recht wohl fühlst in der Stadt«, unterbricht sie seine Gedanken. »Wir werden dann in deine künftige Wohnung fahren. Du kannst aber auch hier wohnen, wenn es dir lieber ist.«

Er wird rot bis unter die Haarwurzel.

»Ich brauch ein ganz billiges Zimmer, Patrizia. Fünftausend Mark, das ist mein ganzer Reichtum. Bis die aufgebraucht sind – meinst, dass ich bis dahin schon was verdienen kann?«

»Darüber musst du dir noch keine Gedanken machen, Peter. Erst wollen wir mal das Urteil von Professor Littig abwarten. Morgen können wir dann über alles Weitere sprechen.«

Patrizia weiß ganz genau, dass sie ihm auf Dauer nicht wird verheimlichen können, wer ihm in Wahrheit hilft. Nur dank seiner Ahnungslosigkeit kann sie ihn einstweilen in dem Glauben halten, es gebe für besonders talentierte Schüler von irgendeiner Stelle finanzielle Unterstützung.

Sie hat bereits eine kleine Einliegerwohnung für ihn im Westen der Stadt gemietet. Dort bekommt er volle Verpflegung, so dass er sich um gar nichts zu kümmern braucht. Nun wäre noch eine Mission zu erledigen. Patrizia sucht verzweifelt nach den richtigen Worten, findet aber dann doch, dass es das Beste sei, wenn sie das Kind gleich beim Namen nenne.

»Natürlich kannst du nicht in dieser Kleidung zu den Gesangstunden gehen, Peter.«

»Warum denn nicht? Ich hab ja nix anderes.«

»Das geht nicht, Peter. Du musst dich auch in deiner Kleidung an die hiesigen Gepflogenheiten anpassen. Deine Tracht in allen Ehren! Sie kleidet dich ausgezeichnet – aber hier musst du dich kleiden wie andere Studenten auch.«

Der Schreck fährt ihm in alle Glieder. Wo soll er das Geld für eine neue Garderobe hernehmen, vielleicht gar für korrekte Kleidung – Hosen, Sakkos, Hemden, vielleicht sogar Krawatten. Er weiß ja nicht, was in solchen Fällen üblich ist, und die harzverschmierten alten Jeans, die er im Holz zu tragen pflegt, werden ihm nicht viel helfen.

Als hätte Patrizia seine Gedanken erraten, sagt sie entschlossen:

»Du musst mir schon erlauben, dass ich dafür gesorgt habe. Nein, nein, sei nur ruhig! Du brauchst es nicht als Geschenk betrachten. Wenn du einmal erfolgreich bist, kannst du mir alles auf Heller und Pfennig zurückzahlen.«

Dieses Angebot beruhigt ihn etwas. Er fragt nur noch: »Und wenn ich nicht erfolgreich werde?«

Da streicht sie ihm ganz leicht über den Scheitel. »Du wirst es, Peter. Hab nur keine Angst! Und nun komm! Ich führe dich in ein Zimmer. Dort wirst du alles Nötige vorfinden, und wenn du gebadet und dich umgezogen hast, dann kommst du wieder hierher.«

Sie gehen zuerst durch die Halle, kommen über die breite Treppe auf die Galerie und von dort in ein elegant ausgestattetes Gästeappartement.

Der Gärtner Ferdinand hat die Kleidungsstücke, die er auf Patrizias Anweisung besorgen musste, bereits in den Schrank geordnet: Schuhe, Wäsche, Hemden, Pullover, sogar ein blauer Blazer mit passenden Krawatten ist dabei – obwohl Patrizia berechtigte Zweifel daran hegt, ob Peter in der Lage sein wird, einen korrekten Krawattenknoten zu binden.

Patrizia öffnet eine weitere Tür.

»Und hier ist das Bad, Peter. Im Spiegelschrank findest du alles, was du brauchst.«

Damit verschwindet sie wieder und geht zurück in die Bibliothek, in der sie soeben Tee getrunken hatten. Ihre vorher so sicher bewahrte Ruhe ist nun dahin. Rastlos wandert sie durch das Zimmer, vom Fenster bis zur Tür und wieder zurück.

Was soll das werden? In den vergangenen Tagen hat sie schon mehrfach bereut, dass sie ihm geschrieben hatte. Angst hat sie gehabt vor dieser Begegnung, denn sie hat befürchtet, dass nichts mehr in ihr sei von jener seltsamen Liebe zu ihm und dass sie nicht einmal mehr gut sein könnte mit ihm.

Am Bahnhof aber wurde sie schon eines anderen belehrt. Wie sie ihn stehen sah, so groß, schlank und doch so unsicher wie ein Kind, das sich verlaufen hat, da wusste Patrizia, dass sie ihn seit der ersten Begegnung nicht einen Augenblick vergessen hat, dass sie ihn wirklich liebt und dass sie es ihm aber ganz gewiss niemals und durch nichts wird vermitteln können.

Dort am Tisch steht die Tasse, aus der er getrunken, dort der mächtige Stuhl, an dessen Polsterlehne sein Kopf geruht hat. Ganz leise und zärtlich streichelt sie darüber hin, legt ihre Wange daran, als wäre es – sein Gesicht.

Mit einem Lächeln lässt sie wieder ab von diesem Tun und stellt sich vor den großen Spiegel. Noch nie hat sie sich so eingehend betrachtet wie jetzt, und deshalb erschrickt sie vor den feinen Falten, die sich unübersehbar von den Augenwinkeln in die Wangen ziehen. Sieht Peter diese ersten Anzeichen der entschwindenden Jugend? Sieht er ihr ihre dreißig Jahre wirklich an?

»Du siehst noch so jung aus, Patrizia ...«

Immer und immer wieder bekommt Patrizia dies in ihrem Freundeskreis zu hören. Sie hat sich immer gefreut darüber. Warum sagt Peter es denn nicht? Vielleicht weiß er gar nicht, dass dies jede Frau gern hört. Wo bleibt er denn nur so lange?

Patrizia verspürt jetzt schon eine grenzenlose Sehnsucht nach ihm und fragt sich, wie das noch werden und enden soll. Sie weiß, dass er ein anderes Mädchen liebt, und immer hat sie mit einem Gefühl des Neides an die Veronika gedacht.

Schließlich kann sie es nicht mehr aushalten und geht kurz entschlossen hinauf und klopft an die Tür.

Peter steht, nur mit der Hose bekleidet, im Zimmer. Breites Sonnenlicht fällt durch die hohen Fenster herein, und Peters schlanker, brauner Körper schimmert wie Bronze.

Er weiß nicht, was er anziehen soll, und Patrizia sagt ihm, dass zu der hellen Sommerhose am besten das blaue Polohemd passt.

Endlich ist er fertig, und als ihn Patrizia vor den Spiegel führt, schaut er ganz verblüfft und fragt: »Soll ich das sein?«

»Natürlich bist du es, Peter. Ausgezeichnet steht dir das.«

Ganz verständnislos schaut er drein.

»Wenn du es sagst, dann wird es schon stimmen. Ich gefall mir vorerst nicht in diesem modischen Zeug.« Als sie dann zusammen hinuntergehen, kommt es Peter vor, als stecke er in einer Zwangsjacke. Er weiß überhaupt nicht, wohin er die Hände tun soll. Bei einer kurzen Lederhose ist es ganz selbstverständlich, dass man die Hände tief in die Taschen vergräbt. Das gibt dem Schritt Gewicht und Breite. Er atmet ordentlich auf, als er im Auto sitzt und sich nicht mehr zu bewegen braucht.

Die Fahrt geht wieder durch die ganze Stadt. Peter lässt sich tragen von dem Brausen der menschengefüllten, schaufensterbunten Großstadtstraßen. Er wird sich kaum bewusst, dass er neben einer schönen Frau sitzt. Und bekannt muss sie sein, denn alle Augenblicke winkt ihr jemand zu.

Endlich sind sie am Ziel. Es ist ein großes Haus in der Äußeren Botnanger Straße, steht ganz für sich allein und etwas erhöht, so dass man vom zweiten Stockwerk aus über die ganze Stadt hinwegsehen kann und den Blick frei hat zu den Hügeln, die die Stadt im Kreise umgeben.

Frau Mendl, Peters künftige Hausfrau, ist Witwe. Sie hat selbst einen Sohn in Peters Alter, der aber in Frankfurt studiert, nur samstags und sonntags nach Hause kommt. Aus diesem Grunde begrüßt es Frau Mendl herzlich, dass sie nun wieder jemand bekommen soll, den sie so richtig bemuttern kann.

Peter gefällt ihr auf den ersten Blick, und sie sagt auch gleich: »Na, wir zwei, glaub ich, können schon auskommen miteinander.«

Eine Zweizimmerwohnung hat Patrizia für Peter gemietet. Der starrt sie erschrocken an.

»Gleich zwei Zimmer? Wer soll das bezahlen?«

»Du sollst dich doch darum nicht kümmern, Peter«, antwortet Patrizia. »Du lässt dir nun die Schlüssel geben, damit du zu jeder Zeit ins Haus kannst. Für heute Abend schlage ich vor, in die Oper zu gehen.«

Peter sieht allmählich ein, dass hier aller Widerstand vergebens ist, und er beschließt, nun einfach alle Dinge so zu nehmen, wie sie kommen.

Patrizia geht ans Fenster und ruft dann Peter.

»Schau, Peter, welch wunderbaren Ausblick du da hast! Sogar mein Haus kann man sehen, dort drüben auf dem Hügel. Siehst du es?«

Er folgt der Richtung ihrer ausgestreckten Hand und nickt.

»Herrlich, Peter, nicht wahr! Da können wir einander jeden Morgen grüßen. Wenn du mein Haus immer siehst, dann wirst du jedenfalls auch immer daran erinnert, dass du mich oft besuchen musst.«

Sie sagt das, ohne ihn anzublicken.

Peter steht hinter ihr. Sie spürt seinen Atem in ihrem Haar. In dem Augenblick ist ihm zumute wie damals auf der Wiese, als er sich vornahm, sie zu küssen. Aber eine gewisse Scheu hindert ihn heute daran. Er hat erkannt, welche gewaltigen Unterschiede zwischen ihnen bestehen.

Da wendet sie sich um und lächelt ihn an. »Hast du Heimweh, Peter?«

Er schüttelt den Kopf. »Das kommt vielleicht erst, wenn ich ganz allein bin. Solang du bei mir bist, hab ich nicht Heimweh.«

Er ahnt nicht, wie tief sie dieses Geständnis beglückt.

»Das freut mich, Peter.«

Sie steht so knapp vor ihm, dass er ganz instinktiv die Hand hebt und über ihr Haar streichelt. Sie fängt diese Hand ein, legt sie an ihre Wange und verhält sich eine Weile ganz still wie ein Kind, das mit einem Spielzeug eingeschlafen ist. Und wie im Schlaf fragt sie ganz leise:

»Kannst du mir denn ein klein wenig gut sein? Ein klein wenig nur?«

»Dir muss man doch gut sein, du bist es ja auch zu mir!«

»Bei mir ist das ganz was anderes, denn ich liebe dich doch.«

Er will seine Hand zurückziehen, aber sie hält sie fest.

»Du brauchst darüber nicht zu erschrecken, Peter. Ich will ja nichts Unmögliches von dir. Aber sagen musste ich es dir doch, schließlich lässt sich das auf die Dauer gar nicht verbergen. Überhaupt habe ich dir das schon einmal gesagt, damals, nachts auf der Wiese. Ich nahm mir vor, dich zu vergessen, aber siehst du, Peter, es ging nicht mehr. Soll ich dir erzählen von den vielen Nächten, die ich deswegen schlaflos verbracht habe? Ich bin ein paar Jahre älter als du. Gewiss, das habe ich mir tausendmal gesagt, und ich will ja auch nicht, dass du deine Jugend an mich kettest. Wenn du nur bei mir bist, dann bin ich glücklich. Ich muss dich sehen, muss dich um mich haben, muss dich lieben dürfen. Mit keinem Finger will ich an dein Herz rühren. Ich bin zufrieden mit dem, was du mir gerne schenkst.«

Sie umschließt mit beiden Händen sein Gesicht. Ihre Augen schimmern feucht.

»Ich glaube an dich, Peter. Niemand außer mir wird dies heute tun. Später werden sie dich bewundern. Wirst du mich dann vergessen, Peter?«

Angst und Trauer spielen in ihrem Blick.

Heiß wallt es in ihm auf.

»Für so undankbar könntest du mich halten, Patrizia? Wenn das wirklich so kommt, wie du meinst, dann werd ich nie vergessen, wem ich es zu verdanken habe.«

Sie macht sich von ihm los und fährt sich mit den Fingerspitzen durchs Haar.

»Das hat nun doch ausgesprochen werden müssen zwischen uns, nicht wahr, Peter? Und so muss es immer sein. Klarheit ist die erste Bedingung. Und wenn dich etwas drückt, dann komm zu mir, Peter. Versprichst du mir das?«

»Ja, Patrizia, das kann ich dir versprechen.«

Ein wenig später verlassen sie das Haus und fahren zurück in die Stadt.

Peter erwacht am anderen Morgen um Punkt vier Uhr. Sofort springt er aus dem Bett, streckt die Arme über den Kopf und geht in Gedanken den Weg zum Brunnen, unter dessen frischem Strahl er sich immer gewaschen hat.

Es dauert eine Weile, bis er sich zurechtfindet und sich klar wird, wo er sich befindet. Er geht zum Fenster und öffnet es. Schwarz und still liegt die Stadt.

Ach so, er ist ja in Stuttgart, kann sich nochmals ins Bett legen und warten, bis die Hausfrau klopft. Es wartet nun keine Wiese mehr auf ihn, die gemäht sein will, und Axt und Motorsäge hängen daheim wohl verwahrt im Schuppen.

Wie war das doch gestern gleich alles? Bild um Bild lässt er an sich vorüberziehen. Der Vater hat ihn zum Bahnhof gefahren nach Ellmoos. Der Abschied ist ihm sichtlich schwer gefallen.

Unablässlich hat er an Veronika denken müssen. Der Gedanke an sie hat ihn auch gestern den ganzen Tag nicht verlassen, trotz der vielen neuen Eindrücke. Erst als er im Theater gesessen hat und die Oper »Der Troubadour« ihn bis ins Innerste ergriff, da hat er auch alles um sich her vergessen. Es war ihm kaum bewusst, dass er neben Patrizia unter einer Menge festlich gekleideter Menschen sitzt und dass ihm der geschlossene Hemdkragen mit dem störenden Krawattenknoten schier den Atem nimmt. In der Pause hat ihn Patrizia verschiedenen Herren und Damen vorgestellt. Er hat die Händedrücke erwidert, ohne dass er es wusste. Schall und Rauch waren ihm die Namen, nur die gewaltige Musik dieser Oper und der Klang dieser herrlichen Stimmen waren in seinem Ohr.

Draußen wird es heller, und man kann die vielen Giebel und Türme unterscheiden. Das Leben erwacht in der Stadt. Fern schreit eine Autohupe, und ein schwerer Lastwagen mit Getränkekästen fährt unten vorüber.

Peter sucht nach Patrizias Haus. Man kann aber noch nichts Rechtes unterscheiden, und er wendet sich ins Zimmer zurück, öffnet seinen Koffer und nimmt Schreibpapier heraus.

Das erste Mal in seinem Leben schreibt er an Veronika einen Brief. Klar, auf der Alm gibt es kein Telefon, so dass er mit ihr reden könnte. Dabei hat er ihr ja so viel zu erzählen. Ein Kapitel für sich ist es schon, die Eindrücke der Oper zu schildern. Von Patrizia erwähnt er nichts weiter, als dass sie ihn an der Bahn abgeholt hat und am Abend mit ihm in die Oper gegangen ist.

Er will ihr mit Weiterem das Herz nicht schwer machen. Dass für Veronika dies schon mehr als genug ist, daran denkt er nicht.

Drei Seiten hat er schon beschrieben, da klopft es leise und nachdrücklich an die Tür.

»Herr Markus, Zeit zum Aufstehen.«

Peter öffnet die Tür zum Wohnzimmer.

»Guten Morgen, Frau Mendl!«

»Ja, sind Sie schon auf?«

»Ich hab sogar schon einen Brief geschrieben.«

»Entschuldigen Sie vielmals, dass ich Sie dabei gestört habe. Aber warum gehen Sie denn nicht in Ihr Wohnzimmer zum Schreiben? Da haben Sie doch den Schreibtisch.« Sie wirft einen Blick ins Schlafzimmer und sieht, dass der Schlafanzug, den Frau Ahrends gestern Abend noch geschickt hat, unberührt über dem Stuhl hängt.

»Haben Sie denn den Schlafanzug nicht angezogen?«, fragt sie erstaunt.

»Schlafanzug?« Peter schaut ebenfalls auf den Stuhl hin. »Ich kenn so was gar nicht. In meinem ganzen Leben hab ich noch keinen Schlafanzug gebraucht. Muss man denn das haben?«

»Natürlich. Sie können sich doch nicht mit dem Taghemd zu Bett legen.«

»Ich hab auch im Unterhemd ganz gut geschlafen«, meint er. »Im Übrigen, Frau Mendl, tun Sie mir einen Gefallen und sagen Sie nicht allweil Sie zu mir, sondern Peter.«

Frau Mendl ist damit freudig einverstanden, fragt gleich, ob sie nun den Kaffee bringen dürfe, und den Brief – ja, wenn er ihn fertig hätte, dann werfe sie ihn gleich in den Briefkasten, der am Vormittag geleert werde.

Noch während Peter beim Kaffee sitzt, hört er unten vor dem Haus ein Auto vorfahren. Gleich darauf tritt Patrizia ins Zimmer.

»Ich hab gehört, dass du schon lange munter bist. Guten Morgen, Peter!« Sie geht mit ausgestreckten Händen auf ihn zu.

Ganz verwundert schaut er sie an, hält ihre Hände fest und starrt sie immerzu an, so dass sie ihn schließlich fragt:

»Warum schaust du mich denn so an, Peter?«

»Weil du mir heute ganz anders vorkommst. So jung schaust du aus.«

»Das macht die Freude, Peter, weil ich bei dir sein kann. Hast du« – sie deutet zum Fenster – »hast du hinüber geschaut heute Morgen zu mir?«

»Ja, aber da war es noch zu dunkel.«

Wenigstens hat er an mich gedacht, denkt Patrizia, und setzt sich an seine Seite. »Wie hat dir denn die Oper gefallen?«

Da fasst er ihre Hände und drückt sie fest. »Ich kann ich dir gar nicht sagen, Patrizia, welch eine Freude du mir damit gemacht hast.«

Er kommt in ein sprudelndes, naives Erzählen. Ganz aufgeregt ist er dabei. Patrizia betrachtet ihn still und lächelnd und muss sich im Geheimen darüber wundern, wie genau er jede Einzelheit in sich aufgenommen hat.

»Ich bring dir einmal das Textbuch«, sagt sie, »dann lernst du den Gang der Handlung genau kennen. Aber jetzt wird es Zeit, dass wir uns auf den Weg machen. Um neun Uhr bist du bei Professor Littig angesagt.«

Angst hat Peter nicht im Geringsten, als er die teppichbelegten Stufen hinaufgeht und dann vor der Türe mit dem großen Messingschild »Dr. Herbert Littig« steht. Erst als er in einen Raum geführt wird, in dem schon ein halbes Dutzend Schüler warten, verspürt er ein wenig Herzklopfen. Aber Patrizia drückt ihm verstohlen die Hand und sagt:

»Nur ganz ruhig bleiben, Peter!«

Gleich darauf öffnet sich die Tür, und ein großer, breitschultriger Mann mit noch jugendlichem Gesicht, aber grauem Haar betritt das Zimmer, nickt freundlich nach allen Seiten und geht direkt auf Patrizia zu.

»Respekt vor Ihrer Pünktlichkeit«, sagt er, während er ihr die Hand drückt. Dann fixiert er Peter mit einem scharfen Blick. »Und das ist wohl der junge Mann. Bitte kommen Sie gleich herein. Sie natürlich auch, Frau Ahrends.« Und während er die anderen fragt, ob sie dies oder jenes einstudiert hätten, geht er den beiden voran in das Musikzimmer.

Peter stellt fest, dass dieses Zimmer noch größer ist als Patrizias Bibliothek. Die Wände sind mit Gemälden behängt, dazwischen hin und wieder eine Fotografie. Vorn beim Fenster steht ein Flügel, daneben ein Schrank mit Noten und Musikinstrumenten. Er ist noch nicht ganz fertig mit seiner Betrachtung, da fragt ihn der Professor:

»Sie wollen also Tenor werden?«

Peter erinnert sich in späteren Jahren noch oft an den barschen, eher abweisenden Ton des Professors.

Ganz ruhig antwortet er: »Wenn mein Talent reicht, möcht ich freilich gern.«

»Wissen Sie denn, was da heute verlangt wird?«

»Nein!«

»Na, wenn Sie das noch nicht mal wissen ...« Er setzt sich an den Flügel und spielt einige Akkorde. »Singen Sie mir mal die ›Romerzählung‹ aus ›Tannhäuser‹ vor!«

Peter zieht unmerklich die Brauen zusammen. »Was glaubt denn der eigentlich?«, denkt er unwillig. Sein Trotz rebelliert ein wenig, und er sagt ziemlich barsch:

»Was ich nicht kenn, kann ich nicht singen.«

Der Professor hebt den Kopf ein wenig. Möglich, dass ihn dieser Ton hat aufhorchen lassen.

»Was haben Sie denn bisher gesungen?«

»Volkslieder und Kirchenlieder«, antwortet Peter trotzig.

»Gut dann! Also, welches wollen Sie singen?«

Peter schaut auf Patrizia, und die sagt dann zum Professor:

»O sole mio.«

Ein paar Takte klingen auf. Der Professor hat sie

angeschlagen, dann gibt er Peter mit einem Kopfnicken das Zeichen zum Einsatz. Peter steht vorn am Fenster. In dem Augenblick, als er den ersten Ton singt, ist alle Scheu von ihm abgefallen.

»Weiter, nur weiter«, sagt Littig, als Peter nach der ersten Strophe aufhören will.

Anschließend muss er noch ein paar Lieder singen, dann erhebt sich Littig von seinem Klavierhocker. Mit keiner Miene verrät er, wie er über das Gehörte denkt. Seine grauen Augen haften auf Peter.

»Die Stimme ist ganz nett, aber sie reicht natürlich bei weitem noch nicht für das, was Sie sich erhoffen. Wenn Sie sich Mühe geben, kann vielleicht was werden daraus. Und vor allem, das möchte ich ihnen gleich sagen, Ihren Trotzkopf müssen Sie ablegen, dann kommen wir zwei ganz gut aus. Für heute ist es genug. Nehmen Sie mal diese Noten hier mit und üben Sie die Stücke ein!« Er greift ein paar fotokopierte Blätter heraus. Dann streckt er Peter die Hand hin. »Also auf gute Zusammenarbeit! Nehmen Sie die Sache ernst und vergessen Sie nie, dass alles Große erkämpft werden muss! Auf Wiedersehen morgen nachmittag um drei Uhr.«

Professor Littig führt die beiden durch eine andere Tür hinaus und flüstert Patrizia zu: »Vielleicht kommen Sie heute nochmal vorbei?«

Patrizia nickt und folgt Peter, der schon über die Stiege hinuntergeht. Sie legt ihm die Hand auf die Schulter.

»War es arg, Peter?«

»Jetzt, zum Schluss, hat er mir ganz gut gefallen, der Professor. Aber als er mich am Anfang gleich so grob angeredet hat, da hätt er mich gleich grantig machen können.«

»So hat er das doch nicht gemeint«, antwortet Patrizia in aufwallender Zärtlichkeit.

»Ist ja wahr auch! Woher soll denn ich eine Arie aus – aus …«

»Aus ›Tannhäuser‹ kennen«, hilft ihm Patrizia drauf. »Später wirst du einmal lachen müssen, Peter, wenn du an diese erste Probe zurückdenkst.«

Für den Nachmittag macht Patrizia Peter den Vorschlag, einmal durch die Stadt zu schlendern, damit er sich auch allein zurechtfindet. Und so trennen sie sich nach dem Mittagessen.

Patrizia fährt gleich zum Professor.

Der führt sie in sein Privatzimmer und sagt lächelnd: »Ich kann mir schon denken, Frau Ahrends, dass Sie darauf brennen, Positives über Ihren Schützling zu erfahren.«

»Was halten Sie von ihm?«, fragt Patrizia ohne Umschweife.

Professor Littig ist wie umgewandelt.

»Sie haben sich nicht getäuscht, Frau Ahrends. Der Junge hat Gold in der Kehle. Natürlich darf man ihm das nicht sagen, sonst bekommt er Grillen in den Kopf.«

»Natürlich«, stammelt Patrizia überglücklich. »Ich bin der festen Überzeugung, dass er seinen Weg machen wird.«

»Daran zweifle ich auch nicht. Die Hauptsache ist, dass er mit allem Ernst und aller Liebe bei der Sache ist. Ich habe ganz vergessen, ihn zu fragen: Raucht er eigentlich?«

»Nein.«

»Dann ist es gut. Es darf nun allerdings nicht angenommen werden, dass die bevorstehende Arbeit ein Leichtes wäre. Es hilft nicht, dass er die hohen Lagen so spielend beherrscht. Es ist noch viel Unsicherheit in der Stimme, die erst ausgefeilt werden muss.«

Patrizia nickt eifrig. »Ganz richtig. Dieses Empfinden hatte ich auch. Und bestimmt – ich meine – ganz sicher haben Sie selber schon bemerkt, dass er ein Trotzkopf ist?«

Littig lächelt. »Das habe ich sofort festgestellt. Ich war absichtlich ein wenig hart mit ihm. Im Übrigen ist das gar kein so großer Fehler. Solche Kerle hab ich gern, die sich nicht vor jedem Wort ducken. Also, wollen wir das Beste hoffen!«

Patrizia atmet tief auf.

»Ich danke Ihnen vielmals, Herr Professor, für das, was Sie mir gesagt haben. Im Übrigen bleibt es bei unseren Abmachungen. Herr Markus darf auf keinen Fall erfahren, dass ich die Kosten des Studiums trage.«

Littig nickt zustimmend. »Ich verstehe. Bei seiner Veranlagung würde er dies nicht ertragen können.«

»Nein«, lacht Patrizia und steht auf. »Er ist ein großes Kind. Und nun will ich Sie nicht länger stören, Herr Professor. Vielen Dank nochmals und auf Wiedersehen.«

Peter lebt sich überraschend schnell in die neuen Verhältnisse ein. In die Gesangstunden geht er zwar mit Widerwillen, denn er kann kein rechtes Verhältnis zu Professor Littig finden. Immer ist er voll innerer Abwehr gegen ihn, ständig bereit, jedes Wort sofort zu parieren.

In der dritten Woche ändert sich dies aber plötzlich. Es ist nach einer Gesangsprobe, als ihn der Professor auffordert, Platz zu nehmen. Er selbst setzt sich ihm gegenüber und schenkt zwei Gläschen Cognac ein.

»So, mein lieber Markus«, beginnt er. »Nun wollen wir mal miteinander reden, nicht der Lehrer zum Schüler, sondern der Mensch zum Menschen. Ich weiß genau, dass Ihnen manches meiner Worte nicht gepasst hat. Aber sehen Sie, diese Strenge wende ich bei jedem meiner Schüler in den ersten Wochen an.

Manche sind deswegen auch schon ausgeblieben und haben sich nach einem anderen Lehrer umgesehen. Ich habe ihnen nicht nachgetrauert, denn es wäre nie etwas Richtiges aus ihnen geworden. Anders liegt nun der Fall bei Ihnen. Sie will ich nicht verlieren, Peter Markus, denn aus Ihnen soll etwas werden. Ihr kommender Beruf wird hart sein für Sie. Der Beruf eines Künstlers ist weit mehr mit Irrtümern belastet als viele andere Berufe. Sie sind in ganz anderen Verhältnissen aufgewachsen, und Sie haben nun genug damit zu tun, all das Neue, bisher Fremde in sich aufzunehmen. Sie singen noch, weil es Ihnen Freude macht und weil Sie vielleicht von dem Glauben beseelt sind, ein Großer zu werden im Reich der Töne. Machen Sie mir das Amt des Lehrers nicht schwer! Ich meine es gut mit Ihnen, und wenn wir weiterhin so gute Fortschritte machen, dann können wir bis zum Winter schon den ersten öffentlichen Auftritt wagen. In diesem Sinne: Ein Prosit, Peter!«

Peter ist ganz sonderbar zumute nach dieser langen Rede. Mit leuchtenden Augen stößt er mit seinem Lehrer an.

»Ich will mir alle Mühe geben«, sagt er und schlägt mit festem Druck in die dargebotene Hand ein.

Als er wieder draußen auf der Straße steht, ist ihm so, als müsste er die Arme weit ausbreiten, um die ganze Welt zu umarmen. So selig ist ihm zumute wie – ja, wie denn gleich? Wann ist je ein solches Glücksgefühl in seinem Herzen gewesen? Ach ja, damals, als er im späten Herbst Veronika auf der Schwedenwiese zum ersten Mal küsste.

Veronika! Seine Augen tasten suchend in die Ferne.

Veronika hat immer noch nicht geschrieben, obwohl sie doch seinen dritten Brief schon haben muss. Gewiss, sie ist keine Heldin im Briefschreiben. Das weiß er. Aber sie könnte ihm doch wenigstens ein kleines Lebenszeichen geben, eine kleine Andeutung. »Ich liebe dich immer …« oder so.

Da müsste er nun ihr die ganze heutige Unterredung mit dem Professor mitteilen. Aber wie soll er das tun, wenn er nicht weiß, ob sie sich überhaupt dafür interessiert.

Wie ein schwerer Schatten legt sich der Gedanke plötzlich auf sein Herz.

»Sie interessiert sich nicht im Mindesten für meinen kommenden Beruf. Sie glaubt gar nicht an mich.«

Peter erschrickt beinahe, als er die Worte vor sich hin spricht, und er sieht plötzlich einen Riss zwischen sich und Veronika. Sie kann es nicht verstehen, dass ich diesen Weg gegangen bin, grübelt er weiter. Aber kann ich denn zurück?

Unwillkürlich bleibt er stehen. Nun drängt sich diese schicksalschwere Frage schon an ihn heran. Ganz unbewusst betrachtet er seine weich gewordenen Hände. Sind sie nicht schon zu fein für Axt und Säge?

Ärgerlich schüttelt er den Kopf. Er will sich nicht fragen, ob er sein jetziges Leben mit dem vergangenen wieder vertauschen soll. Das käme nur in Frage, wenn er erkennen würde, dass er zu anderem nicht berufen ist. Vorerst aber hat er den festen Glauben an sich. Und Patrizia glaubt an ihn und auch der Professor. Nur Veronika nicht.

Langsam geht er weiter. Der Lärm der Großstadt schwingt an ihm vorbei. Er achtet auf nichts und sucht keinen Weg und fragt sich erst, als er vor Patrizias Villa steht, ob er denn diesen Weg gewollt hat.

Zaudernd bleibt er vor dem Gartentor stehen. Soll er umkehren? Aber braucht er denn Patrizia heute nicht? Sein Herz schreit nach einem Menschen, der ihn versteht und der sich mit ihm freut über das, was ihm Littig heute offenbart hat.

Gelbrot leuchtet der Himmel über der Stadt. Peter sieht im Geist den herbstlichen Bergwald im Rausch seiner Farben, hört die Herdenglocken läuten und dann später den dunklen, ernsten Ton der Dorfglocke.

Er ist sich kaum bewusst, dass er hier steht vor Patrizias Haus. Er fühlt sich zurück versetzt um viele Jahre, sitzt auf der Schwedenwiese und hütet die Ziegen, träumt dabei von der fernen Welt und wartet auf Veronika. Und dann kommt sie. Er sieht sie leibhaftig über den Hügel laufen mit flatternder Jacke, und er hört sich dann selber sagen: »Einen Kuss möcht ich, Veronika …«

»Willst du mich denn nicht küssen, Peter?«, fragt Patrizia. Es ist schon um die Mitternachtsstunde, als sie es fragt. Sie liegt auf der Ledercouch, und Peter sitzt neben ihr, hält ihre Hände in den seinen und blickt sie an. Dann küsst er sie. Aus tiefer Dankbarkeit, aus Mitleid vielleicht.

»Jetzt muss ich gehen«, sagt er und steht auf.

Ohne ein Wort zu sagen, erhebt sie sich. »Ich bringe dich heim«, nickt sie.

Peter steht inmitten des Zimmers und schaut zur Wand, an der ein Kalender hängt. Dann spielt ein eigenartiges Lächeln um seinen Mund, so dass ihn Patrizia verwundert darum fragt.

»Da seh ich jetzt gerade, dass heute der sechste Oktober ist.«

»Warum? Erinnert der Tag dich an irgendetwas?«

»Ja, an einem sechsten Oktober war es, wie ich Veronika das erste Mal geküsst habe. Sechs Jahre sind es jetzt schon. Wie schnell die Zeit vergeht.«

Patrizia bekommt schmale Lippen. Sie sagt nur: »Damals warst du ja noch ein halbes Kind«, und geht ihm voran zur Tür hinaus.

Sie sprechen auf der ganzen Fahrt zu Peters Wohnung kein Wort. Als sie dort angelangt sind, bleibt

Patrizia im Wagen sitzen und reicht ihm die Hand heraus. Er aber neigt sich zu ihr nieder und küsst sie flüchtig.

»Frierst du?«, fragt er dann.

»Nein.«

»Deine Lippen sind so kalt«, sagt er und tritt zurück, sucht in der Tasche nach dem Schlüssel, um das Haustor aufzusperren. Nun ist es auf, das Licht flammt auf im Flur. Er hebt die Hand, um ihr noch mal zu winken, da sagt sie: »Du, Peter, einen Augenblick noch!«

Er kommt zurück, schaut sie erwartungsvoll an. Sie zögert aber noch.

»Willst du mir noch etwas sagen, Patrizia?«

»Ja, du – ich meine – bitte, Peter, du darfst mich aber jetzt nicht belügen. Es ist sehr wichtig für mich. Wenn du mich küsst – denkst du dabei an Veronika?«

Er muss lachen.

»Was du für sonderbare Gedanken hast!«

»Bitte, Peter, sag mir die Wahrheit!« Ihr Gesicht ist überschattet von einer leisen Traurigkeit.

»Nein, Patrizia« – er streichelt ihr über die Wange– »wenn ich dich küsse, dann denk ich an keine andere.«

»Dafür danke ich dir, Peter. Viele Male danke ich dir dafür.«

Mit einem glücklichen Lächeln fährt Patrizia davon.

Als Peter in dieser Nacht sein Zimmer betritt, findet er einen Brief von Veronika auf dem Tisch.

Mit ungestümer Hast reißt er ihn auf.

Ach, es ist so belanglos, was Veronika zu berichten hat. Der Abtrieb sei nun erfolgt, und es hätte ihr sehr Leid getan, von den Bergen herunter zu müssen, und sie stünde nun oft im Haus und schaue hinauf zu den steinernen Riesen. Dabei erkenne sie tagtäglich mehr, dass sie niemals fort könnte, und dass sie sterben müsste, wenn sie die Berge einmal nicht mehr um sich haben könnte. Was denn sein Singen mache? Sie sei, bevor sie abgetrieben habe, noch einmal in seiner Hütte gewesen aus Rinden und Moos. Jetzt wohne er wohl in einem anderen Haus und solle ihr einmal schreiben, was er den ganzen Tag über treibe, denn immer könne er doch nicht singen.

So geht es drei Seiten lang fort mit lauter belanglosen Fragen. Nichts steht darin, dass sie ihn noch liebe oder Sehnsucht habe und sich auf ein Wiedersehen freue. Unterschrieben ist der Brief: »Nun sei vielmals gegrüßt von deiner Veronika Büchler.«

Peter ist mehr als enttäuscht. Er setzt sich an den Schreibtisch und beginnt zu schreiben: »Meine liebe Veronika!«

Diese drei Worte stehen um die fünfte Morgenstunde immer noch einsam auf dem Papier. Kein Wörtchen mehr. Peter sitzt am Schreibtisch und starrt die Maserung an. Er kennt schon jede Ader des Holzes. Er denkt und denkt, er denkt an Veronika, nimmt einen anderen Bogen und schreibt nur darüber: »Veronika!«

Es wird ein sehr langer Brief, voll von Beteuerungen seiner Liebe, und auch von versteckten Vorwürfen, weil sie ihm nichts anderes zu sagen wisse als belanglose Dinge.

Eine Antwort bekommt er auf diesen Brief nicht.

Ein strahlender Wintertag. Azurblau spannt sich der Himmel über Gündelsbach. Die weiße Last des Winters liegt über Feld und Wald. Fast einen Meter hoch ist die Schneedecke, so dass sie in den Bauernhäusern beinahe zu den Stubenfenstern reicht. Dazu weht ein scharfer Nordost, und man sieht selbst um die Mittagsstunde niemanden auf der Straße. Sie sitzen wohl alle hinter dem Kachelofen und denken sich, dass man bei dieser Kälte keinen Hund hinausjagt.

Um die zweite Mittagsstunde jedoch wird es lebendig. Die Menschen wandern hinaus auf den Gröllberg, wo das Skispringen stattfinden soll. Von Ellmoos und allen umliegenden Dörfern eilt die Jugend herzu. Auch die Bauern bleiben nicht daheim hinter dem Ofen sitzen, sondern wandern hinaus zum Gröllberg, wo die große Sprungschanze ist, stehen davor mit staunenden Augen und qualmenden Pfeifen...

»Da bin ich aber schon neugierig, ob sich da keins an Haxen bricht, wenn sie da runterhupfen«, meint der Niedermeier.

»Für was hätten s' dann trainiert, meinst«, antwortet der Leitnerbauer.

»Springt deine Veronika auch mit?«

Der Leitner schaut den andern etwas von der Seite an.

»Du hast nicht viel Dunst vom Sport, scheint mir, sonst tätst wissen, dass die Frauenzimmer nie von der Schanze springen, sondern bloß Abfahrt und Slalom fahren.«

»Aha«, macht der andere und zieht an seiner Pfeife. »Bloß beim Slalom. Was ist denn nachher ein Slalom?«

Hier gibt nun der Lehrer Auskunft, der soeben mit seiner Frau zu der Gruppe stößt.

»Ein Slalom, das ist ein Lauf über einen Hang, an dem lauter Fähnlein aufgesteckt sind, die so genannten Tore. Und durch diese Tore müssen die Läufer in größtem Tempo durchsausen. Ihre Tochter, Herr Büchler, hat übrigens hier sehr gute Chancen. Ich hab sie gestern Nachmittag beim Training beobachtet.«

Der Leitner reckt sich. »Wo das Teufelsmadl nicht überall dabei sein muss!«

»Seien Sie doch froh, Herr Büchler«, sagt die Frau des Lehrers. »Die Jugend soll sich ruhig sportlich betätigen, das erhält den Körper geschmeidig und schlank.«

Der Leitner nickt lebhaft.

»Freilich, freilich. Ich kann gar nicht verstehn, dass manche Väter sich wegen dem Sport so spreizen. Gibt ja nichts Schöneres als den Sport.«

Der Niedermeier lacht anzüglich, denn vor einer Woche erst hat der Leitner in der Gemeinderatssitzung heftig dagegen protestiert, dass auf dem Gröllberg Skirennen ausgetragen werden sollen.

Der Gündelsbacher Sportverein kann nicht viele Läufer und Läuferinnen stellen. Fünf Burschen sind es nur und drei Mädel. Auch die umliegenden Dörfer schicken nur kleine Abordnungen. Am stärksten ist Ellmoos vertreten, denn dort haben sie als Trainer einen ausgebildeten Sportlehrer vom Gymnasium der Kreisstadt.

Bei dem heutigen Skirennen wird es sehr schöne Preise geben, die dann am Abend beim Neuwirt bei einer kleinen Feier zur Verteilung kommen sollen.

Die Rennleitung hat sich bereits zusammengefunden, und plärrend kündigen die Lautsprecher die erste Läuferin im Slalom der Damen an. Da ertönt auch schon der Startschuss, und ein Mädchen saust in schwindelnder Fahrt den Hang herunter, stürzt aber schon beim dritten Tor.

Sein Schicksal teilen noch mehrere. Jetzt aber zischt jemand im hellblauen Trikot den Steilhang herunter. Blondes Haar leuchtet wie eine Flamme in der Wintersonne auf. Veronika ist es.

Mit unglaublicher Sicherheit fegt sie durch die Tore, und bei jedem Schwung steigt eine weiße Wolke hinter ihren Skiern auf. Das letzte Tor kommt. Tief geduckt nimmt sie es ohne Mühe und geht durchs Ziel.

Sie hat in diesem ersten Lauf die weitaus beste Zeit gefahren, und heller Jubel ist um sie her. Der Preis bleibt also in Gündelsbach, denn die paar Ellmooser Läuferinnen, die noch am Start stehen, werden ihre Zeit nur schwerlich unterbieten können.

Leicht auf die Skistöcke gestützt, blickt Veronika den Hang hinauf. Dann wandern ihre Augen hinüber zur Sprungschanze, wo parallel dazu der Sprungwettbewerb läuft. Verschlossen und hart ist ihr Gesicht. Soeben löst sich droben vom Schanzentisch ein Springer und fliegt herunter. Es ist der Jäger Anderl. Er springt eine schöne Strecke, aber der Trainer von Ellmoos übertrifft ihn. Das gefällt Veronika, und am liebsten würde sie auch von der Schanze springen.

»Sauber bist gefahren«, sagt plötzlich eine Stimme neben ihr. Es ist der Würmseer Andi. Sie betrachtet ihn ein wenig spöttisch aus schmalen Augen.

»Warum machst denn du nicht mit?«, fragt sie dann.

»Mir wär's grad genug! Die Haxen will ich mir nicht brechen!«

»Und du willst ein Mannsbild sein?«

Er zieht die Brauen hoch. »Muss man bei dir erst Brettl hupfen, damit man ein Mannsbild ist?«

»Ich schaff dir's nicht«, antwortet sie unwirsch. »Mich wundert es bloß, dass du überhaupt rausgehst und nicht daheim hinterm Ofen sitzt.«

»Weil ich hab sehen wollen, wie du fährst. Gestern haben sie schon erzählt von dir, dass du so sakrisch gut auf den Brettln bist.«

Ohne ihm darauf zu antworten, gleitet Veronika von ihm weg und verschwindet einen Hang hinunter.

Der Sprungwettbewerb ist zu Ende, und die Beteiligten wenden sich langsam dem Dorf zu. Da erscheint ganz oben auf der Schanze eine große, schlanke Gestalt im hellblauen Trikot.

Die Frau Lehrer sieht es zuerst, und sie ruft erschrocken:

»Um Gottes willen! Das Mädel wird doch nicht …«

Alles steht wie gebannt und starrt hinauf.

»Kruzitürken!«, flucht der Leitner. »So was Verrücktes!«

Da springt oben Veronika in die Anlaufspur und prescht herunter, schnellt behände vom Schanzentisch und schwebt in prächtiger Haltung in der Luft. Beim Aufsprung auf den Boden sieht es einen Augenblick aus, als ob sie stürzen wollte. Gleich darauf hat sie aber ihren Körper wieder in der Gewalt und gleitet in ruhiger Fahrt dahin.

»Wundervoll«, sagt die Frau Lehrer und tätschelt ihren Dackel, der vor Kälte zittert. »Ein Prachtmädel ist die Veronika! Herr Büchler, da kann man gratulieren! Das macht ihr kein Bursche so leicht nach.«

Der Leitner ist ordentlich stolz, und als der Trainer von Ellmoos sich zu ihnen gesellt und begeistert von dem prächtigen Sprung redet, sagt der Leitner mit Ernst und Würde:

»An meiner Veronika ist ein Bub verloren gegangen.«

»Ach, Sie sind der Vater?«

»Jawohl, ich bin der Vater. Zu meiner Zeit hat man noch nicht so organisiert Sport getrieben. Aber Schneid hab ich gehabt und bin den Berg hinuntergerutscht auf meinen uralten Brettln. Da hat kein Mensch an eine Sicherheitsbindung gedacht. In dieser Hinsicht schlägt mir meine Veronika nach.«

Bei allen Gruppen, die dem Dorf zupilgern, wird über Veronika gesprochen. Sie selbst aber ist nirgends zu sehen.

Veronika steigt ganz allein und einsam durch den verschneiten Bergwald. Sie will jetzt nicht unter den vielen Menschen sein, kann nichts Lautes um sich dulden, sondern will in der Stille untertauchen mit dem

Leid in ihrem Herzen. Sie will nicht an Peter denken, denkt aber doch an ihn. Sie muss einfach, kann nicht dagegen an, obwohl sie sich in den langen Nächten immer und immer wieder eingeredet hat, dass Peter für sie verloren ist. So lange hat sie sich das vorgesagt, bis sie es nun ganz felsenfest glaubt. Sie liebt ihn noch. O ja. – Über dieses Gefühl kann sie sich nicht hinwegtäuschen. Will es auch gar nicht. Sie wird ihn immer lieben, zu allen Stunden und Tagen ihres Lebens. Aber sie wird ihm nie angehören, denn ihr Stolz bäumt sich dagegen auf, dass er fort ist von ihr und nun in der fremden Stadt weilt, bei der fremden schönen Frau, die sie nur einmal gesehen hat – im Mondlicht am Waldrand. Die Sense hat daneben gelegen und geblitzt wie ein Schwert. Und dieses Schwert ist nun zwischen sie und Peter gefallen. Zuweilen kommt es wohl vor, dass sie von einer wilden Sehnsucht nach ihm ergriffen wird. Allein, niemand im Hause merkt und ahnt etwas davon. Still und ernst ist ihr Leben geworden. Nur manchmal flackern ihre Augen in unruhigem Feuer, und ihr ganzes Sehnen ist dann nur noch nach dem Sommer gerichtet, wo sie mit der Herde wieder auf die Alm ziehen wird.

Lautlos gleiten die Skier durch die Bäume dahin. Es dunkelt schon, und Veronika ist wirklich sehr müde von dem anstrengenden Auf und Ab. Aber ihr Blut ist nun ganz ruhig, und die große Stille des Waldes ebnet alles ein, die Gedanken, die Sorgen, die Sehnsucht.

Währenddessen geht es im Wirtshaus lebhaft her. Die ganze Stube ist voll, und die Preisrichter sind ungehalten, weil Veronika Büchler, die den Slalom gewonnen hat, nicht anwesend ist. Schließlich bleibt nichts anderes übrig, als dem Leitner den Pokal mit der Urkunde auszuhändigen.

Die Bauern sitzen um den runden Ofentisch und kümmern sich kaum um das Treiben der Jungen.

Ganz einträchtig hocken sie nebeneinander. Der Lehrer sitzt neben dem Leitner und hält ihm einen Vortrag über die verschiedenen Sportarten, und der Bauer nickt lebhaft und stimmt allem zu, obwohl er die Hälfte davon nicht versteht.

»Ich hab noch gar nicht gewusst, dass du so ein Sportfan bist«, sagt der Loidl Bäck einmal spöttisch über den Tisch herüber.

Der Leitner und der Loidl sind nicht besonders gut aufeinander zu sprechen wegen einer Streuwiese, die in einem Prozess dem Leitner zugesprochen wurde. Matthias Büchler kennt die spöttische Art des Bäckers zur Genüge, und Wortplänkeleien haben schon des Öfteren zwischen ihnen stattgefunden. Heute reizt es ihn besonders, dass der Bäck mit seinem Spott wieder über ihn herfallen will, denn heute fühlt er sich geehrt und geschmeichelt, und mit zärtlichem Blick schaut er immer wieder auf den Silberpokal, den er neben seinem Bierkrügl stehen hat.

»Du wirst noch vieles nicht wissen«, trumpft er zurück.

In aller Gemütsruhe nimmt der Bäcker sein Tabakpäckchen vom Tisch und stopft sich eine Pfeife.

»Alles wirst du auch nicht wissen«, sagt er gleichgültig.

»Jedenfalls mehr als du. So dumm, wie du bist, wird nicht gleich einer herinsitzen in der Stuben.«

Die andern lachen, und der Loidl Bäck lacht auch mit, überlegt aber dabei, wie er dem Anderen das heimzahlen kann.

»Bring mir noch eine Halbe«, sagt der Stefflmoar zur Kellnerin. »Jetzt wird es zünftig.«

Ja, es soll zünftig werden, denn der Bäck sagt nun in aller Seelenruhe: »Recht viel Gescheitheit darfst du grad auch nicht für dich in Anspruch nehmen. Die Spatzen haben es schon von allen Dächern gepfiffen, das mit deiner Veronika und dem Kramer Peter. Nur du hast alleweil nix gemerkt.«

»Das gehört nicht an den Biertisch«, empört sich der Leitner und kommt dabei ins Hochdeutsche.

»Woanders hört es ja niemand«, lächelt der Bäck ironisch. »Und hören sollen sie es doch alle, was du für ein Schlauer bist. Merkt er das nicht einmal!«

»Die Anzüglichkeit verbitt ich mir, du windige Bäckerseel«, wehrt sich der Bauer von der Leiten entrüstet.

»Ja, freilich. Von dir lass ich mir vorschreiben, was ich sagen darf! Da herinnen hat jeder zu reden, nicht bloß du.«

»Meine Herren, meine Herren«, mischt sich der Lehrer ein. »Ihr werdet doch nicht zu streiten anfangen! Dieser Tag soll für Gündelsbach ein Ehrentag sein, der festlich beschlossen werden soll. Leitnerbauer, wo ist denn eigentlich Ihre Veronika? Die müsste doch mindestens anwesend sein.«

»Weiß nicht, wo das Teufelsmadl wieder steckt.«

»Sie mag nimmer unter die Leut gehn, seit ihr der Leitner den Peter nicht vergönnen will«, stichelt der Bäck wieder.

»Halt dein freches Maul!« Ganz wild ist der Leitner, und er schlägt mit der Faust auf den Tisch, dass die Krüge zittern und der silberne Pokal einen klingenden Ton von sich gibt.

»Aber jetzt seid doch ruhig«, vermittelt der Lehrer wieder. »Sie als Geschäftsmann müssten sich schon etwas zurückhalten mit Ihren Sticheleien, Loidl. Übrigens, da fällt mir gerade ein, weil von Peter Markus die Rede ist. Da hab ich gestern etwas in der Zeitung gelesen.«

»Vom Peter?«

»Ja, freilich!«

»Was denn, Herr Lehrer?«

So fragen sie durcheinander. Nur der Leitner sagt kein Wort.

»Ich weiß es nicht mehr genau, meine Herren. Frau Wirtin! Haben Sie vielleicht die gestrige Süddeutsche Zeitung noch?«

Nach einer kurzen Weile bringt die Wirtin das gewünschte Blatt. Sie rücken nun eng zusammen, während der Lehrer das Blatt auseinander faltet und nach dem Feuilleton sucht.

»Da hab ich es schon. Also, aufpassen, meine Herren!« Der Lehrer liest halblaut vor: »Bei dem am Donnerstag im Konzertsaal der Musikakademie stattgefundenen Konzert der Musikgemeinschaft junger Künstler wirkten einige Kräfte von der Gesangsschule des bekannten Professors Littig mit. Wir brauchen nicht besonders daran zu erinnern, welch große Sänger bereits aus der Littigschen Schule hervorgegangen sind. Gestern wurde uns ein völlig unbekannter Sänger vorgestellt, Peter Markus. Er sang Lieder von Schubert und Brahms, bekannte, oft interpretierte Lieder. Und doch glaubte man sie zum ersten Mal zu hören. Denn der junge Tenor sang nicht nur mit einer bewundernswerten Technik, sondern auch mit einer so strahlenden Stimme, die das Publikum zu Begeisterungsstürmen hinriss. Man muss kein Prophet sein, um diesem Ausnahmetalent eine große Zukunft auf den Opernbühnen der Welt vorauszusagen.«

Der Lehrer legt die Zeitung weg und schaut sich triumphierend im Kreise um. War nicht er es, der Peter Markus einst für den Kirchenchor entdeckt hat?

»Ja, meine Herren. Was sagt ihr nun?«

Die Bauern haben nicht viel zu sagen, weil sie es nicht verstehen. Aber sie hören dem Lehrer begeistert zu, als er ihnen in etwas übertriebener Weise klarlegt, was aus diesem Peter noch alles werden könnte. Und stolz hebt er dabei seine Verdienste hervor:

»Ihr glaubt gar nicht, welche Mühe ich mir mit dem Peter gegeben habe. In der Schule schon und dann später im Kirchenchor. Aus dir könnte was werden, Peter, hab ich ihm immer gesagt. Na, nun ist er endlich auf dem Wege dazu. Das ist eine Ehre, meine Herren, für unser Dorf.«

Der Leitner lacht gereizt.

»So? Eine Ehre ist das für unser Dorf?«

»Gewiss, Herr Büchler. Eine große Ehre sogar. Begreifen Sie das nicht?«

»Nein, das begreif ich nicht. Weil da einer ein bissel singen kann, soll das für unser Dorf eine Ehre sein? Vielleicht macht man ihn gleich gar zum Ehrenbürger? Hahaha! Kein schlechter Spaß! Der Kramer Peter wird Ehrenbürger von Gündelsbach! Und unsereiner darf Steuern zahlen, dass ihm die Rippen krachen!«

»Da musst du schon zuerst ein Zentner Fett verlieren, ehe bei dir die Rippen krachen«, wirft der Loidl Bäck giftig ein.

Da steht der Leitner auf und sagt mit brennrotem Gesicht: »Ihr könnt mir alle miteinander den Buckel runterrutschen!« Er rafft den Pokal an sich und verlässt mit langen Schritten die Gaststube. Und auf dem Heimweg zu seinem Hof brummt er noch lange vor sich hin.

»So ein Wesen machen wegen dem Notnickel! Wenn einer recht plärrt, dann meinen sie, das ist schön, die Hornochsen, die damischen!«

Wütend stampft er den Berg hinauf. Der Schnee knirscht unter seinen Tritten. Unbarmherzig ist die Kälte. Sie frisst sich durch den dünnen Lodenmantel des Leitners und macht seine Stiefel stocksteif.

Da geh ich morgen nicht vom Ofen weg, denkt er, schnäuzt sich umständlich und dichtet dann schmunzelnd: »Das ist ein Wetter für die Knecht! Arbeiten s' nicht fest, dann friert sie's recht.«

Endlich ist er vor seinem Hof. In der Stube brennt noch Licht. Veronika sitzt am Tisch und liest in einem Buch.

Kaum dass sie den Kopf hebt, als der Vater die Stube betritt.

»Da«, sagt der Leitner polternd und stellt den Pokal etwas unsanft auf den Tisch. »Nachtragen muss man dir das Zeug auch noch! Hättest du nicht hingehn können zu der Feier?«

Veronika antwortet, ohne vom Buch aufzublicken: »Ich hab keine Lust gehabt.«

»Natürlich! Keine Lust! Und der Vater kann den Pokal heimschleppen! Sind ja die andern auch alle dort gewesen.«

»Ich bin ja nicht wie die anderen.«

»Ja, leider.« Umständlich entledigt sich der Leitner seiner Lodenjoppe und der dicken Winterstiefel, von denen das Schneewasser tropft. »So ein Dickschädel, wie du einer bist, wird nicht einer leicht zu finden sein.«

Veronika klappt das Buch zu und steht auf.

»Du hast wieder einmal schlechte Laune, Vater, und willst sie an mir auslassen.«

»Weil's wahr ist! Ich kann's mir allweil anhören im Wirtshaus. Aber dem Loidl Bäck helf ich schon noch in die Schuh! Der muss nicht meinen, dass ich mich von ihm tratzen lass.«

»Der merkt halt, dass du dich ärgerst, drum tut er's mit Fleiß.«

Der Leitner schleudert wütend den Stiefel von sich. »Hättest du die Dummheit damals nicht gemacht mit dem Kramer Peter, dann müsst ich es mir nicht allweil vorwerfen lassen!«

Veronika steht schon an der Tür. Langsam wendet sie den Kopf zurück.

»Ach so? Vom Peter haben sie geredet. Was denn?«

»Ach, da steht so ein Schmarren über ihn in der Zeitung, und da machen sie jetzt ein Wesen draus, als wenn das schon was wär. Der Lehrer, der Esel, hat gleich gemeint, das wäre eine besondere Ehre für unser Dorf! Und unsereiner kann Steuern zahlen, dass ihm …«

»… die Rippen krachen«, unterbricht ihn Veronika und geht aus der Stube.

Der Leitner starrt verblüfft auf die Tür, die sich hinter ihr schließt.

»Jetzt wird's Tag! Die Kinder derblecken einen auch schon. Aber ich werd mir schon Respekt verschaffen. Da wäre ich ja schon bald der Garniemand im Haus! Höllteufelsakra! Steuern darfst zahlen, dass dir die Rippen krachen, und reden tun andere.«

Veronika steht unterdessen in ihrer Kammer vor dem Fenster, bohrt mit dem Finger ein Loch in die Eisblumen und betrachtet durch diesen winzigen Spalt das beschneite Land unter sich. Im hellen Mondlicht kann man alles genau erkennen. Jeden Baum am Weg, sogar drüben bei der Schwedenwiese die kleine Brücke über den Bach und den Hügel, auf dem Peter immer gesessen hat, hemdsärmelig, die Geißel um die Knie geschlungen.

Komisch, dass sie ihn immer noch so sieht! So lebt er in ihr, und anders kann sie sich ihn gar nicht vorstellen. So liebt sie ihn, und anders ist er ihr ein Fremder, an dem man vorübergeht, dem man guten Tag wünscht, vielleicht die Hand reicht.

Heute werden andere Frauen um ihn sein, und er wird mit ihnen vielleicht lachen über das dumme Bauernmädel. Oder er denkt überhaupt nicht mehr daran. Vielleicht schreibt er ja auch deshalb nicht mehr.

Und wieder schaut sie hinüber zu dem Hügel. Dabei ist ihr zumute, als müsste sie ein Tuch um die Schultern legen und hinschreiten über dieses weite

Bahrtuch, das das ganze Land zudeckt, hinschreiten zu dem Hügel und Peter bei der Hand nehmen. In Gedanken geht sie den Weg. Aber als sie hinkommt, ist es nicht Peter, sondern ein Strauch, blätterleer und raureifbehangen.

Wie könnte es auch Peter sein! Die Zeiten, da er die Ziegen hütete, sind längst vorüber. Seine Seele wird nun nicht mehr voll sein von wunderlichen Geschichten, sondern wird verstrickt und verwirrt sein von dem Leben der Großstadt. Sicher sitzt er irgendwo am Kamin, und die schöne Frau wird bei ihm sein, in seinen Armen liegen vielleicht. Und er wird ihr erzählen, dass er einmal die Ziegen gehütet hat und dass dann ums Abendrot immer ein kleines Mädel mit blonden Zöpfen zu ihm gekommen ist, mit dem er recht nette Stunden verlebt hat.

»Mit diesen dummen Gedanken machst du dich selbst unglücklich«, spricht plötzlich eine Stimme in ihr.

Veronika blickt um sich. Nein, es ist niemand da, der zu ihr spricht. Die Stimme kommt aus ihr selbst. Ihre Seele wird es sein, die so warm und tröstend weiterredet:

»Du darfst nicht so viel grübeln, Veronika. Du machst nichts besser dadurch. Es kommt alles, wie es kommen muss. Und du wirst dich deines Lebens wieder einmal freuen. Im Sommer, Veronika, wenn du wieder auf der Alm bist. Dann kannst du wieder auf dem Rücken liegen, unter dir die Erde, deren Atem du spürst. Über dir hast du den großen Himmel, und mit den fliehenden Wolken zieht all deine Unruhe fort, so dass du wieder ganz zufrieden bist.«

Veronika nickt vor sich hin.

Gewiss, es wird ganz anders sein, dort oben in der freien, weiten Natur. Die Gedanken verlieren sich in der Unendlichkeit des Alls und kommen dann höchstens am späten Abend zu ihr als freundliche Gäste, die sich dann wieder entfernen, wenn die Nacht naht und der Mond.

Ach ja, wenn es nur erst wieder Sommer wäre, grübelt Veronika. Der Huisen Lenz wäre dann wieder bei ihr, und die großen silberhellen Nächte wären da, in denen man die Büchse aus dem Versteck hervorholt und aufwärts steigt. Das Herz wird ganz ruhig dabei, und man kommt nicht so sehr in Erregung, wenn man zufällig erfährt, dass eine Zeitung etwas über den Peter Markus schreibt.

In dieser Nacht träumt sie von Peter. Er ist bei ihr. Hoch droben auf der Zanglerplatte sitzen sie, Hand in Hand, und der Berg ist rot von Almrosen. Sie streichelt im Traum seine Hände und küsst die Schwielen und Schrunden, die Wind und Wetter eingegraben haben. »Ich bleibe nun wieder bei dir«, sagt Peter, »denn es ist nichts da draußen in der Welt ohne dich. Wie ein kleines Schiff bin ich da, das auf unendlich weiter See umherschaukelt, ohne Steuer und Führung.«

Am Morgen ist Veronika sehr traurig, denn sie macht sich nichts vor und weiß genau, dass dieser Traum nie Wirklichkeit werden wird.

Im Haus ist es schon lebendig. Schwere Holzpantoffeltritte klappern über den Hof, und im Rinderstall klirren die Ketten.

Veronika hat im Stall nichts zu tun. Sie hat das Frühstück zu bereiten und muss sich heute sogar beeilen, damit alles rechtzeitig auf dem Tisch steht, denn Vater und Bruder wollen ins Holz, sobald es hell wird.

Die Mutter steht, seit Veronika ihr die Morgenarbeit abgenommen hat, etwas später auf, geht meistens in die Frühmesse und besorgt dann gleich die Einkäufe. Heute ist sie zu spät daran, denn sie hat das Erstläuten überhört und sagt deshalb zu ihrer Tochter:

»Heut musst dann du zum Kramer gehn und einkaufen.«

Veronika hat, seitdem Peter fort ist, das Kramerhaus gemieden. Heute jedoch hat sie plötzlich das Verlangen, dorthin zu gehen. Und so kommt ihr der Wunsch der Mutter gerade recht.

Noch auf der kurzen Fahrt ins Dorf hat sie sich vorgenommen, dass sie die Kramerin wegen Peter fragen will. Als aber die Ladenglocke klingelt, weiß sie plötzlich, dass sie es nicht wird tun können. Wenn vielleicht der Kramer da wäre, eher. Aber Frau Ulrike wird sie nicht fragen.

Die Kramerin jedoch wartet gar nicht darauf, dass sie gefragt wird, sondern fängt gleich selber an.

»Was sagst denn zu unserm Peter? Hast es auch gelesen in der Zeitung?«

»Nein, ich hab nix gelesen.«

»Und ist doch so schön drin gestanden. Wie viel Zucker, hast gesagt, kriegst?«

»Zehn Pfund.«

»Zehn Pfund, jawohl!« Frau Ulrike legt die Pakete in den Einkaufskorb. »Du hast ja gestern den Slalom gewonnen, hab ich gehört. Respekt, Veronika! Nein, wer hätte das gedacht, dass wir mit dem Buben noch eine solche Freud erleben! Ist schon wahr, niemand hat geglaubt, dass in dem ein solches Talent steckt. Da hätt dein Vater gar nicht so schimpfen brauchen damals. Bis in ein paar Jahren hat der Peter so viel verdient, dass er drei Bauernhöfe kaufen könnte. Jawohl, das hat der Lehrer gesagt, und der versteht ganz gewiss was von dem Geschäft.«

Veronika hat einen ganz schmalen Mund bekommen.

»Drei Pfund Kaffee krieg ich noch«, sagt sie mühsam beherrscht.

Frau Ulrike lächelt.

»Vor lauter Ratschen tät ich gleich aufs Geschäft auch vergessen. Drei Pfund hast gesagt, gelt? Na ja, recht lang werden wir die Kramerei doch nimmer behalten, denn wenn der Peter einmal wirklich so verdient, wie der Lehrer sagt, dann können wir leicht privatisieren.«

Veronika will heftig erwidern, aber sie sieht, dass die Frau schon derart von ihren Träumen und Plänen befangen ist, dass es zwecklos wäre, ein Wort zu verlieren. Sie sagt daher ganz kurz:

»Was bin ich denn schuldig? Ich hab nicht so lang Zeit. Ich muss wieder heim.«

Fast fluchtartig verlässt sie darauf den kleinen Laden, und das Glöcklein über der Tür schrillt dabei ganz misstönig, als sei es erzürnt darüber, dass die stolze Veronika nicht hören will, welch ein berühmter Opernstar der Sohn dieses Hauses werden soll.

Beim Angermeier stehen die Weiberleute vor dem Hof beim Daxen hacken. Auch sie fragen gleich:

»Weißt es schon, Veronika, vom Peter?«

»Ja, ich weiß schon«, antwortet sie zerstreut und hastet weiter.

Daheim ist ebenfalls von nichts anderem die Rede als von Peter Markus. Allerdings nur dann, wenn der Leitner nicht um die Wege ist.

Veronika schließt sich seit dieser Zeit noch mehr von den Menschen ab, denn es scheint ihr, als bereite es ihnen eine besondere Freude, ihr immer vom Kramer Peter zu erzählen. Der einzige, der nicht davon spricht, ist der Jäger Anderl, dem sie einmal bei einer Skitour auf dem Berg begegnet. Sie schnallt sogar die Skier ab und fährt ein Stück mit ihm, denn er bringt mit seinem alten Geländewagen Heu an die Futterstände. Sie hilft ihm sogar dabei, als wäre da niemals eine Sommernacht gewesen, in der sie ihm nur mit größter Mühe entronnen ist.

Drei Wochen lang dreht sich das Gespräch nur um Peter Markus. Das Dorf schwätzt, Veronika schweigt, der Leitner schäumt vor Wut.

Dann kommt der Frühling. Selten war er so schön wie in diesem Jahr. Die Schmetterlinge gaukeln über die Wiesen, Lerchen und Stare jubilieren um die Wette, Äcker und Straßen stauben, und die Sonne ist bereits so warm, dass man in Hemdsärmeln arbeiten kann. Die Herzen der Menschen sind offen und milde gestimmt, denn es kommt so viel Freude auf sie zu, dass sie an gar nichts Trauriges denken können, obwohl Karwoche ist.

Am Samstagabend ist das ganze Dorf in der Kirche versammelt. Alle wollen sie der Auferstehung beiwohnen. Die Orgel rauscht. »Christus ist erstanden«, verkündet der Priester, und am Altar fällt die Hülle. Im strahlenden Lichterschein, die Fahne in der Linken, steht der Welterlöser über dem Tabernakel. Machtvoll klingt das Lied: »Großer Gott, wir loben dich.«

Dann strömen die Menschen aus der Kirche.

Just um diese Zeit kommt ein rotes Cabrio von der Ellmooser Straße her. Am Steuer sitzt ein junger Mann, ein wenig vorgebeugt, mit strengem Gesicht. Weder nach links noch nach rechts blickt er, sonst hätte er vielleicht gesehen, wie neben der Kirchhofmauer Veronika Büchler erschrocken stehen bleibt und erbleichend mit der Hand ans Herz greift.

Sie hat ihn sofort erkannt, trotz der Dunkelheit, die seine Züge hinter den Scheiben nur ahnen läßt. Die anderen merken es erst, als der rote Wagen vor dem Kramerhaus hält und der junge, elegante Herr aussteigt und mit ausgestreckten Händen auf den Kramer zugeht.

Das Dorf hat nun seine Sensation an diesem Abend. Der Kramer Peter ist gekommen. Er ist in einem roten Porsche angerauscht, um den nun die Burschen staunend herumstehen. Das halbe Dorf steht um das Kramerhaus, und drüben in der Wirtsstube haut der Leitner auf den Tisch und schreit:

»Unsereiner darf Steuern zahlen, dass ihm die Rippen krachen, und so einen jungen Kampel heben sie in den Himmel nauf! Aber solang ich was zu reden hab im Gemeinderat, wird mir der nicht Ehrenbürger! Grad mit Fleiß mag ich nicht! Mit Händ und Füß spreiz ich mich dagegen.«

Peter Markus hat aber nicht die geringste Absicht, etwa Ehrenbürger des Dorfes Gündelsbach zu werden. Er gehört nicht zu jener Sorte Menschen, denen ein kleiner Erfolg gleich zu Kopf steigt und die sich dann mit den wunderlichsten Plänen tragen. Äußerlich hat er sich zwar ein wenig verändert, denn er trägt jetzt modisch-legere Kleidung von italienischen und französischen Nobelmarken, einen Siegelring am Finger und das Haar hängt ihm in dichten Locken über den Kragen. Innerlich jedoch ist er der gleiche geblieben, und die Bindung an sein Dorf hat er keineswegs verloren. Nein, er freut sich über alle Dinge, die seinem Auge begegnen.

Am meisten wundert er sich über seine Stiefmutter. Wie eine Henne um ihre Küken tanzt sie um ihn herum, und immer wieder fragt sie:

»Was magst denn, Peter? Was soll ich dir denn kochen? Jessas! Ist das ein Kreuz! Jetzt klingelt es schon wieder im Laden.«

Mit einem bekümmerten Seufzer geht sie dann hinaus, und man kann sie dann mit den Kunden plappern hören:

»Wisst ihr es schon? Der Peter ist heut gekommen. Mit einem roten Auto, ja. Und morgen, da könnt ihr ihn alle hören, da singt er das Ave Maria in der Kirche.«

Peter muss darüber lächeln, denn er hat nicht vergessen, was diese Frau ihm früher angetan hat. Er könnte ihr die vielen Demütigungen zurückzahlen. Aber daran denkt er gar nicht.

Seine Gedanken konzentrieren sich nur auf einen Punkt: Wie wird die Begegnung mit Veronika sein? Da ist eine Kluft, das ist nicht abzuleugnen. Bleibt nur noch zu überprüfen, bei wem die Schuld liegt. Kann Veronika es ihm verübeln, daß er nicht mehr geschrieben hat, nachdem sie nur einen seiner Briefe beantwortet hatte, dass er auch nie versucht hat, bei ihr zu Hause anzurufen, obwohl er ja wusste, dass sie den Winter über auf dem Hof war. Sie hätte ja gar nicht viel zu schreiben brauchen. Ein paar Worte nur hätten ihm schon genügt, ihre Schrift allein, das Papier schon, auf dem ihre Hand geruht.

Wie lange ist es nun schon, dass er von Veronika nichts mehr weiß! Aber heute wird alles wieder gut werden. Heute wird er sie noch in die Arme schließen, wird sein Herz vor ihr ausschütten.

Mit einbrechender Dunkelheit verlässt er das Haus und geht nach dem Hof an der Leiten.

In der Stube und im Stall brennt Licht. Klar stehen die Sterne über dem Gehöft, und vom Wald herüber fegt der Wind.

Als Peter hinter den Wirtschaftsgebäuden langsam vorschleicht, schlägt auf einmal der Hund an.

»Zampass«, schmeichelt Peter den Hund. »Komm, Zampass, so sei doch ruhig! Kennst du mich denn nicht mehr?« Er bückt sich nieder und lockt den Hund an, der dann in jähem Erkennen freudig an ihm emporspringt und nach ausgiebigem Streicheln im Stall verschwindet.

Die Haustür kreischt in den Angeln. Peter sieht

einen dunklen Schatten für einen Augenblick in der erhellten Türfüllung und kauert sich zu Boden.

Veronikas Fenster droben ist hell. Warum schaut sie denn nicht herunter? Fühlt sie denn nicht, dass er in der Nähe ist? Sie müsste es doch fühlen, denkt er ärgerlich. Er sieht ihren Schatten hinter den erhellten Fenstern hin und her wandern. Ein wildes Herzklopfen überfällt ihn. Er weiß nicht, ob dort vorn unter der Haustür noch jemand steht. Ganz langsam erhebt er sich und pirscht sich an der Tennenwand entlang. Ganz verwachsen scheint sein Körper mit dem Holz zu sein.

Nun steht er unter dem Fenster. Der Schein fällt fast in die Mitte des Hofes, erleuchtet den Brunnenrand noch zur Hälfte.

Nein, es steht niemand unter der Haustür. Ganz deutlich kann es Peter sehen, denn die Nacht ist inzwischen ein wenig heller geworden, und ganz warm weht die Luft.

Nun muss er doch irgendetwas tun, um Veronika ein Zeichen zu geben. Schon bückt er sich um einige kleine Steine. Als er sich von seiner gebückten Stellung aufrichtet, steht der Leitner vor ihm.

»Du?«, sagt er knirschend. »Denkt hab ich mir ja, dass dich der Teufel hertreibt! Was hast denn du zu suchen da? Geh deiner Weg, ich will nix zu schaffen haben mit dir!«

Ganz langsam lässt Peter die aufgerafften Steine zu Boden fallen, einen nach dem andern. Er ist nun im ersten Augenblick ein wenig erschrocken, denn der Leitner hatte sich ebenso an die Tennenwand gepresst, dass er ihn gar nicht hat sehen können und die Stimme plötzlich wie aus einer dunklen Höhlung des Holzes herauszukommen schien. Nun aber ist er wieder ganz ruhig und sagt:

»Ich will ja auch mit dir nix zu schaffen haben,

Leitnerbauer. Nur mit der Veronika möcht ich reden.«

»Sonst nix? Die ganze Zeit her hat es jetzt nix gebraucht, und jetzt, weil er da ist, ging die Gaudi wieder von vorn an! Scher dich zum Teufel, wir wollen unseren Frieden haben!«

»Dir lass ich ja deinen Frieden«, antwortet Peter. »Und die Veronika soll ihn auch haben. Aber das will ich von ihr selber hören, ob sie ihn will.«

Damit wendet sich Peter ab, geht aber nur ein paar Schritte gegen das Hoftor hin und wendet sich noch mal um. »Ich bleib acht Tage hier, und du wirst mich nicht daran hindern, Leitner, dass ich in der Zeit die Veronika einmal – oder auch öfters, wie es halt sein will – treffe. Musst nicht glauben, dass ich mich fürcht vor dir. Gut Nacht, Leitner!«

Mit langen Schritten verschwindet Peter hinter dem Hoftor. Er blickt nicht zurück, obwohl er weiß, dass Veronika das Fenster geöffnet und den ganzen Diskurs mit angehört hat. Warum hat sie nicht gerufen, irgendein Zeichen gegeben, dass er warten möge?

Warum, schreit es in Peter, und er ballt die Fäuste und schüttelt sie in wildem Zorn.

Auf halbem Weg zum Dorf begegnet ihm eine Gestalt, die sich vor ihm zur Seite drücken will. Aber Peter hat den Burschen sofort erkannt und verstellt ihm den Weg.

»Ach, der Würmseer Andi. Wo willst denn du noch hin heut?«

»Geht dich das vielleicht was an?«, faucht der Angeredete und baut sich drohend vor Peter auf. Aber so sehr er sich auch streckt, er reicht ihm doch nur bis zum Hals, und es ist immer ein überlegenes Gefühl, wenn man auf einen Menschen herunterblicken kann. Es gibt einem Sicherheit, Selbstvertrauen, Kraft.

»Es kann schon sein, dass es mich was angeht!«

»Weil nur du schon wieder da bist!«, schreit Andi plötzlich. »Nach dir hat kein Mensch gerufen.«

»Du nicht, das weiß ich schon. Wegen dir bin ich ja auch nicht kommen.«

»Meinst vielleicht, die Veronika ruft dir nach?«

»Ruft sie nach dir?«

»Das geht dich nix an. Verstehst? Einen Dreck geht dich das an!«

»Recht hast«, sagt Peter lächelnd. »Es geht mich nix an. Bloß wundern müsst ich mich, wenn die Veronika so schwer an Geschmacksverirrung leiden tät.«

Erbleichend macht der andere eine Bewegung mit der Hand nach der Seite, wo das Messer steckt. Doch blitzschnell umklammert Peter sein Handgelenk.

»Lass deinen Knicker drinnen, Würmseer Bub! Das rat ich dir im Guten.«

»Auslassen, auslassen, sag ich dir. Was willst denn überhaupt. Ist es eine Art, dass man den Leuten den Weg verstellt?«

»Geh nur zu«, sagt Peter mit einem verzerrten Lächeln. »Eine Dummheit war es von mir, dich aufzuhalten. Es könnt ja sein, dass es schon recht pressiert, und die Veronika könnte das Warten verdrießen. Aber gut ist es, dass ich dir begegnet bin. Jetzt weiß ich wenigstens, wie ich dran bin.«

Damit wendet sich Peter rasch ab und geht mit langen Schritten dem Dorf zu.

Zikaden schrillen von der Schwedenwiese her. Zuweilen flackert über die westlichen Bergspitzen der helle Schein eines fernen Wetterleuchtens. Peter wird dies erst gewahr, als er daheim in seiner Kammer vor dem offenen Fenster steht. Ganz unbeweglich steht er, seine Züge sind schmerzlich verzerrt. Wie ganz anders hat er sich diesen Abend gedacht! Niemals hätte er geglaubt, dass er allein und einsam in seiner Kammer stehen würde.

Plötzlich sieht er Patrizia vor sich, ihr Gesicht beim Abschied, ihre traurigen Augen. Er hat gefühlt, wie fürchterlich sie darunter litt, dass er heimfuhr zu Veronika.

»Bleib doch, Peter«, hat sie gebeten. »Wir fahren über Ostern an den Rhein oder an die Mosel, irgendwohin, Peter, mitten in den Frühling hinein …«

Er hat den Kopf geschüttelt.

»Das verstehst du nicht, Patrizia. Ich muss doch wieder einmal heim.«

»Ja, Peter, wenn du musst«, hat sie geantwortet, »dann wäre es sehr ungeschickt von mir, wenn ich dich halten würde. Jeder Mensch muss tun, was sein Innerstes ihm gebietet. Du kannst mein Auto nehmen. Gute Reise und komm gesund wieder!«

Dann ist er abgefahren, hat in einem höllischen Tempo die Fahrt von Stuttgart hierher zurückgelegt, hat sich von Herzen darüber gefreut, dass Patrizia ihm ohne weiteres den Wagen zur Verfügung gestellt hat, hat sich noch mehr gefreut auf den Augenblick des Wiedersehens mit Veronika.

Stattdessen steht er nun hier, gepeinigt von tausend Gedanken, die hinter seiner Stirne kreisen wie ein Wirbelspiel.

Mit lautem Hall schlägt die Turmuhr ihre Stunden in die alles umfangende Stille. Das Wetterleuchten über den Bergen ist erloschen. Nur die Zikaden schrillen noch auf der Schwedenwiese.

Der Ostertag ist so schön, wie die ganze Karwoche gewesen ist. Die Bauern gehen über die Felder und freuen sich der jungen Saaten, die Kinder sind in den Gärten und vergnügen sich mit Eierscheiben, bis die Zwölfuhrglocke läutet und alles in die Häuser strömt zum festlichen Mahl.

Peter hat in der Kirche das Ave Maria gesungen. Er weiß nicht, ob Veronika ihn gehört hat, weiß überhaupt nicht, ob sie im Hochamt gewesen ist, denn es ist ihm nach der Kirche keine Zeit geblieben, sich nach ihr umzuschauen. Der Lehrer hat ihn gleich mit Beschlag belegt und ihn mit in seine Wohnung genommen zu einem Frühschoppen.

Ja, da ist die Sprache einmal auf Veronika gekommen. Ganz zufällig. Die Frau des Lehrers erzählt von dem Skispringen im Winter und setzt dann mit einem nicht besonders geistreichen Lächeln hinzu:

»Manchmal werden Sie ja noch zurückdenken an Ihre kleine Jugendliebe, nicht wahr, Herr Markus?«

Peter antwortet nichts darauf, sondern bückt sich und krault dem Dackel über das Fell. Als er dann um die Mittagsstunde nach dem Kramerhäusl schlendert, überlegt er hin und her, wie er Veronika sprechen kann.

Da begegnet ihm ein halbwüchsiger Bursche. Es ist der jüngste von den Angermeier Buben und ist damals noch in die Schule gegangen, als Peter ausgeholfen hat beim Angermeier.

Während Peter mit dem Buben redet, kommt ihm plötzlich ein Gedanke.

»Magst du mir einen Gefallen tun, Franzl?«, fragt er den Buben.

»Warum denn nicht? Für dich lauf ich bis zur Zanglerplatte nauf, wenn es sein muss. Hast ja mir auch allweil geholfen daheim, wenn ich irgendwas angestellt hab.«

Peter lächelt. »So weit brauchst nicht gehn. Nur zum Leitnerhof nauf. Aber das Maul musst halten, Franzl.«

»Da kannst dich drauf verlassen, Peter. Also, was soll ich droben?«

»Wart ein bissel, ich schreib dir was auf!«

Peter springt in seine Kammer hinauf und schreibt ein paar Zeilen auf ein Blatt Papier.

»Liebe Veronika! Ich erwarte dich heute Nachmittag um zwei Uhr auf der Schwedenwiese.«

Er schließt das Geschriebene in ein Kuvert ein und schärft dem Buben ein: »Du darfst den Brief aber keinem anderen Menschen geben als der Veronika. Also geh und mach dein Sach gut!«

Ja, der Franzl macht seine Sache gut. Er trifft Veronika zufällig, wie sie in den Garten um Schnittlauch geht, und händigt ihr den Brief aus.

Um ein Uhr ist Peter schon auf der Schwedenwiese. Wie er so auf dem Hügel sitzt, glaubt er, es sei gar keine Zeit vergangen zwischen dem Heute und den Tagen, da er jeden Abend mit den Ziegen hier weilte bis zur fallenden Dämmerung. Er reimt sich zusammen, was er nun sagen wird, wenn Veronika kommt. Ja, und dann wird er vielleicht mit ihr in den Wald gehen, die alten Wege, die sie früher gegangen sind.

Vom Kirchturm schlägt es halb zwei. Je näher die Zeit rückt, desto ruhiger wird Peter. Er wundert sich selbst, dass er so ruhig sein kann. Sogar ein kleines Lied beginnt er vor sich hinzusingen. Er verschränkt die Hände hinter dem Kopf und streckt sich tief atmend aus, starrt in die kleinen weißen Wolken, die schon so rund wie im Sommer sind, und die Zeit wächst dabei ungeheuer über ihn und seine Gedanken hinaus.

Dann kommt Veronika. Er hört ihren Schritt nicht auf dem weichen Grasboden. Er fühlt es nur, dass sie kommt, und hebt den Kopf.

Nein, sie springt heute nicht mehr über den Hügel wie damals, dass die Haare wehen. Ganz langsam kommt sie herunter. Ein leichtes Wiegen ist um ihre Hüften, stolz und frei schreitet sie daher. Peter erhebt sich, wie um ihr entgegenzugehen, bleibt aber dann doch stehen, und all die Worte, die er sich zurechtgelegt hat, sind verflogen.

Und nun stehen sie voreinander, und dieses Wiedersehen ist sehr seltsam. Gar nichts geschieht, weder eine Umarmung noch ein Händedruck. Sie sehen einander nur an, und Peter weiß auf einmal, dass eine tiefe Kluft zwischen ihnen ist. Es ist nicht mehr die vertraute, liebe Schwedenwiese, auf der sie stehen, sondern ein fremder Boden. Jeder steht für sich auf einer kleinen Insel, und es ist kein Steg da und keine Brücke, über die sie zusammenkommen könnten.

Endlich ermannt er sich und greift nach ihrer Hand. Matt und ohne Druck liegt sie in der seinen, und in seinen Augen ist plötzlich der Schreck eines Kindes, dem etwas zerbrochen ist, an dem sein Herz gehangen.

»Grüß dich, Veronika«, sagt er und erschrickt über die Farblosigkeit seiner Stimme.

»Grüß dich«, antwortet sie. Nein, sie ist gar nicht erregt. Ganz ruhig und dunkel klingt ihre Stimme, und ihre Augen blicken ihn dabei auf eine seltsame Weise an. Ganz langsam befreit sie ihre Hand aus der seinen.

Ein Vogel streicht über sie hin, so nahe, dass sie den Wind seiner Schwingen verspüren. Veronika legt die Hand über die Augen und blickt ihm nach. Es ist eine freie und wunderschöne Bewegung, wie sie die Hand hebt und dann ein paar lockere Härchen hinters Ohr streicht.

»Ist denn das alles, was wir uns zu sagen haben?«, bricht es plötzlich aus ihm heraus, und zugleich verdüstert sich sein Gesicht vor Schmerz und Zorn, denn Veronika wendet ihm ihr Gesicht zu und schaut ihn so fragend an, als hätte er etwas Unmögliches von ihr verlangt. Sie betrachtet ihn wie einen fremden Gegenstand, nickt ein paar Mal vor sich hin und sieht dann den Ring an seinem Finger: Kaum merklich zuckt es um ihren Mund.

»Oh«, sagt sie wie im leisen Verwundern. »Was du für einen schönen Ring hast!«

»Den hab ich mir selber gekauft«, sagt er hastig und verbirgt seine Hand ungeschickterweise hinter dem Rücken. »Gehn wir?«, fordert er dann.

»Wohin?«

»Wir können doch nicht hier stehen bleiben.«

Sie zuckt die Schultern. »Früher sind wir stundenlang auf dem Hügel gestanden. Freilich, das ist schon lang her. Da waren wir noch Kinder, und nun ist die Kinderzeit um.«

»Leider ...«, rutscht es ihm heraus.

»Leider?« Ganz streng schaut sie in sein Gesicht.

»Ja, leider. Denn wenn es noch so wäre wie früher, dann müssten wir jetzt nicht voreinander stehn, als ob wir uns voreinander fürchteten. Du ...« Er fasst sie plötzlich an den Schultern und dreht sie zu sich herum. »Was ist denn eigentlich los mit uns beiden, Veronika? Das halbe Jahr, wo ich nun fort bin, kann doch nicht schuld daran sein, dass du so fremd zu mir bist. Wenn du wissen tätst, wie ich mich gesehnt habe nach dem Augenblick, in dem ich wieder vor dir stehen und in deine Augen schauen kann. Gestern Abend war ich schon auf eurem Hof ...«

»Ja, ich hab gehört, wie du mit dem Vater gesprochen hast.«

»Und du hast mir kein Zeichen gegeben, dass ich warten soll?«

»Wozu? Der Vater hätt mich doch nicht aus dem Haus gelassen. Die halbe Nacht ist er wach gewesen.«

»Und der andere? Es ist mir einer begegnet, als ich heim bin.«

»Der Würmseer Andi. Ich weiß!«

»Der darf kommen zu dir?«

»Der kommt, setzt sich zum Vater in die Stube und geht wieder. Ich rede kaum mit ihm.«

»Komm, gehn wir, Veronika«, sagt er wieder.

Und so gehen sie nebeneinander her über die Wiese, auf der der Frühling aus der Erde bricht. Sie halten gleichen Schritt, ja es scheint so, als sei jeder der beiden sorgsam darauf bedacht, wenigstens im Gehen etwas Gleiches, Gemeinsames zu haben. Mitunter blickt er von der Seite her in ihr Gesicht, ganz schüchtern, als ginge er zum ersten Mal im Leben neben ihr her. Noch nie ist ihm ihr Gesicht so wunderschön erschienen wie jetzt, wo es überschattet ist von dieser großen Fremdheit, wo es aussieht wie ein verschlossenes Tor, das sich auch vor dem müdesten Wanderer nicht öffnet. Ja, etwas Zugesperrtes ist in dem Gesicht. Und wenn es sich nicht vermeiden lässt, dass ihr Blick sich mit dem seinen trifft, so hebt sie wohl die Augen zu ihm empor, doch ist es, als spalte sich ihr Blick und ginge rechts und links an ihm vorbei. Zuweilen berührt im Gehen seine Hand die ihre, und da scheint es ihm, als ob er ihre Hand gar nicht fassen und halten könne, obwohl es ihn mit aller Macht dazu drängt. Bei dieser Erkenntnis greift etwas Eisiges an sein Herz – Ahnung eines Endes.

Sie gehen in den schattendunklen Wald hinein. Peter verlangsamt den Schritt. Und da hört er sein Herz klopfen, laut und stark. Plötzlich fasst er den Entschluss umzukehren, denn es kommt ihm alles so lächerlich, so sinnlos vor. Im selben Augenblick fragt Veronika, wie es ihm denn mit seinen Gesangstudien ergehe.

Eine warme Welle braust durch ihn hin. Sie hat ihn nach seiner Arbeit gefragt. Ein unbeschreibliches Glück bedeutet ihm diese Frage. Zögernd gibt er zuerst Bescheid, aber aufeinmal sprudelt es nur so aus ihm heraus.

Von der ersten Stunde erzählt er, wie ihn da alles so furchtbar abgestoßen hat, dass er am liebsten wieder zurückgekehrt wäre. Aber dann sei ihm das Studium zum Lebensbedürfnis geworden, und nun sehe er seine Lebensaufgabe darin, den Menschen ein wenig Freude in den grauen Tag zu bringen, sich in ihre Herzen hineinzusingen, damit sie auch ein wenig der Gnade teilhaftig würden, mit der ihn die Natur in so reichem Maße beschenkt hat. »Demnächst werde ich an der Stuttgarter Oper den ›Tannhäuser‹ singen«, schließt er seine Erzählung. »Du weißt doch, was es heißt, Wagner-Opern zu singen?«

Veronika sagt nicht, dass sie es weiß. Sie sagt nur: »Da wirst du ja ein ganz berühmter Sänger, so wie man manchmal im Radio hört?«

»Das dauert wohl noch eine geraume Zeit, Veronika. Aber immerhin ... es wird dir ... ich meine ... schlecht wirst du es nicht haben bei mir ...«

Ihr Mund wird ganz schmal.

»Willst du denn hier singen? Hier in Gündelsbach und Umgebung?«

Peter lacht. Es ist ein unsicheres Lachen.

»Aber Veronika, wie stellst du dir denn das vor? Ich sing doch dann in großen Konzert- und Opernhäusern.«

»Na also. Dann kann ich doch nicht bei dir sein«, sagt sie ein wenig unwillig. »Was meinst du denn, wer dann im Sommer auf die Alm ginge? Das ist unmöglich, dass ich von hier fortgehe.«

»Es ist ganz leicht möglich. Natürlich muss man wollen, und du müsstest mich auch noch so lieben wie früher.«

Da bleibt sie stehen und schaut ihn an.

»Woher willst denn du wissen, dass ich dich nicht mehr liebe? Ich bin mir selbst treu geblieben.«

»Warum bist du dann so kalt zu mir?«

»Ja, ich habe mich eben ein wenig geändert, Peter. Das gebe ich zu. Ich habe gedacht, du gehörst zu mir, und dann bist du fortgegangen, bist einfach fort, hast nicht gefragt, was aus mir werden soll.«

»Sei doch nicht so kompliziert, Veronika! Es ist so schwer zu reden mit dir.«

»Umgekehrt, Peter. Schau, du bist doch nicht mehr der Peter, der du warst. So vieles ist fremd an dir.«

»Das bildest du dir bloß ein. In nichts habe ich mich geändert. Ins Herz musst du mir hineinschauen, dann erkennst es.«

Sie quälen einander noch mit unwichtigen Dingen, bis sie die ersten Häuser von Ellmoos erreichen.

»Wollen wir ins Café gehn?«, fragt Peter und steigt, ohne ihre Antwort abzuwarten, die paar Stufen zu dem kleinen Café hinauf. Das kleine, gemütliche Zimmer ist leer, und die beiden nehmen in der hintersten Ecke Platz.

Die Wirtin kommt und fragt nach ihrem Begehr.

Wein bestellt Peter für sich und fragt Veronika, ob sie Kaffee wolle.

»Nein, ich mag auch einen Wein«, sagt sie bestimmt.

Als die Wirtin wieder draußen ist, legt Peter den Arm um Veronikas Schulter und sagt: »Jetzt will ich aber doch einmal ein Bussel von dir!«

Sie lässt es willig geschehen, dass er sie küsst. Aber sie gibt keinen seiner Küsse zurück und wird erst ein wenig gesprächiger, nachdem sie das zweite Viertel von dem roten Tiroler geleert hat.

Es könnte nun zwar nicht behauptet werden, dass sie sich auf dem Heimweg nur deshalb an seinen Arm hängt, weil der Wein ein wenig zu stark in ihrem Köpfchen rumort. Nein, sie hat aufgehört zu trinken in dem Augenblick, in dem sie gemerkt hat, dass die Worte mit ihr durchgehen wollten. Sie hat sich eingehängt, weil sie im Laufe der Stunden nun doch etwas näher zu ihm hingefunden hat, weil sie einen Blick in sein Herz getan und gesehen hat, dass der ganze Platz noch frei ist für sie.

Wie durch eine geheime, stumme Abmachung kommen sie plötzlich an den Platz, an dem sie vor vielen Jahren den Plastikhirsch im Moos haben liegen lassen.

Aufseufzend lässt sich Veronika auf einen Baumstumpf nieder. »Weißt du, Peter, wie lang es her ist, seit wir das letzte Mal hier gewesen sind?«, fragt sie.

»Das wird schon bald sechs Jahre her sein«, meint er.

»Es ist jetzt genau fünf Jahr, sechs Monate und drei Tag her.«

»So genau weißt du das noch, Veronika? Und da hab ich glauben können, du hättest mich vergessen?«

»Wenn du das geglaubt hast, dann war es freilich dumm«, sagt sie und kuschelt sich an seine Brust. »Dich werd ich wohl nie im Leben vergessen!«

»Ich dich auch nicht, Veronika.«

»Ha!« Dieses kurze, abgehackte Lachen ist wie ein wilder Sturmvogelschrei. »Weißt du, ich glaub dir zwar schon, dass du mich nicht vergisst«, sagt sie dann plötzlich ganz klar, während sie sich aufsetzt und nach einer scheckigen Habichtfeder greift, die zu ihren Füßen im Moos liegt. »Da ist schließlich zu viel gewesen, als dass man es einfach vergessen könnt. Aber …«

»Was aber?«

Sie dreht die kleine Feder zwischen ihren Fingern und sagt, ohne ihn anzusehen: »Geküsst wirst du wohl eine andere auch haben?«

Ganz kalt kriecht es ihm den Rücken hinauf.

»Wen denn?«, fragt er kleinlaut.

»Na, das weiß ich natürlich nicht. Das kann ich doch nicht wissen. Aber getan hast du es, da machst du mir nix vor. Weißt du, ich seh nämlich ganz in dich hinein, und vorhin, da hab ich in dein Herz geschaut. Da bin ich noch drinnen, das stimmt. Aber im hintersten Winkel sitzt noch eine andere. Ich habe es genau gesehen. Und die hast du geküsst.«

Sie sagt es beinahe ein wenig schadenfroh, nickt ein paar Mal und bläst dann die kleine Feder von sich fort. »Gelt, ich hab Recht?«, fragt sie unvermittelt und wendet ihm jäh ihr Gesicht zu.

Peter nickt.

»Ja, die Patrizia hab ich einmal geküsst. Aber das war nur so – weißt du – mit Liebe hat das gar nichts zu tun. Ich hab es aus Dankbarkeit getan, denn sie ist mir in der ersten schweren Zeit so treu zur Seite gestanden, und ich glaube, dass ich es ohne sie kaum ausgehalten hätte und schließlich wieder heimgekehrt wäre. Aber siehst du, Veronika, dafür habe ich mich zu Tode geschämt, und ich hab mir fest vorgenommen, erst wieder nach Gündelsbach zu kommen, wenn etwas aus mir geworden ist. Nur einzig und allein die Sehnsucht nach dir hat mich nun heimgetrieben. Weißt du – ich habe mir schon gedacht, du müsstest eigentlich Patrizia einmal kennen lernen. Ich glaube, dass ihr euch gut verstehen würdet, und du würdest dann bestimmt nicht mehr eifersüchtig auf sie sein.«

Veronikas Brust hebt sich schwer.

»Eifersüchtig?«, fragt sie gedehnt und starrt in den Mückenschwarm, der vor ihr tanzt. »Als wir das letzte Mal hier gewesen sind, weißt es noch, da war ich richtig eifersüchtig und hab dich einen Lumpen geheißen. Heut ist das ein bissel anders. Ich hab nämlich gelesen, dass ein Künstler einer einzigen Frau gar nicht gehören kann. Ich weiß natürlich nicht, ob das so ist. Aber glauben tu ich es schon. Früher hätt ich vielleicht der Patrizia die Augen ausgekratzt, wenn sie sich unterstanden hätte, mir so kleine Stücke von dir zu nehmen.«

»Geh, sie hat dir doch gar nix genommen.«

»O ja. Schau, zum Beispiel die widerspenstige Haarlocke, die dir allweil in die Stirn reingehängt ist, die hast du nimmer. Deine Augen sind auch anders, deine Hände, vieles, vieles noch. Dein Reden, dein Lachen, dein Gang. Deinen Trotz hast du nimmer, deinen Eigensinn, all die Dinge, die zu dir gehört haben, genauso wie ich, die hast du verloren.« Sie räuspert sich ein paar Mal und scheucht eine Mücke fort, die auf ihrem Arm sitzt. »Wie nennt sie dich eigentlich?«, fragt sie dann unvermittelt.

»Wie sie mich heißt, meinst du? Peter halt. Wie denn sonst.«

»Soll ja nicht Peterle sagen zu dir! Das mag ich nicht. Peterle sag bloß ich allein ... !«

Ganz energisch sagt sie das, als sei dieser Mann ihr Eigentum, das sie sich von niemandem streitig machen ließe. Sie greift ihm dabei in die Haare und lacht glücklich auf, als ihm die Haartolle wieder in die Stirn hereinhängt. »So, jetzt bist du endlich wieder mein Peterle ...«

Peter kann sich nicht erinnern, dass Veronika einmal so ausgelassen fröhlich gewesen wäre, wie an diesem Abend im Wald. Wie ein Vulkan bricht es aus ihr heraus, so dass er fast irre wird an ihr und diese überglückselige Stimmung dem genossenen Wein zuzuschreiben beginnt. Doch als hätte sie diese seine Gedanken erraten, nimmt sie plötzlich sein Gesicht in ihre Hände und sagt:

»Du musst nicht glauben, Peter, dass ich betrunken bin. Bloß trunken bin ich – von dir – Peterle. Und morgen musst wiederkommen, ich warte im Obstgarten auf dich. Alle Tag musst kommen, denn das Glück muss man auskosten, solang man es in Händen hat.

Wenn du wieder fort bist, dann hab ich auch nix mehr. – Oder willst nimmer fort?«

Er versucht ihr klarzumachen, dass es seine Pflicht sei, zurückzukehren an die Stätte seines Wirkens. Aber dass er sie im Herzen behalten würde, das müsse sie doch endlich einsehen.

Sie hört ihm ganz ruhig zu, nickt ein paar Mal bestätigend und weiß doch, dass mit seinem Fortgehen alles wieder zu Ende ist. Sie gehört nun einmal zu den Naturen, die an das Glück nur glauben, solange es gegenwärtig ist. Für sie besteht der Sinn aller Liebe nur darin, dass man beieinander bleibt, dass man sich von nichts trennen lässt. So hätte es damals schon sein müssen, denkt sie, dann säße er heute nicht so geschniegelt neben ihr, sondern trüge seine kurze Lederhose und das rot karierte Hemd.

Es ist eine lange Weile sehr still zwischen ihnen.

»Ich darf nicht daran denken, dass er wieder fortgeht«, sagt sich Veronika. »Ich will nicht daran denken, was sein wird in einer Woche, sondern nur daran, dass Peter, mein Peter, bei mir ist und dass er wieder so ist, wie er früher war.«

Und sie denkt zurück an die vielen Stunden, die sie zusammen gewesen sind, sie geht den Weg der Erinnerungen zurück und erschauert in Seligkeit vor allem Vergangenen, so dass sie die Augen schließt und den Kopf an seine Schulter lehnt. »Sing mir was vor«, flüstert sie leise.

In der augenblicklichen Stimmung fällt es ihm gar nicht schwer, diesen Wunsch zu erfüllen.

Veronika kann nicht ruhig liegen bleiben an seiner Schulter. Sie beugt sich von ihm weg und schaut in sein Gesicht. Sein Blick ist über die Wipfel gerichtet, voll und dennoch weich kommen die Töne aus seinem Mund, und sie hört sofort, dass sich seine Stimme phantastisch entwickelt hat. Als dann plötzlich ein paar hohe Töne aufschwingen, so klar und sauber, da erkennt sie auch mit ihrem ungeschulten Gehör, dass dies kein belangloser Gesang mehr ist, sondern dass dieser Tenor an ein Wunder grenzt.

Als Peter geendet hat und dann Veronika anschaut, hat sie feuchte Augen.

»Das war so schön«, flüstert sie und bricht in Tränen aus. Aller Trost will nichts helfen. Schließlich glaubt er, dass sie vor Freude weine. Aber nein, Veronika weint, weil sie erkannt hat, dass er wirklich ein Künstler ist und dass sie ihn verlieren wird an all die vielen andern.

Die Sonne steht schon tief im Westen, und im Wald wird es bereits dunkel und immer stiller.

Er will sie heimbringen, damit sie nicht gleich am ersten Tag Unannehmlichkeiten zu erwarten hat. Aber sie wehrt sich dagegen.

»Dableiben«, sagt sie bestimmt und wischt sich die Tränen fort, bittet ihn um Verzeihung, dass sie geweint hat, und lächelt ihn glücklich an.

Es ist einer jener weichen Frühlingsabende, die mit allem Frieden schließen, mit aller Not der Herzen und dem schon zurückgelegten langen Weg der Schmerzen. Man vergisst dabei alles um sich her, denkt nur daran, dass man jung ist und dass man liebt. Dieses Wissen erscheint als die höchste und reinste Seligkeit, die es auf Erden gibt.

Es ist Nacht, als sie über die Schwedenwiese gehen. Der Bach murmelt hinter ihnen her. »Peter und Veronika«, murmeln die Wellen, rauscht es in den Büschen, klingt es in den Herzen der beiden jungen Menschen.

Die Woche vergeht wie im Flug. Ein Tag ist schöner als der andere. Und täglich sind die beiden zusammen, obgleich der Leitnerbauer außer sich ist vor Zorn.

Meist fahren sie in dem roten Wagen durch die Gegend. Nur einmal müssen sie zu Fuß gehen, denn in der Nacht hat jemand ein Loch in einen Hinterreifen geschnitten. Veronika vermutet, es sei der Würmseer Andi gewesen. Aber es lässt sich nichts beweisen, und Peter lacht dazu, denn der Schaden ist leicht zu reparieren, und es hätte auch gar nichts kommen können, das ihm den Himmel seines Glückes getrübt hätte.

Als er sich dann gegen Ende der Woche von Veronika verabschiedet, glaubt er felsenfest daran, dass sie in ein paar Jahren schon für immer bei ihm sein wird als seine Frau.

Veronika aber nimmt an diesem Frühlingsabend endgültig Abschied von ihrer Liebe. Sie lächelt tapfer in sein Gesicht, aber ihr Herz weint ganz leise dabei. Sie schaut dem Wagen nach, bis er hinter einer Kurve verschwindet. Dann lenkt sie den Schritt heimwärts, die nassen Augen emporgerichtet zu den Bergen, auf deren höchsten Gipfeln nun auch der Schnee zu schmelzen beginnt.

Peter Markus ist seinen Weg zum Ruhm gegangen. Es waren keine Steine auf diesem Weg, denn eine unsichtbare Hand hat sie ihm weggeräumt, noch ehe er daran hätte stoßen können. Sorgen jeder Art sind ihm erspart geblieben, und wenn er auch manchmal zu Patrizia sagt, er könne gar nicht begreifen, dass ihm das alles wie ein Geschenk in den Schoß falle, so beschwichtigt sie seine Bedenken auf einfache Art und erklärt ihm, dass das Stipendium doch dazu da sei, weniger bemittelten, aber talentierten Schülern den Weg zu ebnen.

Und dann kommt der Abend, an dem er zum ersten Mal ganz allein vor die Öffentlichkeit treten soll.

Vormittags geht Peter noch mal zu Professor Littig, um die letzten Instruktionen entgegenzunehmen.

»Aufgeregt?«, fragt Littig, als er sich Peter gegenübersetzt.

»Nein, bis jetzt noch nicht«, antwortet er.

»Es gibt auch keinen Grund dafür. Der Abend wird ein großer Erfolg für Sie werden. Auch für mich. Ich habe gestern noch mit dem Dirigenten des Orchesters telefoniert, und der sagte, dass ihm noch selten eine so harmonische Zusammenarbeit zwischen Orchester und Sänger begegnet sei wie bei Ihnen. Die meisten Karten sind bereits im Vorverkauf weggegangen, so dass es auch in finanzieller Hinsicht ein voller Erfolg werden wird. Lassen Sie sich nur nicht irritieren, wenn der Vorhang aufgeht und Sie die vielen Menschen vor sich sehen!«

»Ich weiß zwar noch nicht, wie das ist, aber ich glaube kaum, dass mich das aus dem Konzept wirft«, meint Peter.

»Ich glaube es auch nicht. Sie haben ja Nerven wie Drahtseile.«

Ganz so ruhig, wie sich Peter gibt, ist er aber nicht, und als er an den Anschlagtafeln in dicken Lettern seinen Namen liest, da spürt er ein seltsames Zittern in den Knien. Seine Gedanken wandern über die Dächer der Häuser fort in die Ferne, zu den Bergen, auf denen Veronika nun schon wieder drei Monate weilt. Sie selbst hat es ihm zwar nicht gesagt, aber der Vater, mit dem er wöchentlich telefoniert. Gerade am heutigen Tag denkt er mit geradezu schmerzlicher Sehnsucht an Veronika.

Was gäbe er dafür, wenn er sie heute Abend unter den vielen Menschen wüsste! Einzig und allein für sie würde er singen! Wenn sie nur wüsste, wie viel für ihn davon abhinge; die große Ruhe zum Beispiel, die er für diesen ersten Auftritt braucht. Oder etwas, das vielleicht sogar für seine ganze Zukunft und für die Welt wichtig ist. Trost, Befreiung, Sicherheit!

Am Nachmittag geht er zu Patrizia. Dort wird er wieder ganz ruhig, obwohl sie gar nichts dazu tut, ihn zu beruhigen. Im Gegenteil, sie ist es, die Nerven zeigt. Peter dagegen sitzt gelassen in dem bequemen Polsterstuhl und summt ein Lied vor sich hin.

»Du bist ja gar nicht aufgeregt«, sagt Patrizia verwundert.

»Warum denn aufgeregt? Heute Mittag war ich einmal ein wenig unruhig. Aber das hing weniger mit meinem Konzert zusammen, und nun ist es vorbei.«

»Ach, Peter! Weißt du denn auch, wie wichtig der Abend für dich ist?«

»Natürlich weiß ich das«, antwortet er. »Aber willst du mich nicht begleiten? Patrizia, ich möchte gern noch mal das erste Lied üben.«

Sofort steht sie auf und geht an den Flügel.

Als Peter das Lied beendet hat, dreht sich Patrizia halb zu ihm herum und nimmt seine Hände. »Ich kann dir gar nicht sagen, Peter, wie glücklich ich bin. Noch niemand hat mir so viel Freude geschenkt wie du. Ich werde heute Abend ordentlich stolz sein auf dich.«

Lächelnd streicht er ihr über das Haar.

»Du hast ja auch Recht, wenn du stolz bist auf mich, denn schließlich ist es ja zum größten Teil dein Verdienst.«

Sie steht auf und klingelt Jennifer, den Tee zu bringen. Regen tropft an die Fenster, und soeben holt die hohe Standuhr zum Schlag aus.

Patrizia hat an der Zimmerlinde, die in der hintersten Ecke steht, ein paar Blätter abgezupft und sagt dann plötzlich, ohne Peter anzusehen:

»Weißt du auch, dass man über uns redet, Peter?«

»Über dich und mich?«

»Ja, ich sei deine Geliebte, sagt man. Ich glaube, die ganze Stadt denkt, dass wir uns lieben.«

»Lass sie es doch glauben«, antwortet er leichthin.

»Ist es dir denn nicht peinlich?«

»Warum denn peinlich? Weißt du, Patrizia, manchmal bin ich sogar ein wenig stolz darauf, wenn ich sehe, wie sie uns beobachten. Im Übrigen haben sie ja auch allen Grund, dies anzunehmen. Wir fahren zusammen aus, besuchen Konzerte und Theater, ich komme zu dir, und du kommst zu mir. Wir sind viel mehr beisammen als sonst irgendein Liebespaar, obwohl ich ja eigentlich weiter nichts bin als dein Chauffeur. Ja, ja, es ist doch so«, sagt er hastig, weil er sieht, dass sie ihn unterbrechen will. »Du hast mir doch diesen Posten angeboten, und ich danke dir auch dafür, denn ich stände ja sonst ohne einen Pfennig Geld da.«

Er reckt sich, streckt die Arme und lässt sich wieder in den Sessel fallen. »Macht es dir denn was aus, wenn die Leute reden?«, fragt er plötzlich, und seine Stirn furcht sich zusammen. »Ja, ja, natürlich! Jetzt verstehe ich erst, warum du das vorhin sagtest. Es muss dir ja peinlich sein, wenn man mich für deinen Liebhaber hält, denn schließlich hat eine Dame wie du Rücksichten zu nehmen.«

Patrizia kommt rasch auf ihn zu, setzt sich auf die Armlehne des Sessels und legt die Hand auf seine Schulter. So blickt sie zu ihm nieder.

»Wie kannst du das denken, Peter? Mir macht das gar nichts aus, und ich habe auch auf niemanden Rücksicht zu nehmen. Schließlich haben die Leute auch Recht, denn ich liebe dich doch. Siehst du, Peter, da könnte kommen, was will, ich würde mich nicht daran stoßen, am allerwenigsten an einem albernen Geklatsch. Aber wenn du dich von mir abwenden und mich vergessen würdest, das wäre schlimm.«

Sie streift mit dem Zeigefinger über seine Brauen. »Furchtbar wäre mir das«, fügt sie hinzu, und ihre Stimme zittert vor verhaltener Angst.

»Das wäre doch gar nicht möglich«, entgegnet er. »Du weißt ganz genau, Patrizia, dass dies nicht möglich ist, denn du bist ja mit meinem Leben verbunden wie kaum ein anderer Mensch.«

»Und trotzdem wäre es möglich, denn sie lieben dich ja alle. Merkst du denn nicht, wie sie dir immer schöne Augen machen?«

»Nein, das sehe ich gar nicht. Will es auch nicht sehen.« Er fasst ihr Gesicht und zieht es zu sich herunter. »Ich will dir mal etwas sagen, Patrizia. Wenn ich nicht Veronika versprochen wäre, dann würde ich dich heiraten, weil ich doch weiß, wie sehr du mich liebst. Aber gerade, weil du mich liebst, will ich es nicht tun. Denn deine Liebe verdient eine ebenso große Gegenliebe. Ich habe mir schon oft Gedanken gemacht, wie das einmal werden soll, wenn ich mich von dir trennen muss. Es wird mir schwer fallen, schwerer, als du vielleicht denkst. Aber nein, davon wollen wir nicht reden. Aber ewig darf ich Veronika auch nicht warten lassen. Nicht wahr, das verstehst du doch, Patrizia.«

»Natürlich«, sagt sie mit gepresster Stimme und macht sich hastig von ihm los, denn es hat an die Tür geklopft.

Es will Peter gar nicht recht einleuchten, dass er im Frack und mit weißer Halsbinde auftreten muss. Als er dann endlich fertig ist und sich im Spiegel betrachtet, zuckt es um seinen Mund wie das Lächeln eines Verrückten.

»So ein Gelump«, sagt er ein um das andere Mal und zerrt an dem steifen Kragen. »Da musst den Kopf grad tragen wie eine Giraffe! Ein Glück, dass mich Veronika nicht so sieht!«

Es klopft an der Tür, und Patrizia steckt den Kopf herein.

»Bist du fertig, Peter? Darf ich reinkommen? Oh, großartig siehst du aus.«

»Ja, das kann ich mir denken. Menschenskind, ich tät mich ja zu Tode schämen, wenn mich jemand von Gündelsbach in dem Aufzug sehn tät! Das ist ja die reinste Zwangsjacke!«

»Aber Peter! Du hast ja für den Frack eine ideale Figur! Es kommt dir jetzt nur ein wenig ungewöhnlich vor. Aber du wirst dich schon dran gewöhnen, da hilft dir alles nichts. Weißt du übrigens, was sich heute jährt?«

»Heute? Nein!« Er muss schon wieder am Kragen zerren.

»Schau nur grad, wie die Zeit vergeht«, antwortet er, und man merkt, dass er nicht bei der Sache ist. Er geht dann ein paar Mal im Zimmer auf und ab, bleibt schließlich vor Patrizia stehen und betrachtet sie.

»Ich weiß nicht – hab ich bisher keine Augen im Kopf gehabt, oder kommst du mir heut erst so schön vor. Du bist schön, Patrizia«, sagt er voll tiefer Bewunderung und sieht an ihrer Gestalt herunter, die von einem silbergrauen, schweren Seidenkleid umschlossen ist. Die Arme sind nackt, und im Ausschnitt trägt sie eine dunkelrote Rose.

Er beugt den Nacken ein wenig, um den Duft der Blume einzuatmen. Da verschränkt sie die Hände hinter seinem Hals und küsst ihn auf den Mund.

»Mein lieber Junge«, sagt sie dabei, ergriffen von einer tiefen Zärtlichkeit.

Drunten hupt ein Auto. Es ist der Wagen der Konzertagentur, der Peter abholen will. Es ist wirklich schon höchste Zeit, und Patrizia bedauert es beinahe, denn noch nie vorher ist Peter so weich und liebevoll zu ihr gewesen wie jetzt, eine Stunde vor seinem ersten Konzert.

Als sie im Konzertsaal ankommen, herrscht schon ein lebhaftes Getriebe. Peter verabschiedet sich im Vorraum von Patrizia und folgt dem Saaldiener in die Garderobe, wo bereits Professor Littig auf ihn wartet.

»Na, wie steht es, Markus? Kein Lampenfieber?«

Peter schüttelt den Kopf. »Warum denn auch! Hab mich ja lang genug auf den Tag gefreut.«

»Na also, dann toi, toi, toi!«

Damit geht Littig hinaus.

Peter vertreibt sich die übrige Zeit noch, indem er die Fotos an den Wänden der Garderobe betrachtet. Ganz gedämpft hört man vom Saal herein das Stimmen der Instrumente. Es bemächtigt sich seiner auch noch keine Erregung, als über der Tür zum ersten Mal das rote Licht aufflammt, das Zeichen, dass er sich fertig machen solle.

Endlich ist es soweit. Die Lichter im Saal gehen aus, und die Bühnenscheinwerfer flammen auf. Unter dem höflichen Beifall des Publikums betritt Peter zusammen mit dem Dirigenten die Bühne und verbeugt sich, wie er es gelernt hat.

Leise setzt das Orchester zum Vorspiel ein. Einen Moment muss Peter die Augen schließen vor dem grellen Licht der Scheinwerfer, das von zwei Seiten auf ihn fällt. Dann schweift sein Blick ganz unbefangen in den verdunkelten Saal hinaus. Ganz flüchtig und wie durch einen feinen Schleier sieht er in der ersten Reihe Patrizia Ahrends neben Professor Littig sitzen, sieht dahinter dicht gedrängt eine Menge festlich gekleideter Menschen. Kopf an Kopf sitzen sie in erwartungsvoller Stille. In diesem Augenblick muss Peter wieder an Veronika denken. Ganz plötzlich kommt sie ihm in den Sinn. Er sieht sie droben vor der Almhütte stehen, die Kühe weiden im Grunde, und im flammenden Feuer der Abendsonne glühen die Spitzen der Berge. Und er sieht sich selbst, wie er absteigt über das Geröllfeld, auf seine Hütte zugeht, Axt und Säge aus den Händen legt und sich über dem prasselnden Feuer sein einfaches Essen kocht.

Da – mitten in diesem Träumen reißt ihn die Musik in die Wirklichkeit zurück. Seine Augen kehren zurück zum Dirigenten, und gerade noch rechtzeitig erkennt er, wie dieser ihm das Zeichen zum Einsatz gibt.

Als Peter die erste Arie: »Abendlich strahlt der Sonne Auge ...« beendet hat, herrscht für Sekunden Totenstille in dem großen Saal. Die Menschen da drunten stehen noch ganz im Banne dieser herrlichen Stimme. Dann bricht ein brausender Beifall los.

Peter kommt alles vor wie ein Traum. Er ist sich nicht bewusst, dass er schon mit seinem ersten Musikstück vor großem Publikum den Durchbruch geschafft hat. Er ist sich auch nicht bewusst, welch gute Figur er macht, als er so oben steht in mühelos straffer Haltung, schulterbreit, beckenschmal, und jungenhaft fröhlich hineinlächelt in die begeistert applaudierende Menge. Der Beifall verwirrt ihn nicht, befreit ihn vielmehr von allen Zweifeln und Hemmungen, die ihn natürlich geplagt haben, auch wenn er es sich nicht hatte eingestehen wollen.

Nach der fünften Arie ist Pause. Unter Stimmengeschwirr drängen die Zuhörer hinaus. Peter geht langsam zur Garderobe. Dort stehen bereits Patrizia und Professor Littig. Patrizia geht ihm ein paar Schritte entgegen, nimmt seine Hand. »Peter ...«, sagt sie. Mehr bringt sie nicht heraus. Sie ist aufgewühlt bis ins Innerste. Ihre Augen schimmern feucht.

Professor Littig strahlt über das ganze Gesicht. Er sagt, dass er zwar nie gezweifelt habe am Erfolg dieses

Abends, aber nun habe er, Peter, seine Erwartungen noch bei weitem übertroffen.

Ein mächtiger Blumenstrauß mit dunkelroten Nelken wird vom Saaldiener gebracht. Peter liest nicht einmal die Visitenkarte, die dabei ist, sondern gibt Patrizia den Strauß und wendet sich lebhaft an den Dirigenten, der soeben mit strahlendem Lächeln die Garderobe betritt.

»Na, wie war es, Maestro?«, lacht er. »Beinahe hätte ich beim ersten Stück den Einsatz verpasst.«

»Das war nicht schlimm, Herr Markus. Was glauben Sie denn, da sind schon ganz andere Sachen passiert, gerade bei Debüts. Können Sie sich noch erinnern, Herr Littig, damals, als Fritz Lachner mitten in der Arie stecken blieb, obwohl er in den Proben alles meisterhaft beherrschte?«

Die drei Herren unterhalten sich auf das Lebhafteste. Patrizia lehnt im Türrahmen und schaut unverwandt auf Peter. Da schrillen die Glocken lang gezogen, und die Menschen begeben sich wieder in den Saal. Der zweite Teil des Konzertes beginnt.

Nach dem begeisterten Schlussapplaus findet sich eine handverlesene Gesellschaft in einem kleinen Nebenraum des Hindenburgbaues zusammen. Peter ist in strahlender Laune und spricht dem Wein lebhaft zu. Still und ein wenig bedrückt sitzt Patrizia neben ihm. Zuweilen greift er unter dem Tisch nach ihrer Hand und drückt sie.

»Freust du dich denn nicht, Patrizia?«, fragt er einmal flüsternd.

»Doch, Peter! Aber diesen Abend hätte ich am liebsten mit dir allein gefeiert.«

»Dann komm! Mir liegt auch nicht viel an der Gesellschaft.«

Und so brechen sie frühzeitig auf, trotz des Protestes von allen Seiten.

»Unverzeihlich ist das«, lächelt Laura von Brockenberg, eine Freundin Patrizias, mit süßsaurer Miene. »Man müsste dich eigentlich strafen, Patrizia, weil du uns den jungen Künstler entführst.«

Patrizia fühlt die Spitze genau, und sie pariert mit gleicher Bosheit, indem sie mit einem Ausdruck des Bedauerns zu Peter sagt: »Ach, Peter, nun hab ich die schönen Nelken, die du mir geschenkt hast, in der Garderobe liegen lassen!«

Sie weiß ja, dass es Laura von Brockenberg war, die den Strauß geschickt hat.

Peter sagt ganz leichthin: »Die werden nicht gleich verwelken. Morgen hol ich sie dir.«

»Nun reden sie wieder über uns«, sagt Patrizia, als sie im Auto sitzen.

»Lass ihnen doch die Freude«, lacht Peter und schlingt den Arm um ihre Schultern.

»Nach Hause?«, fragt der Chauffeur.

»Nein«, sagt Patrizia. »Hinaus aus der Stadt, wohin Sie wollen.«

Es hat am Abend schon zu regnen aufgehört, und nun liegt eine wunderschöne Sommernacht mit vielen Sternen über dem Land. Und sie fahren durch diese weiche, von Blumenduft erfüllte Sommernacht, sprechen nicht, sehen einander nicht an. Ihr Kopf liegt bei ihm, dass der Scheitel seinen Mund berührt, er hält sie fest umschlungen und sagt ihr ins Ohr, dass er glücklich sei.

»Ich will ja nichts anderes als dein Glück. Schon morgen wirst du interessante Angebote bekommen«, sagt sie. »Ich weiß nicht, Peter, wie das werden wird, wenn du fortgehst.«

»Fortgehst?«, fragt er und schaut auf den Neckar hinunter, an dessen Ufer sie entlangfahren und der grünlich heraufschimmert im Schein der Straßenlichter.

»Natürlich! Du wirst nun überall singen müssen, in vielen Städten und bestimmt auch in fremden Ländern.«

»Das wäre ja herrlich«, jubelt er. »Dabei bekäme ich ein Stück Welt zu sehen.«

»Wirst du mir dann auch schreiben?«

»Schreiben? Wozu? Ach so!« Er grübelt vor sich hin und sagt erst nach einer Welle: »Ich hab gedacht, du würdest dann mit mir reisen.«

Sie antwortet nicht. Aber seine Worte bedeuten ihr mehr als alles andere in der Welt.

Es graut schon der neue Tag, als Peter in seiner Wohnung ankommt.

Am anderen Morgen erscheint ganz unerwartet Laura von Brockenberg bei Patrizia. Die beiden Frauen waren einmal enge Freundinnen gewesen, bis sie sich wegen einer Unstimmigkeit entzweiten. Seitdem treffen sie sich nur noch gelegentlich bei gesellschaftlichen Anlässen. Und nun erscheint die verwöhnte, elegante Laura von Brockenberg plötzlich wieder und gibt vor, dass sie ja eigentlich nie die Freundschaft habe abbrechen wollen, und es sei eben ein Missverständnis gewesen und so weiter.

»Nein«, sagt Patrizia. »Ein Missverständnis war das nicht. Niemand wird ableugnen können, dass sich Rolf Hartwig damals für mich interessierte. Aber du warst ja hinter ihm her … na, wir wollen darüber nicht reden, das ist ja auch längst vorbei, und es hat mir nicht wehgetan.«

»Patrizia, das ist nicht wahr, dass ich hinter ihm her war«, verteidigt sich Laura. »Es kam nur daher, weil Rolf selbst zu unsicher war in seinen Gefühlen. Du weißt doch, dass er sich wenig später mit einer anderen verlobt hat.«

Patrizia will noch sagen, dass er es erst getan hat, als er sah, dass Laura seiner überdrüssig war. Aber sie schweigt lieber, weil sie heute jeden Streit vermeiden will.

»Nimm doch Platz«, sagt sie, während sie sich setzt.

Laura ist froh, dass Patrizia sie nicht kurz und bündig abgefertigt hat, denn sie will unbedingt Peter Markus treffen. Sie beginnt begeistert von dem gestrigen Konzert zu schwärmen, und dann platzt sie plötzlich heraus:

»Wo ist er denn, dein Sänger aus den Bergen? Schläft er noch?«

Ein Lächeln huscht um Patrizias Mund. Sie blickt der Fragestellerin ins Gesicht und sagt:

»Denkst du denn, dass er bei mir wohnt?«

»Nein, das natürlich nicht.« Sie nimmt eine Zigarette aus ihrem Handtäschchen und zündet sie an. »Die Frage ist nur so zufällig, weil wir von seinem Konzert gesprochen haben. Man sagt zwar …«

»… dass er mein Geliebter sei«, unterbricht sie Patrizia. »Oh, ich weiß genau, was so alles getratscht wird.«

»Ja, das sagt man auch. Aber das habe ich nicht gemeint.«

»Was sagt man denn sonst noch?«, fragt Patrizia.

»Man sagt, dass du ihn heiraten möchtest.«

Patrizia zuckt zusammen, blickt eine Weile zum Fenster hinaus und sagt dann:

»Das könnte durchaus möglich sein. Wäre denn das so eine Sensation?«

Die Mundwinkel der Besucherin ziehen sich ein wenig hämisch nach unten, und sie beobachtet Patrizia aus schmalen Augen.

»Allerdings würde so etwas schon gewisses Aufsehen erregen, denn man sagt ja, dass Herr Markus früher Holzfäller gewesen sei. Ich glaube, er hat das einmal jemandem erzählt. Oder hat er da nur einen kleinen Witz gemacht?«

»Nein, da hat er die Wahrheit gesagt. Mich würde das allerdings nicht im Mindesten stören, denn mir kommt es nicht darauf an, was der Mensch ist, sondern wie er ist. Im Übrigen ist von Heirat noch nie die Rede gewesen.«

»Da sieht man wieder, was sich die Leute alles zusammenreimen! Ich habe es gleich nicht geglaubt, denn du hast mir, meine ich, einmal versichert, dass du überhaupt nicht heiraten willst.«

»Ich weiß nicht, ob ich das wirklich gesagt habe. Jedenfalls habe ich von jeher den Grundsatz gehabt zu warten, bis einmal etwas Großes, etwas Wunderbares kommt.«

Laura zerdrückt ihre Zigarette im Aschenbecher und sagt nicht ohne Spott:

»Es ist gut, wenn man auf das Wunderbare warten kann. Aber nun will ich dich nicht mehr länger stören. Vielleicht besuchst du mich einmal mit deinem Schützling?«

Patrizia schüttelt den Kopf.

»Es hat gar keinen Zweck, Laura. Ich kenne dich. Es geht dir nicht um mich, sondern um Peter. Er reizt dich. Du willst nur wieder einen attraktiven Mann umgarnen, um für eine gewisse Zeit wieder ein Spielzeug zu haben. Aber gib dir keine Mühe! Peter Markus ist kein Rolf Hartwig, der in seinen Gefühlen ›zu unsicher‹ ist.«

Laura von Brockenberg zieht es vor, selbst auf diese deutlichen Worte hin ein freundliches Lächeln zu zeigen.

»Das klingt ja ganz siegesgewiss«, meint sie schnippisch und hängt sich den teueren Escada-Blazer über die Schultern. »Na, jedenfalls wünsche ich viel Glück.«

Damit rauscht sie hinaus und lässt eine Wolke aufdringlichen Parfüms im Zimmer zurück.

Am Nachmittag fährt Patrizia zu Peter hinaus. Er empfängt sie mit offensichtlicher Erleichterung.

»Gut, dass du kommst, Patrizia! Den ganzen Vormittag hab ich keine Ruh gehabt. Einer hat dem anderen die Tür in die Hand gegeben.«

»So? Wer war denn alles da?«

»Ach, zuerst war es einer von der Stuttgarter Zeitung, dann kam ein Konzertagent, am Mittag erschien eine Dame, und vorhin waren wieder ein paar Journalisten da.«

»Na, siehst du, ich hab dir ja gesagt, dass es so kommen wird. Aber hast du denn die Kritik schon gelesen?«

»Nein. Ich hab noch keine Zeitung gesehen.«

»Komm!« Sie zieht ihn mit sich auf das Sofa, faltet die mitgebrachte Zeitung auseinander und liest ihm vor:

»Der junge Tenor Peter Markus, der aus der Gesangsschule Professor Littigs hervorgegangen ist, übertraf bei seinem gestrigen Debut alle Erwartungen. Der Sänger brachte Arien von Wagner, Verdi, Puccini und Lieder von Schubert zu Gehör. Der junge Künstler verspricht, einer der großen Sänger unserer Zeit zu werden …«

Am anderen Tag bereits erscheint ein Mitarbeiter einer renommierten Konzertagentur mit einem Vertrag, der nur mehr der Unterschrift Peters bedarf. Denn nicht nur die Stuttgarter Oper hatte angeboten, Peter sofort in ihr Ensemble zu übernehmen, auch Opernhäusern in Turin, Amsterdam und Barcelona hatten Interesse bekundet.

Leider hatte Peter ihn vertrösten müssen, denn nach einem längeren Telefongespräch mit Professor Littig hatte er sich bereits für ein Engagement an der

Deutschen Oper Berlin entschieden, wo Peter vier Wochen als Gast im Nibelungenring singen soll.

Peter wäre zwar zuvor am liebsten nochmals nach Gündelsbach gefahren. Aber da es bereits aufs Monatsende zugeht und sein Gastspiel schon am ersten September mit der Wiedereröffnung der Spielzeit beginnen soll, lässt sich dies nicht mehr verwirklichen. So schreibt er noch einen langen Brief an Veronika, in dem er ihr alles berichtet – auch dass Patrizia ihn auf seinen Reisen begleiten wird – und bittet sie, ihm doch schnell zu antworten, weil es ihm schwer fallen würde, wenn er den Weg in die Welt ohne ein Lebenszeichen von ihr antreten müsse.

Es kommt keine Antwort. Peter wartet darauf bis zur letzten Minute seiner Abreise und trägt dann seiner Hausfrau auf, ihm eventuell eintreffende Postsendungen sofort nachzuschicken.

Am Morgen eines herbstlichen Spätsommertages fährt Peter mit Patrizia von Stuttgart ab.

Sie wohnen nun in Berlin. In seiner Sehnsucht nach Veronika schließt sich Peter immer mehr an Patrizia an. Nicht dass er etwa bei ihr Vergessen hätte suchen wollen, nein, er flüchtet sich nur immer zu ihr. Sie ist für ihn zum ruhenden Pol geworden, und es ist ihm bei ihr zumute wie einem müden Wanderer, dem ein gastliches Haus am späten Abend Trank und Speise bietet und ein Lager für die Nacht. Niemals spricht er zu ihr von Veronika, aber Patrizia ahnt das Leid, das er im Herzen trägt, und es gelingt ihr fast immer, ihn auf andere Gedanken zu bringen.

Wenn er gegen Mittag von den Proben heimkommt, hat Patrizia bereits den Tisch gedeckt. Es tut ihm wohl, von ihr bemuttert zu werden, er freut sich über ihre Anwesenheit.

»Wie eine Mutter bist du«, sagt er einmal. »So gut bist du zu mir.«

»Es ist doch so leicht, gut zu sein, Peter, wenn man liebt«, antwortet sie. »Bist du denn froh, dass ich bei dir bin?«

»Weißt du das nicht, Patrizia?«

»Sag mir, Peter, ob du ohne mich sein könntest?«

Er schaut sie lange an und schüttelt den Kopf.

»Nein, das könnte ich nicht mehr. Ich brauche dich, Patrizia.«

»Der Künstler oder der Mensch?«

Peter ahnt nicht, wie schicksalsschwer diese Frage für sie ist.

»Der Künstler«, sagt er und merkt nicht, wie weh er ihr damit tut.

In Kollegenkreisen ist man, von wenigen Ausnahmen abgesehen, begeistert von Peters liebenswürdiger ungezwungener Art und von seiner herrlichen Stimme. Aber es gelingt ihnen nicht, ihn enger in ihren Kreis zu ziehen. Niemand hat Gewalt über ihn. Er ist dabei, aber er gehört nicht dazu.

Es stört ihn auch nicht weiter, dass es im Ensemble ein paar junge Kollegen gibt, die ihm nicht gut gesinnt sind, weil ihm fast immer die interessanteren Rollen zufallen. Ihr Neid prallt an ihm ab wie ein Stückchen Holz an einem Eisenpanzer.

Eines Vormittags aber kommt es während der Probe zu einem Wortwechsel zwischen ihm und dem Bariton Ludwig Vellhagen. In der Erregung vergisst Peter die angelernten Verhaltensregeln, sein angeborenes Temperament geht mit ihm durch, er dreht sich um und packt den anderen blitzartig mit eisernem Griff am Hemd.

»Werd mir ja nicht frech! Bei mir kommst an den Unrechten, das sag ich dir. Ich hau dich windelweich, wenn du mich noch mal so saudumm anredest.«

Das Orchester bricht jäh ab. Stille herrscht auf der Bühne. Nur aus dem Chor dringt unterdrücktes Gekicher über Peters breites Bayerisch, in das er unwillkürlich zurückgefallen ist. Der Regisseur kommt aufgeregt auf die Bühne.

»Herr Markus, um Gottes willen! Beherrschen Sie sich!«

»So? Ich soll mich beherrschen? Meinen S' vielleicht, ich lass mir von dem was gefallen?«

»Nein, gewiss nicht. Sie können verlangen, dass sich Herr Vellhagen entschuldigt. Aber Sie können doch nicht gleich tätlich werden.«

»Wenn man dem nicht zeigt, wo der Bartel den Most holt, hört er überhaupt nicht auf zu stänkern. Ach was, ich streit mich doch da nicht lang!«

Spricht's, verlässt die Bühne, begibt sich in die Garderobe, holt seinen Mantel und fährt nach Hause.

Patrizia hat mit seinem Kommen noch nicht gerechnet. Sie liest die Zeitung und ist ganz aufgeregt. Als sie ihn durch den Garten kommen sieht, eilt sie ihm entgegen und bemüht sich, ihm die Zeitung zu verbergen.

»Was ist denn los, Peter, dass du schon kommst? Du siehst so erregt aus!«

»Ach, ist nicht wichtig, Patrizia. Mit dem Vellhagen hab ich mich gestritten, und da bin ich ganz einfach gegangen.«

Patrizia lächelt und greift nach seiner Hand.

»Musst dich nicht ärgern, Peter.«

»Ich ärgere mich ja gar nimmer. Das war bloß im Augenblick. Aber ich helf ihm schon noch, wenn er mir meine Ruhe nicht lassen will.«

»Du kannst dich doch bei der Direktion beschweren.«

»Ja, freilich, da werd ich lang Umständ machen! Kann ich was zu essen haben, Patrizia?«

»Sofort, Peter!«

Sie will schnell hinausgehen, da sagt er:

»Lass mir die Zeitungen da, Patrizia! Steht darin was über die gestrige Aufführung?«

Patrizias Gesicht wird dunkelrot vor Verlegenheit.

»Ja – das heißt nein – es steht eigentlich nichts Besonderes drinnen.« Sie versteckt eine Zeitung hinter dem Rücken.

»Na, na«, sagt er lachend. »So gib doch her! Was hast denn?« Er tritt auf sie zu.

»Nein, Peter, bitte, lies die BZ, aber lass mir die Süddeutsche! Nein, frag mich nicht, warum! Glaub mir, es ist besser, wenn du sie nicht liest.«

Kopfschüttelnd schaut ihr Peter nach.

Was hat sie denn nur? Was soll denn schon los sein? Sonst hat sie ihm doch immer freudestrahlend die Kritiken vorgelesen, und nun ist sie völlig verändert.

Kurz entschlossen geht er ihr nach in die Küche und kommt gerade noch rechtzeitig, um die Zeitung vor dem Schlund des Müllschluckers zu retten.

Patrizia macht nochmals einen Versuch, ihm die Zeitung aus der Hand zu nehmen, aber da sagt er unwillig:

»Mach mich doch nicht auch noch grantig! Was soll denn das alles bedeuten! Wenn wirklich was drinsteht, das ich nicht wissen soll, was ist denn dabei? Man kann doch nicht immer gute Kritiken bekommen. Einmal kann auch eine schlechtere dabei sein.«

»Nein, Peter, es ist ja nicht wegen der Kritiken. Aber wenn du unbedingt willst – lies den Regionalteil. Vielleicht begreifst du dann, warum ich dir das ersparen wollte.«

Sie zeigt ihm nun sogar den Artikel und beobachtet sein Gesicht, während er liest.

Zuerst wird es Peter nicht recht klar, worum es sich handelt, und er beginnt nochmals von vorne:

»Wildwest in Oberbayern«, steht da in der Überschrift. »Mädchen schießt auf Forstbeamten.« Und weiter heißt es:

»In der staatlichen Hochjagd im Gebiet der Zanglerplatte kam es in den Abendstunden des fünfzehnten September zu einem Zusammenstoß zwischen Jägern und einem Wildschützen, in dessen Verlauf der Jagdgehilfe Andreas Hierlinger durch einen Brustschuss schwer verletzt wurde. Der Wilddieb ergriff die Flucht, konnte aber, da er bei der Schießerei ebenfalls verletzt wurde, von der Polizei festgenommen werden.

Dabei stellte es sich zur größten Überraschung der Beamten heraus, dass es sich bei dem Wildschützen, der schon den ganzen Sommer hindurch Forstbeamte und Polizei an der Nase herumgeführt hatte, um die zwanzigjährige Veronika B. aus Gündelsbach handelt, die eine Alm in der Nähe der Zanglerplatte bewirtschaftete. Es ist dies ein in der Kriminalgeschichte einzigartiger Fall, der wohl Stoff für eine weitere Wildererlegende liefern wird. Ob sich die Täterin ihres Ruhms wird erfreuen können, darf bezweifelt werden. Denn der Ermittlungsrichter zeigte wenig Verständnis für folkloristische Wildererromantik und erließ Haftbefehl. Immerhin wird das filmreife Drama wenigstens nicht zur Tragödie ausarten – der niedergeschossene Forstbeamte befindet sich mittlerweile auf dem Weg der Besserung.«

Patrizia hat auf irgendetwas gewartet, vielleicht auf einen wilden Verzweiflungsausbruch. Peter jedoch bleibt äußerlich ganz ruhig; denn er kann noch gar nicht fassen, was er da gelesen hat. Das muss er erst allmählich verarbeiten. Er legt die Zeitung weg, verschränkt die Hände hinter dem Rücken und geht mit langen Schritten durch die geöffnete Küchentüre, durch das Wohnzimmer auf die Veranda hinaus, geht diesen Weg zwei-, dreimal, und immer, wenn er in den Kreis des Sonnenlichtes kommt, das in breiter Welle durch das geöffnete Küchenfenster flutet, dann sieht Patrizia, dass sich sein Gesicht jedesmal ein wenig verändert hat. Zuerst ist es bleich, dann erscheinen zwei kleine, schmerzliche Linien um die Mundwinkel, und zuletzt erscheint es ihr, als beuge sich sein Nacken wie unter einer schweren Last.

»Deshalb also wolltest du mir die Zeitung nicht geben?«, fragt er plötzlich und bleibt vor Patrizia stehen.

»Wäre es denn nicht besser gewesen, Peter, du hättest es nicht erfahren. Du musst heute Abend doch auftreten!«

»Ach was! Denkst du, dass sich mir dies auf die Stimme schlägt? Das bleibt zurück in der Garderobe. Kein Gedanke daran wird mit mir auf die Bühne treten. Weißt du, nun bin ich sogar froh über diesen Streit mit Vellhagen, denn sonst wäre ich später heimgekommen, und du hättest mich mit dieser Nachricht verschont. Ich weiß, dass Veronika schuldig ist. Aber auch ich trage da ein wenig Schuld. Denn wenn ich bei ihr geblieben wäre, hätte es nie so weit kommen können. Wenn der Prozess stattfindet, muss ich jedenfalls hinfahren.«

Damit geht Peter hinaus. Zuerst schlendert er eine Weile durch den Garten, dann geht er in sein Zimmer hinauf und nimmt Veronikas Bild aus der Briefmappe.

Lange schaut er in dieses schmale Gesicht. Er sieht sie plötzlich groß und schlank vor sich stehen in ihrer ganzen Schönheit. In diesem Augenblick erkennt er, dass seine Liebe zu Veronika niemals sterben wird.

Plötzlich spürt er einen Druck in der Herzgegend. Ganz unwillkürlich muss er sich vorstellen, wie Veronika nun zumute sein wird in der engen, grauen Zelle des Untersuchungsgefängnisses.

»Ob ich sie besuchen sollte?«, fragt er sich, und in Gedanken sieht er sich schon im Taxi auf dem Weg zum Flughafen.

Da klopft es, und Patrizia sagt, dass der Regisseur und der Intendant ihn zu sprechen wünschten.

Die beiden sind voll ausgesuchter Höflichkeit gegen Peter und erklären ihm, dass Vellhagen bereit sei, sich zu entschuldigen.

Bevor Peter an diesem Abend die Bühne betritt, ist er fest entschlossen, Veronika nach Verbüßung ihrer Strafe zu sich zu nehmen.

Der Untersuchungsrichter hat leichte Arbeit mit Veronika Büchler, denn sie gesteht alles. Ja, sie habe dies schon zwei Sommer lang getrieben. Wie sie dazu gekommen sei?

Ganz von selbst sei sie dazu gekommen, meint sie. Gewiß, ja, sie verstehe vollkommen, dass sie sich strafbar gemacht habe und dass ihr Handeln mit nichts entschuldigt werden könne.

Bis hierher ist der Richter sehr zufrieden. Aber er fragt dann weiter:

»Aber irgendjemand muss Ihnen doch geholfen haben? Oder wollen Sie behaupten, dass Sie das Wild auch ausgeweidet haben?«

Hierauf verweigert Veronika die Antwort.

»An wen haben Sie denn das Wild verkauft?«

»Ich hab es nicht verkauft.«

»Es ist aber niemals ein Stück gefunden worden. Nur die Eingeweide. Sie müssen doch wissen, wer die Beute beseitigt hat.«

»Nein!«

An dieser Stelle wirft der Richter jedes Mal zornig den Kugelschreiber auf den Schreibtisch, und Veronika wird in die Zelle zurückgeführt.

Dort sinniert und grübelt sie Tag und Nacht und muss dabei auch immer an Peter denken.

»Ich hab ihn nimmer gern«, sagt sie vor sich hin. »Er allein ist schuld, dass ich hier bin, ist schuld, dass alle im Dorf mit dem Finger auf mich zeigen werden, wenn ich aus dem Gefängnis herauskomm. Verlassen hat er mich und reist jetzt mit einer anderen in der Welt umher.«

Zuweilen bekommt sie Besuch. Der Pfarrer kommt und bleibt über eine Stunde bei ihr. Die Frau Lehrer kommt, bleibt aber nur kurze Zeit, weil ihr Dackel im Auto auf dem Parkplatz zurückbleiben muss. Der Leitner kommt und die Leitnerin. Letztere weint die ganze Besuchszeit, und der Vater ist ebenfalls sehr wortkarg. Und einmal erscheint zu Veronikas größter Überraschung der Reitenberger Wast.

»Auf der Südostmesse bin ich gewesen«, sagt er. »Da hab ich mir halt denkt, es könnt dich ein bissel freuen, wenn ich dich besuch und dir sag, dass ich nicht schlecht denk von dir, weil du halt jetzt da herinnen sein musst.«

»Schimpfen sie recht über mich?«, fragt sie.

»Gar nicht einmal. Mir dürft auch keiner kommen. Ich steh für dich ein, Veronika.«

Veronika ist gerührt von der Treue dieses Menschen. Das Wasser steht ihr in den Augen.

»Ich dank dir halt vielmals, Wast. Und gelt, du tragst mir nix mehr nach wegen damals. Schau, ich hätt doch gar nicht anders handeln können. Glaub mir, es war am besten so.«

»Freilich, ja.« Der Wast streicht sich mit schwerer Hand über das Haar.

Gar zu schnell ist die Besuchszeit um, und ehe der Reitenberger geht, fragt er, ob er sie wieder besuchen dürfe. Aber er kommt nur noch einmal, denn in der folgenden Woche wird Veronika nach München verlegt, wo man ihr den Prozess machen wird. Schon eine Stunde vor Beginn ist der Verhandlungsraum gut gefüllt. Das Publikum besteht zum größten Teil aus den Leuten von Gündelsbach und der näheren Umgebung. Nur die vorderen Plätze sind von Pressevertretern besetzt. In einer der vorderen Reihen sitzen auch Peter und Patrizia.

Als Veronika den Gerichtssaal betritt, schaut sie weder links noch rechts. Sie nimmt auf der Anklagebank Platz und senkt den Kopf.

Der Richter verliest die Anklage. Veronika hört alles wie im Traum. Ganz starr blickt sie zu Boden, denn sie hat das Gefühl, als dürfe sie den Blick überhaupt nicht heben, weil dann etwas Unerwartetes geschehen könnte. Sie weiß ganz genau, dass ganz Gündelsbach vertreten ist und dass aller Augen auf sie gerichtet sind.

»Alle Punkte der Anklage beruhen auf Ihren eigenen Geständnissen«, hört sie den Richter sagen. »Aber wollen Sie uns nicht gestehen, wer Ihnen dabei geholfen hat?«

Veronika steht auf, und da lässt es sich nicht vermeiden, dass sie für einen Augenblick in den Saal schaut. Dieser kurze Augenblick genügt, um sie völlig aus der Fassung zu bringen. Sie hat Peter gesehen und neben ihm die schöne Fremde. Sonst hat sie von den vielen bekannten Gesichtern kein Einziges unterscheiden können. Sie spürt eine Schwäche in den Kniekehlen und muss einen Augenblick die Augen schließen.

»Sie haben durch Ihre Geständigkeit gute Chancen auf ein mildes Urteil«, hört sie den Richter sagen. »Setzen Sie das nicht aufs Spiel, indem Sie Mittäter decken!«

»Es hat mir niemand dabei geholfen. Ich bin ganz allein verantwortlich für das, was ich getan hab.«

»Die Ermittlungen gehen aber von der Annahme aus, dass Sie Helfershelfer gehabt haben müssen.«

»Nein!«

»Wie kamen Sie denn überhaupt dazu, ein Gewehr für einen solchen Zweck zu gebrauchen? Hat niemand gewusst darum?«

»Doch. Ein Mensch wusste darum, und dieser eine Mensch hätte mich davon abbringen können.«

»Wollen Sie uns den Namen nennen?«

»Nein! Das hat ja auch gar keinen Zweck, weil es diesen Menschen nicht mehr gibt.«

Als Peter das hört, ist ihm zumute, als müsse er laut aufschreien. Aber Patrizia fasst nach seiner Hand und hält sie fest.

Bei der Zeugenvernehmung sagt der wiederhergestellte Anderl aus, dass er bereits im vorigen Jahr einen Verdacht gegen Veronika Büchler gefasst habe, aber es sei ihm nicht gelungen, sie zu überführen. Er sei davon überzeugt, dass ihr unbedingt jemand dabei geholfen haben müsse.

»Bei dem Zusammenstoß am fünfzehnten September wurde von der Angeklagten ein Rehbock zur Strecke gebracht. Es wurde festgestellt, dass er mit einem absolut waidgerechten Schuss erlegt wurde. Halten Sie als Jäger es für möglich, dass eine junge Frau wie Frau Büchler ohne sachkundige Anleitung zu einem solchen Schuss fähig ist?«

»Bis jetzt ist mir so etwas noch nicht untergekommen!«

»Frau Büchler, wo haben Sie denn gelernt, mit Schusswaffen umzugehen?«

»Ganz von selber.« Ein verlorenes Lächeln spielt um Veronikas Mund. »In Ellmoos war einmal Jahrmarkt, ich war damals noch ein kleines Dirndl, aber ich hab am Schießstand viel besser geschossen als die Burschen.«

Hierauf wird Veronika von der Staatsanwältin scharf ins Verhör genommen. Aber sie bleibt bei ihrer Aussage, dass sie keinen Helfer gehabt hätte.

Schon will der Staatsanwalt mit seinem Plädoyer beginnen, als sich ein Zeuge meldet, von dem vorher noch niemand ein Wort gehört hatte im Laufe dieser Verhandlung. Es ist der Huisen Lenz, der in seiner abgeschabten Lederhose vor dem Richtertisch steht und in offenkundiger Zerknirschung Zeugnis ablegt, dass er die Angeklagte zum Wildern verführt, ja, dass er sie geradewegs dazu gedrängt habe.

Ein Gemurmel entsteht im Saal, und der Vorsitzende muss mehrmals zur Glocke greifen.

»Frau Büchler, was haben Sie dazu zu sagen?«

»Dass ich allein schuld bin. Es hat mich niemand dazu gezwungen, das zu tun, was mir der Lenz anschafft.«

»Warum haben Sie denn das so hartnäckig verschwiegen? Haben Sie denn nicht bedacht, dass dies beim Strafmaß sehr ins Gewicht fällt?«

»Ich wollt den alten Mann nicht ins Gefängnis bringen.« Veronika wendet sich an den Huisen Lenz. »Lenz, warum hast denn das getan?«

»Zeuge, erzählen Sie einmal den ganzen Sachverhalt«, tönt die Stimme des Richters dazwischen.

Totenstille herrscht im Saal, als nun der Huisen Lenz zu erzählen beginnt und sich dabei bemüht, die ganze Schuld auf sich zu nehmen. Unterdessen blättert Veronikas junger Verteidiger erregt in seinen Papieren. Es ist sein erster medienwirksamer Strafprozess, eine große Gelegenheit, vielleicht der entscheidende Augenblick seiner Karriere. Er wird ein Plädoyer hinlegen, dass sie staunen werden. Und jetzt wirft ihm dieser alte Trottel sein Konzept über den Haufen. Veronika sitzt still, den Kopf ein wenig geneigt, wie unter der Last eines schweren Kummers.

Zwei Stunden später – so lange hat sich inzwischen die Vernehmung des Huisen Lenz hinausgezogen – hält die Staatsanwältin ihr Plädoyer.

Der Fall, sagt sie, habe sich nun durch die Aussage des Lorenz Huisen verändert. Dessen Geständnis ändere aber nichts daran, dass Blut geflossen sei. In diesem zentralen Punkt der Anklage, der nur als versuchter Totschlag, vielleicht sogar als Mordversuch zu werten sei, sei das Gesetz in seiner ganzen Härte anzuwenden, nichts anderes. Es sei verfehlt, sich etwa durch die Geständigkeit der Angeklagten zu falscher Milde verleiten zu lassen. Der Fall liege klar genug auf der Hand.

Wer mit einer Schusswaffe in der Hand Verbrechen begehe, nehme den Tod anderer Menschen billigend in Kauf. Die Angeklagte könne von Glück sagen, dass ihr Opfer nicht an der erlittenen Verletzung verstorben sei. Nur weil nicht mit letzter Sicherheit zu beweisen sei, dass Frau Büchler nicht aus der Deckung heraus und in Tötungsabsicht auf Hierlinger geschossen habe, lasse sie den Vorwurf des Mordversuchs fallen. Umso wichtiger sei es, das für versuchten Totschlag vorgesehene Strafmaß auch voll auszuschöpfen – schon um jedweder folkloristischen Verklärung und Verharmlosung des Falles vorzubeugen und Nachahmungstäter abzuschrecken. Sie beantrage daher vier Jahre Jugendstrafe.

Der Verteidiger sitzt vorgebeugt, macht zuweilen ein paar Notizen und erhebt sich dann sofort, als ihm das Wort erteilt wird.

Er hält sein Plädoyer mit Würde und Ernst, hebt hervor, dass die Angeklagte bislang unbescholten sei, aus geordneten Verhältnissen stamme und nur ohne Kenntnis der Tragweite ihrer Handlungen den Verlockungen eines mehrfach einschlägig vorbestraften Gewohnheitstäters erlegen sei. Dieser sei es auch gewesen, der materiellen Gewinn aus den Straftaten gezogen habe.

»Hohes Gericht! Meine Damen und Herren Schöffen! Der Vater der Angeklagten ist Jäger, der Großvater war es und der Urgroßvater. Kann es nicht möglich sein, dass die Leidenschaft zum Schießen und Jagen dieser Familie im Blut liegt? Dazu kommt, dass sie zeitweilig allein in den Bergen lebte und somit zusätzlich gefährdet war, derartigen Verlockungen zu erliegen. Trotzdem ist anzunehmen, dass sie niemals auf den Gedanken gekommen wäre, etwas zu tun, was mit dem Gesetz in Widerspruch steht. Sie ist in ihrer Jugend dem verderblichen Einfluss des schon mehrmals wegen Wilderns vorbestraften Lorenz Huisen unterlegen. Er hat ihr, wie er selbst bekundete, die Gewehre beschafft, hat die Wechsel des Wildes ausgekundschaftet. Sie hat nicht gewildert, um sich dadurch einen finanziellen Vorteil zu verschaffen, sondern ist einfach willenlos den Verführungen des Älteren erlegen, der sie für seine Interessen ausgenutzt hat. Der Vorwurf des Mordversuchs hat sich bereits durch die Aussage des Zeugen Hierlinger erledigt, der bestätigte, dass die Angeklagte nicht auf ihn angelegt hat, sondern dass sich der Schuss im Zuge einer Reflexbewegung gelöst hat ...«

Über fünfundvierzig Minuten dauert das Plädoyer des Anwalts, der den Vorfall als Unfall gewertet wissen will und im Falle der Wilderei auf verminderte Schuldfähigkeit pocht. Er fordert also Freispruch. Natürlich kommt er damit nicht durch. Das Urteil lautet auf sechs Monate Jugendstrafe wegen fortgesetzten Vergehens gegen das Jagdgesetz, und sie wird nicht zur Bewährung ausgesetzt.

Veronika nimmt das Urteil auf, ohne mit der Wimper zu zucken. Ganz langsam geht sie aus dem Gerichtssaal.

Zwei Tage später besucht Peter Veronika im Gefängnis. Als sie ihm gegenübertritt, ist ihm zumute, als setze sein Herz einen Schlag aus.

»Veronika«, sagt er leise, »musste das so kommen?«

Mit einem wirren Lächeln sieht sie an ihm vorbei.

»Ja«, sagt sie. »Es war ja niemand da, der mich daran gehindert hätt.«

»Sprich nicht so, Veronika! Ich mein, das Herz müsst mir brechen.«

»Ach nein! Das meint man nur. Es bricht nicht so leicht. Ist ein zähes Ding, so ein Herz.«

Dann schweigen sie lange.

»Warum hast du das gesagt im Gerichtssaal, dass es diesen Menschen nicht mehr gibt?«

»Es ist ja so.«

»Hast du denn allen Glauben verloren an mich, Veronika?«

»Hab ich ihn denn nicht verlieren müssen?«

»Nein! Nein! Für wen meinst du denn, dass ich sing? Alles tu ich doch nur für dich, Veronika, sei doch vernünftig! Es wird alles gut werden. Du kommst mit mir, wenn das hier vorüber ist. Nach Gündelsbach wirst du doch nicht zurück wollen.«

Ganz groß sieht sie ihn an.

»Warum denn nicht? Ich schlag vor niemandem die Augen nieder. Was hab ich denn verbrochen? Und was kümmern mich auch die Leut! Mögen sie mir auch aus dem Weg gehen und sich meiner schämen. Die Heimat aber schämt sich meiner nicht, die Berg nicht und der Wald nicht. Nicht im Traum fällt mir das ein, dass ich aus der Heimat fortgehe.«

»Das sagst du jetzt, Veronika. Aber du wirst dir alles inzwischen überlegen. Was soll denn mein Leben ohne dich?«

»Hast doch jetzt die ganze Zeit ohne mich sein können. Ja, es ist ganz gut, dass wir davon reden. Was tätst denn du mit mir? Die andere passt viel besser zu dir. Zu dem Entschluss hab ich mich schon lang durchgerungen. Ich will nicht sagen, dass es leicht gewesen ist. Als du Ostern da warst, da hab ich nur noch einmal alles wieder erleben wollen, hab noch einmal glücklich sein wollen, wie ich es gewesen bin die ganze Zeit, wo du mir allein gehört hast. Ich hab gewusst, als du fortgingst, dass ich dich verlieren würde. Und wie du mir dann geschrieben hast, dass die andere dich auf deinen Reisen begleitet, da hab ich einen Riegel vorgeschoben vor alles, was einmal gewesen ist. Ich hab mir eingebildet, du seist tot und hättest nie gelebt für mich. Das war das Einzige, was mir über die schwerste Zeit weggeholfen hat. Es war nicht gut, dass du kommen bist zur Verhandlung. Es hat ja doch an der ganzen Sach nix geändert.«

»Wenn das so ist, Veronika, dann war es freilich zwecklos, dass ich so weit hergefahren bin. Aber ich glaub es nicht. Du machst dir damit selber was vor, wenn du dir einredest, dass du mich vergessen hättest. Da ist so vieles gewesen, was man überhaupt nicht vergessen kann.«

»Glaub es nur«, antwortet sie. »Wenn ich es dir sag, dann kannst es schon glauben.«

»Und wenn du es noch so oft sagst, so glaube ich es doch nicht, Veronika. Ich hab dir ja gar nichts angetan, mit keinem Gedanken bin ich dir untreu geworden. Ich glaub an das Glück mit dir. Weil ich etwas anderes gar nicht glauben kann und auch nicht will.«

Da ist die Besuchszeit um, und die Wärterin fordert ihn auf, den Raum zu verlassen.

Es würgt ihn in der Kehle, als er Veronika die Hand reicht. Kaum dass er ein Wort herausbringt. Matt und ohne Druck liegt ihre Hand einen Augenblick in der seinen. Dann wendet sie sich um und verschwindet in der Tiefe des Ganges.

Die ersten Wochen ist Peter niedergeschlagen und gereizt. Geduldig und ohne ein Wort darüber zu verlieren, erträgt Patrizia seine Launen und geht ganz still neben ihm den Weg, der ihn immer weiter und höher führt in seiner künstlerischen Laufbahn.

Sie reisen von Stadt zu Stadt. Der Name Peter Markus ist zu einem Begriff geworden für alle Opernhäuser des Kontinents. Kaum eine der großen Bühnen, die nicht immer wieder nachfragt, ob der große Tenor kein Gastspiel geben will. Inzwischen gibt es auch Anfragen aus Übersee, und mit der Bekanntheit steigen die Honorare.

Patrizia ist sozusagen Peters Managerin. Sie prüft die Angebote, schließt zusammen mit ihrem Anwalt die Verträge, erledigt die übrigen schriftlichen Arbeiten, studiert die Flugpläne, bucht Hotels und sonnt sich, obwohl im Schatten stehend, in seinem Ruhm. Finanziell ist Peter längst nicht mehr von ihr abhängig. Die zwei Zimmer in Stuttgart hat er aufgegeben und ein Penthouse gemietet, ganz in der Nähe ihrer Villa, und zu Konzerten fahren sie mittlerweile nicht mehr mit ihrem roten Sportwagen, sondern mit seiner schweren schwarzen Limousine.

Der Rundfunk verpflichtet ihn für einige Konzerte, und für die Schallplattenfirmen ist er ein begehrter Partner bei Opern-Neuaufnahmen. Schwarz geschminkt prangt sein Gesicht von der CD-Hülle einer Neuaufnahme von »Othello«. Die Zeitungen bringen begeisterte Kritiken, und die Regenbogenpresse schnüffelt in seinem Privatleben.

Im Sommer sind sie in Italien. Hier findet Peter wieder zu sich selbst zurück. Auf der Freilichtbühne von Verona feiert er als Manrico in »Der Troubadour« und als Herzog von Mantua in »Rigoletto« seinen bisher größten Erfolg. Nach einem Gastspiel an der Mailänder Scala wird er nach Venedig verpflichtet.

Drei Wochen ist er dort beschäftigt. Er arbeitet ununterbrochen, gönnt sich keine Pause.

Es ist am letzten Tag ihres Aufenthaltes in Venedig, als Peter und Patrizia hinausfahren zum Lido. Sie haben von der Schönheit der Stadt bisher noch nicht allzu viel gesehen. Aber nun sitzen sie einander in der Gondel gegenüber, Peter ein wenig zurückgelehnt, den Blick emporgerichtet zum klarblauen Himmel, und lauschen der etwas schmachtenden Stimme des Gondoliere, der meint, er müsse dem scheinbar jung verliebten Paar ein Lied singen.

Patrizia hat den Kopf in die Hand gestützt und starrt in das Wasser. Zuweilen streckt sie den Arm aus und taucht die Finger in das kühle Nass. Offenbar ist sie völlig in Gedanken versunken.

»Patrizia, wo bist du denn mit deinen Gedanken?«

Ganz verwirrt lächelt sie.

»Ach so. Ach, ich war jetzt weit fort!«

Unwillkürlich kommt ihm zum Bewusstsein, dass etwas anders geworden ist zwischen ihm und Patrizia. Er ist auch ehrlich genug, die Schuld bei sich selbst zu suchen. Hat er sie beachtet in der letzten Zeit? Wo ist die Zeit hingekommen, in der er lieb und zärtlich zu ihr gewesen ist, in der er sie in den Arm genommen und gestreichelt und zuweilen auch geküsst hat? Ist er denn über all seinen Erfolgen so arrogant geworden, dass er vergessen hat, wem er sie verdankt? Er schämt sich jetzt und sieht plötzlich alles, die dunklen Schatten unter ihren Augen, die feinen Runen des Leides in ihrem sonst so ebenmäßigen Gesicht. Durch meine Schuld, fährt es ihm durch den Sinn, und in plötzlicher Aufwallung greift er nach ihrer Hand.

»Patrizia – du musst – ich will sagen – kannst du mir verzeihen? Ich bin hässlich gewesen zu dir in den letzten Monaten und Wochen. Ich sehe es ein und – es soll nie mehr vorkommen, Patrizia. Du hast weiß Gott nicht verdient, dass ich es dich entgelten lasse, weil eine andere mich vergessen haben will. Es ist ja ohnehin eine Lüge, denn man kann doch nicht vergessen, was einmal so tief im Gefühl verankert ist. Weil du bei mir bist, deshalb glaubt sie, dass sie nichts mehr zu suchen hätte bei mir. Aber ich kann dich doch nicht fortschicken. Nein, das kann ich auf keinen Fall. Ich muss dich doch haben, und ich will in Zukunft wieder recht gut zu dir sein, denn alles, was ich jetzt bin, habe ich nur dir zu verdanken. Und alles, was du aus mir gemacht hast, das gehört auch dir ...«

Jubel und Stolz regen sich in ihr. Es ist ein großes Glück für sie zu wissen, dass er sie braucht und dass sie für ihn da sein darf. Aber da begegnen sich ihre Blicke, und in seinen Augen steht noch immer der Name der Anderen: Veronika.

Veronika steht zwischen ihnen, so dass Patrizia niemals hingehen kann zu ihm, um die Arme um seinen Hals zu legen, in dem sicheren Bewusstsein, dass er ihr allein gehört. Alles, was sie sprechen, geht von Veronika aus, geht zu Veronika zurück, obgleich der Name nur ganz selten zwischen ihnen fällt. Sie ist wie eine Schranke, die sie trennt und es nicht zulässt, dass ihre Herzen sich näher kommen.

Von Venedig reisen sie nach Holland, von dort in die Schweiz und dann nach Deutschland zurück. Dresden und Leipzig sind noch zu absolvieren, dann nimmt Peter Ferien, und sie fahren nach Stuttgart.

Patrizia freut sich, Peter nun endlich wieder einmal allein für sich zu haben. Solange sie unterwegs sind, gehört er ja nie ihr allein, sondern dem Publikum, gehört den vielen tausend Herzen, in die er sich hineinsingt.

Auch Peter ist froh, einmal nichts mehr wissen zu müssen von Konzerten, von geschäftstüchtigen Managern und aufgeregten Regisseuren.

Hochsommer ist, und in Patrizias Garten blühen in verschwenderischer Pracht die Rosen. Jeden Morgen baden sie im Pool hinter dem Haus. Manchmal sitzt Patrizia schon früher auf dem Sprungbrett; es kommt auch vor, dass sie sich bereits im Becken tummelt und er ihr erst im Wasser guten Morgen wünscht.

»Langschläfer«, sagt sie dann und lässt ihr silberhelles Lachen hören.

Ja, sie kann wieder lachen und froh sein. Die Schatten unter ihren Augen sind fort, das zarte Rot ist wieder in ihre Wangen zurückgekehrt.

Nach dem Baden nehmen sie auf der sonnigen Glasterrasse das Frühstück ein. Eines Morgens sagt Peter plötzlich:

»Morgen fahre ich nach München, Patrizia. Und wenn ich komme, bringe ich Veronika mit.«

Patrizia erschrickt so sehr, dass die Tasse ihren Händen entgleitet und klirrend auf den Steinfliesen zerschellt. In ihren Augen ist der verstörte Blick, den Peter an ihr schon kennt.

»Na, na«, sagt er begütigend. »Warum erschrickst du denn so sehr? Hast du denn damit noch nie gerechnet, dass wir eines Tages zu dritt sein werden?«

»Nein, damit habe ich nicht gerechnet.«

»Hast du Angst vor Veronika?«

»Nein, Angst nicht. Aber ich weiß nicht, wie das sein wird, wenn wir zu dritt sein sollen.«

»Ich denke mir das sehr schön, Patrizia. Ihr werdet wie Schwestern sein. Und jede hat ihren bestimmten Teil an mir. Es ist nun mal so, dass ich euch alle beide brauche. Verstehst du das, Patrizia?«

»Ja«, sagt sie leise. Ihr Gesicht ist bleich geworden, und sie hütet sich ängstlich, ihn anzuschauen.

Am anderen Morgen reist Peter ab. Patrizia begleitet ihn zum Auto. Peter küsst sie zum Abschied, schaut sie aber dann ganz verwundert an.

»Bist du krank, Patrizia? Du zitterst ja richtig.«

Sie zwingt sich zu einem Lächeln.

»Nein, Peter. Mir fehlt nichts. Bis wann denkst du, dass du zurück sein kannst?«

»In etwa einer Woche, weil ich schließlich doch auch auf ein paar Tage nach Gündelsbach fahre. Ich ruf dich an und sag dir Bescheid.«

Der Wagen fährt ab. Peter winkt der Zurückbleibenden durchs offene Fenster zu, und Patrizia tut dasselbe. Aber sie macht es ganz mechanisch, und lautlos fallen die Tränen auf ihren zuckenden Mund.

Das Auto ist schon lange verschwunden, aber noch immer steht Patrizia auf derselben Stelle und starrt in die Ferne. Endlich wischt sie sich die Tränen fort und wendet sich langsam dem Haus zu.

Ihr Entschluss steht fest. Sie wird nicht mehr in Stuttgart sein, wenn Peter mit Veronika kommt, denn schließlich kann kein Mensch mehr auf sich nehmen, als er zu tragen imstande ist. Es ist unmöglich, dass Peter ihre große Liebe begreift, sonst würde er ihr nicht zumuten, dass sie neben ihm weiterleben soll, als Mädchen für alles, während er mit der Anderen sein Glück genießt.

Peter hat mit Veronikas Anwalt ständigen Kontakt gehalten und weiß genau den Tag und die Stunde, da Veronika aus der Anstalt entlassen wird.

Eine Stunde vorher ist er schon dort, geht die Straße ein Stück hinauf und wieder herunter, schaut immer wieder auf die Uhr.

Peter hat sich dem Gefängnis gegenüber in einen Hausvorsprung gestellt, damit sie ihn beim ersten Schritt aus dem großen Haus nicht gleich sehen kann. Er will sie überraschen. Plötzlich wird er dann an ihrer Seite gehen und wird ihre Hand fassen.

Da biegt um die Straßenecke ein Pferdegespann. Ein Gäuwagerl ist es, vor das zwei feurige Apfelschimmel gespannt sind, die unruhig zu scharren beginnen, als der Lenker das Gefährt vor dem Gefängnistor zum Stehen bringt.

Es ist der Reitenberger Wast, der breit und behäbig auf dem Bock sitzt, in der einen Hand die Zügel, in der anderen den Bremsgriff. Er muss stundenlang unterwegs gewesen sein.

Zuerst ist Peter zumute, als hätte ihm jemand einen Kübel kaltes Wasser über den Kopf geschüttet. Wie kommt ausgerechnet der Reitenberger dazu, Veronika abzuholen? Dunkel erinnert er sich, dass Veronika ihm erzählt hat, der Reitenberger sei als Freier gekommen, habe sich aber dabei einen Korb geholt.

Noch überlegt er, ob er hinübergehen soll, um ihm zu sagen, dass er weiterfahren möge, weil es schließlich ihm zustände, Veronika abzuholen, und sonst niemand. Aber er kann sein Vorhaben nicht mehr ausführen, denn im selben Augenblick tritt Veronika aus dem Tor, geht sofort auf das Fuhrwerk zu und reicht dem Wast die Hand.

Peter drückt sich ganz eng an die Mauernische. Er kann nicht verstehen, was sie zum Reitenberger sagt, sieht nur das weiße, schmal gewordene Gesicht, aus dem die dunklen Augen wie im Fieber glänzen. Sie nimmt neben dem Reitenberger Platz, und die Schimmel setzen sich sofort in Trab.

Peter glaubt im ersten Augenblick vorstürzen zu müssen, um das Gespann zum Stehen zu bringen. Aber er ist unfähig, sich von der Stelle zu rühren. Mit weit aufgerissenen Augen starrt er dem in dieser Umgebung höchst seltsamen Gefährt nach. Da wendet Veronika das Gesicht und schaut nochmals auf das Haus zurück, in dem sie nun sechs Monate verbracht hat. Und dabei sieht sie ihn.

Einen Augenblick ist es, als hebe sie die Hand zum Gruß. Aber sie hält mitten in der Bewegung inne, schaut ihn lange und mit tiefem Blick an und wendet sich dann rasch um. Sie blickt auch nicht mehr zurück, als das Gefährt um die Ecke biegt und Peters Augen entschwindet.

Peter ist zumute, als griffe jemand in seine Brust, risse ihm das Herz heraus und jage ihn von dem Platz, auf dem er steht. Er weiß gar nicht, wie lange er so steht. Unbarmherzig brennt die Sonne hernieder. Trotzdem friert ihn, und er schlägt den Jackenkragen hoch und beginnt planlos durch die Straßen zu rennen.

Bis hinunter nach Schwabing kommt er, kehrt wieder um und irrt durch das Zentrum der Stadt. Jemand greift nach seinen Arm. Eine Bremse schreit auf. Die Stoßstange eines Autos hat Peter gestreift. Ausgerechnet vor einem Polizeistreifenwagen ist Peter bei Rot über die Straße gelaufen. Einer der Beamten steigt aus und tritt mit dem Block an ihn heran. In umständlichem Amtsdeutsch belehrt er ihn über die Ordnungswidrigkeit und fragt, ob er mit einer gebührenpflichtigen Verwarnung einverstanden sei. Wortlos nimmt er den Zettel in Empfang und hört noch, dass dieser zwanzig Mark koste und als Überweisungsformular verwendet werden könne.

Peter merkt nicht, dass sich die Sonne hinter grauen Wolken verkrochen hat, hört nicht das dumpfe Donnergrollen, das über die Dächer der Häuser hingeht. Erst als die ersten schweren Tropfen in sein Gesicht schlagen, kommt es ihm zum Bewusstsein, dass er schon einen halben Tag durch die Straßen irrt.

Das nächste Gasthaus betritt er, bestellt sich ein Bier, einen Schnaps und wieder ein Bier. Draußen rauscht der Regen. Immer mehr füllt sich die Gaststube, und plötzlich steht der Angermeier vor ihm.

»Peter, bist du es wirklich? Freilich ist er's! Bald hätt ich dich nicht erkannt. Grüß dich, Peter. Ist der Stuhl noch frei?«

Peter nickt. Zu jeder anderen Stunde wäre ihm dieser Mann recht gewesen. Nur jetzt hätte er lieber allein sein wollen.

»Fährst auch nach Gündelsbach?«, fragt der Angermeier.

»Nein. Ich bin nur kurz hier.«

»Ach ja, versteht sich. Du wirst nicht so viel Zeit haben. Du – jetzt haben wir dich einmal im Fernsehen singen hören. Ja, und der Lehrer hat zwei CD, auf denen du auch singst. Die lasst er fast jeden Tag ein paar Mal spielen.«

Peter lächelt verzerrt vor sich hin.

»Ja, sie sind sakrisch stolz auf dich, die Gündelsbacher«, redet der Angermeier weiter. »Hast es aber auch weit gebracht. Oft reden wir von dir, wie du bei mir ausgeholfen hast und im Kuhstall draußen allweil gesungen hast, in aller Herrgottsfrüh schon.«

»Ja, das waren schöne Zeiten«, sagt Peter leise.

»Hast es doch jetzt viel schöner. Ich glaub nicht, dass du mit einem von uns tauschen möchtest.«

»Glaubst du, dass in meinem Beruf alles so glänzend ist? Ich hab schon oft Heimweh gehabt und hätt viel dafür gegeben, wenn ich hinter dem Pflug hätt gehn können, bloß eine halbe Stunde lang, dass ich wieder gewusst hätt, wie es ist, wenn der Rauch aufsteigt aus der Ackertiefe …« Er deckt einen Augenblick die Hand vor die Augen. »Hast die Schwarzweißen immer noch?«, fragt er dann.

»Nein, die Alten hab ich nimmer. Aber die zwei jungen, die damals auf die Welt kommen sind, als du bei mir warst, die haben sich sauber rausgewachsen. Tät mich schon freuen, Peter, wenn du wieder einmal nach Gündelsbach kämst.«

»Aber gern, Angermeier. Ich muss nur mein Auto wiederfinden.« Er hat plötzlich den Entschluss gefasst, nach Gündelsbach zu fahren. Das scheint ihm nun ganz wichtig, denn er will eine klare Entscheidung von Veronika haben. Da sagt der Angermeier:

»Das wirst ja schon wissen, dass die Leitner Veronika den Reitenberger Wast heiratet?«

Es dauert mehrere Sekunden, bis die Worte des Angermeier in Peter eindringen und ihr Zerstörungswerk beginnen. Aber er klammert sich noch an eine Hoffnung, die schon keine mehr ist, und fragt:

»Ist das Wahrheit oder bloß ein Gerede?«

»Nein, das ist schon wahr. Seit Wochen arbeiten die Maurer und Zimmerleut schon auf dem Reitenbergerhof. Alles lässt er umbauen, und der Leitner hat beim Schreiner die Möbel schon bestellt. Heut – ja, das fällt mir erst jetzt ein. Heut ist sie frei geworden, und der Reitenberger wird sie schon ...« Der Angermeier verstummt plötzlich erschrocken und schaut auf Peter. Der sitzt da mit aschfahlem Gesicht. Sein Blick hat etwas Unheimliches, seine Lippen sind ganz grau und hart aufeinander gepresst.

»Ach so«, meint der Angermeier. »Das hätt ich nicht sagen sollen. Das fällt mir erst jetzt grad wieder ein, du hast doch mit der Veronika einmal ...«

Peter hebt den Kopf.

»Das ist schon lang vorbei.« Er schaut auf die Uhr an seinem Handgelenk. Es ist fünf Uhr nachmittags. Unvermindert klatscht der Regen aufs Pflaster. Peter zahlt und reicht dem Angermeier die Hand. »Da fällt mir gerade noch ein, ich muss noch einen Besuch machen. Behüt dich Gott, Angermeier, und grüß mir alle recht schön daheim!«

Draußen ist er. Den Kragen hochgeschlagen, geht er durch den Regen, bis es dunkel wird. Noch ist er nicht schlüssig, was er tun soll. In seinem Zustand will er nicht Auto fahren. Aber um elf Uhr nachts würde der letzte Zug nach Stuttgart fahren. Es wäre wohl das Vernünftigste, sich zu Patrizia zu flüchten. Andererseits aber drängt es ihn, nach Gündelsbach zu fahren, um Veronika noch einmal Aug in Aug gegen-überzustehen. Sie selbst soll ihm sagen, dass es Wahrheit ist, was er vom Angermeier erfahren hat. Dann könnte er ihr wenigstens alles ins Gesicht schreien. Lüge! Lüge! würde er sagen. Alles ist Lüge gewesen, dein Lachen, deine Zärtlichkeiten, deine Tränen. Alles Lüge und Trug, und ich müsste dich eigentlich schlagen, weil du mein Leben zerstört hast.

Ja, das ist es, was ihn noch zurückhält und nicht nach Gündelsbach fahren lässt; denn es könnte leicht sein, dass er, von Zorn übermannt, die Hand heben und zuschlagen würde, mitten in ihr Gesicht hinein.

Schließlich landet er in einer Kneipe, lässt sich auf einen Stuhl fallen, ohne das tropfnasse Jackett abzunehmen. Jetzt erst bemerkt er, dass er vollständig erschöpft ist. Er bestellt sich ein Bier, trinkt ein Glas um das andere. Das tut gut. Der Schmerz in seiner Brust lässt nach, und auch seine Gedanken werden schwer und langsam. Eine tiefe, fast wohlige Gleichgültigkeit erfasst ihn und gleichzeitig eine Lust, sich hinabgleiten zu lassen ins Ungewisse, um nichts mehr zu wissen. Nichts! Nichts!

Zwei nass geregnete Mädchen kommen herein. Eine setzt sich zu ihm, fragt ungeniert, ob er ihr etwas zu trinken spendiert. Sie trinkt von seinem Bier, das er ihr gedankenlos hinschiebt, und als sie sagt, dass sie Hunger hat, bestellt sie sich etwas zu essen. Da kommt es ihm in den Sinn, dass auch er seit dem frühen Morgen schon nichts mehr zu sich genommen hat. Er bestellt die Speisekarte, findet nichts, was ihn reizen könnte, und lässt sich einen belegten Toast bringen. Er bringt aber nur ein paar Bissen hinunter, schiebt den Teller angeekelt weg. Das Mädchen isst auch noch diese Portion zusammen. Sie scheint ganz ausgehungert zu sein. Hernach legt sie ihre Hand zutraulich auf seinen Arm.

»Hast Kummer?«, fragt sie mit fremdem Akzent. Er gibt eine mürrische, unverständliche Antwort. Die Fremde, die dunkelhaarig und schmalhüftig ist, pfeift leise durch die Zähne. »Aha, Liebeskummer. Sei doch nicht so dumm! Gibt andere Mädchen genug. Hast du eine Zigarette?«

Jetzt sieht Peter sie zum ersten Mal näher an. Sie ist eigentlich ganz hübsch, denkt er, während er seinen Geldbeutel zieht und ihr ein Fünfmarkstück in die Hand drückt. »Hol dir welche«, sagt er. »Ich rauche nicht.«

Sie geht, und er nutzt die Gelegenheit, seine Zeche zu bezahlen und zu gehen. Zu regnen hat es aufgehört, und hoch über den Dächern blinken die Sterne.

Peter schlägt die Richtung zum Bahnhof ein. Es ist drei Uhr morgens. Um sechs Uhr geht der erste Schnellzug nach Stuttgart.

Das viele Bier hat ihm den Kopf ein wenig verwirrt. Deshalb verlässt er den Bahnhof wieder und wandert noch einmal ziellos durch die Straßen. Dabei wird er allmählich wieder wach. Die Kühle des Morgens tut ihm wohl, und langsam lassen sich seine Gedanken wieder zu einer halbwegs geordneten Reihe zusammenfügen.

»Was war eigentlich gestern alles?«, fragt er sich.

Ach so, ja. Am Morgen hat er vor dem Gefängnis gestanden. Er hat Veronika gesehen und sie ihn auch. Aber sie hatte kein Wort für ihn. Nein, es ist ihr gar nicht eingefallen, dass sie vom Wagen hätte springen müssen, in seine geöffneten Arme hinein, an sein Herz. Wie könnte sie auch? Peter lacht ganz laut vor sich hin. Mit dem anderen will sie Hochzeit machen.

Ganz richtig. Das hat der Angermeier gesagt. Und der Mann ist kein Schwätzer.

Dann ist er durch die Dunkelheit gerannt, ist in die Kneipe gekommen, hat vergessen wollen, ins Ungewisse versinken, in eine grenzenlose Gleichgültigkeit hinein.

Die Stadt ist inzwischen zu vollem Leben erwacht. Zufällig schaut Peter einmal in ein Auslagefenster und erschrickt vor seinem bleichen, verzerrten Gesicht.

»Ich kann nicht fahren«, denkt er. »Nicht in diesem Zustand. Ich muss schlafen, viel schlafen und nicht mehr an Veronika denken …«

Sollen sie sein Auto stehlen oder abschleppen – egal. Er will nur noch nach Hause. Er löst eine Fahrkarte und schleppt sich zum Bahnsteig. Im Zug erwischt er einen günstigen Platz und kann etwas schlafen.

In Stuttgart angekommen, nimmt er ein Taxi zu seiner Wohnung. Er will erst einmal richtig ausschlafen, bevor er zu Patrizia geht. Erst als er vor der Haustür steht, erinnert er sich, dass die Schlüssel im Handschuhfach seines Wagens liegen – und der steht auf dem Gefängnisparkplatz in München.

Unschlüssig steht er eine Weile vor dem Haus und schlägt dann die Richtung zu Patrizias Villa ein. Vor einem Gasthaus bleibt er zögernd stehen.

Vielleicht wäre es gut, sich wieder zu betrinken, damit dieser nagende Schmerz im Herzen verschwindet. Aber hernach ist es ja doch wieder das Gleiche. Es ist viel besser, man geht gleich zu Patrizia. Sie ist doch wenigstens ein Mensch, der ihn versteht, ein Mensch, zu dem er hingehen kann mit der zerstörerischen Qual seines Herzens.

Als er vor dem Haus ankommt, steht das Auto vor der Tür, und der Gärtner ist gerade damit beschäftigt, eine Reisetasche im engen Kofferraum zu verstauen.

Ohne zu fragen, geht Peter ins Haus, und da begegnicht ihm Patrizia auf der Treppe, in Jeans und ihrer schwarzen Lederjacke, das Haar unter einem eng gebundenen Kopftuch versteckt.

Bei dieser unverhofften Begegnung geht ein jähes Erschrecken durch sie hin. Man sieht es deutlich am Zucken ihrer Schultern.

»Peter? Du?«

Er steht zwei Treppen unter ihr.

»Warum erschrickst du denn so vor mir?« Er lacht gepresst. »Seh ich denn zum Fürchten aus? Willst fortfahren? Bitte, lass dich nicht aufhalten! Ich warte inzwischen, bis du wiederkommst.«

»Nein – das ist – komm mit herauf, Peter!«

Sie dreht sich um und geht die Treppe hinan, nicht achtend, ob er ihr folgt. Auf der obersten Stufe dreht sie sich um.

»Bist du allein, Peter?«

»Ja.«

Sie wartet, bis er langsam heraufkommt.

»Bist du krank, Peter?«

»Krank? Ja, vielleicht. Aber das geht vorüber, denn schließlich muss man doch aus sich selber leben.«

Er folgt ihr ins Wohnzimmer, und als sie im hellen Licht sein Gesicht betrachtet, erschrickt sie. Peter sieht aus wie ein Vierzigjähriger und ist doch erst dreiundzwanzig. Da muss etwas Schreckliches geschehen sein, fährt es ihr durch den Sinn. Und sie streift hastig die Handschuhe ab und umschließt mit beiden Händen sein Gesicht.

»Ist dir etwas geschehen, Peter? Bitte sag es mir! Mir kannst du ja alles sagen.«

»Da ist nicht viel zu sagen.« Er geht im Zimmer auf und ab. »Es ist Schluss, aus …! Veronika hat aufgehört, für mich zu existieren. Es wäre das weiter ja nicht schlimm, aber weißt du, Patrizia – ich habe

Veronika geliebt, liebe sie seit vielen Jahren schon. Und das kann ich doch nicht ungeschehen machen. Ich weiß nicht, wie das ist. Sie heiratet einen anderen. Aber sie kann ihn nicht lieben. Das ist unmöglich, denn sie liebt mich, das hat sie mir so oft gesagt. Aber nachdem nun das alles zu Ende ist und ich es dir gesagt habe – ich muss dir das doch sagen, nicht wahr, Patrizia? – wollen wir nie wieder davon reden. Was ich vorerst brauche, ist Ruhe und Schlaf. Die letzte Nacht habe ich durchgesoffen. Aber das hilft ja nichts. Ich muss von selbst wieder zu mir finden.« Er bleibt vor ihr stehen und streicht ihr über den Kopf. »Ich habe ja auch dich, nicht wahr, Patrizia. Du wirst mich nie verlassen, das weiß ich. Und nun – wenn ich hier vielleicht ein wenig schlafen könnte auf dem Sofa. Du kannst dann ruhig in die Stadt fahren, oder wo immer du hinwolltest. Morgen fahren wir dann zusammen fort, irgendwohin, wo es still und einsam ist. In den Schwarzwald vielleicht? Willst du, Patrizia?«

Sie nickt nur. Sprechen kann sie nicht. Zu unerwartet kommt dies alles. Dann geht sie hinaus und sagt dem Gärtner, dass er die Koffer wieder in die Zimmer bringen solle, sie hätte die Reise verschoben.

Als sie nach einer Weile in das Zimmer zurückkommt, liegt Peter schon in tiefem Schlaf. Ganz behutsam deckt sie ihn zu, setzt sich zu ihm und betrachtet sein Gesicht. Einmal streift sie mit geöffneten Lippen über seine geschlossenen Augen hin.

Gerade noch rechtzeitig hat er zu ihr gefunden. Eine halbe Stunde später wäre sie fort gewesen, denn sie hat sich in zwei schlaflosen Nächten zu dem Entschluss durchgerungen, Peter nie wieder zu sehen.

Am anderen Morgen fahren sie frühzeitig los. Peter sitzt am Steuer. Sein Gesicht ist hart und verschlossen.

Es sieht aus, als würde dieser Mund nie wieder lächeln können. Patrizia erschrickt bei dem Gedanken. Nie wieder lachen? Wer in der Welt kann so silberhell und jungenhaft lachen wie Peter? Sie spürt einen tiefen Hass aufsteigen auf Veronika, dass sie das aus Peter gemacht hat – obwohl sie doch allen Grund gehabt hätte, sich zu freuen.

Um die Mittagszeit sind sie schon mitten im Schwarzwald. Da fragt Peter:

»Wo wolltest du denn gestern eigentlich hinfahren? Du hattest doch die großen Reisekoffer dabei.«

»Frag mich nicht, Peter.«

»Ich muss es nicht wissen, wenn du es nicht sagen willst.«

Nun ist wieder das Schweigen zwischen ihnen. Patrizia macht sich verlegen in ihrem Handschuhfach zu schaffen.

Außerhalb der Stadt gibt Peter dem Wagen so richtig die Sporen. Nach ein paar waghalsigen Überholmanövern legt Patrizia ihre Hand auf seinen Arm.

»Peter, fahr doch nicht so schnell! Man hat ja gar nichts von der wundervollen Gegend. Schau, wie schön das ist, die schmucken Bauernhöfe dort droben auf den Höhen! Wie Schwalbennester hängen sie dort.«

Er verlangsamt das Tempo.

»Du hast Recht, Patrizia.« Sein Blick geht ebenfalls hinauf zu den Höhen. »Es muss eigentlich schön sein, so einsam zu leben. Siehst du dort drüben am Waldrand die Mühle, Patrizia? Wie herrlich muss es dort wohnen sein, für zwei Menschen, die einander …«

»Warum sprichst du denn nicht weiter, Peter?«

»Ja, meinst du denn, dass es das gibt? Zwei Menschen, die einander alles sind, die nur sich selber leben?«

»Ja, Peter.«

»Einmal habe ich es auch geglaubt. Aber es ist Irrsinn, so etwas zu glauben. Schwindel! Alles Schwindel!«

Darauf weiß Patrizia nun nichts zu sagen, und sie fahren wieder eine ganze Weile, ohne dass ein Wort zwischen ihnen fällt. Plötzlich sagt Patrizia:

»Vielleicht ist es doch gut, Peter, wenn du es weißt. Ich wollte gestern fortfahren, um – dich nie wieder zu sehen.«

Zittern seine Hände wirklich so sehr? Der Wagen fährt plötzlich in Schlangenlinien. Gleich darauf hat er ihn aber wieder in der Gewalt. Ohne den Kopf nach ihr zu wenden, sagt er:

»Warum wolltest du das tun? Hättest du das wirklich fertig gebracht?«

»Ich kann dir nicht sagen, wie schwer mir das geworden wäre. Aber noch schwerer wäre das andere gewesen. Viel, viel schwerer. Du weißt nämlich nicht, wie sehr ich dich liebe. Und wenn ich neben dir hätte herleben müssen, so wie es von dir geplant war, wäre ich daran zerbrochen. Ich bin nicht so stark. Ich glaube, dass keine Frau so stark sein kann.«

Jetzt schaut er sie an. »Ja, dann musst du mich aber schon sehr lieb haben, Patrizia?«

»Mehr als mich selbst.«

Beinahe wäre er in eine Schar Gänse hineingefahren, die die ganze Straßenbreite einnahmen. Weil er nun seine ganze Aufmerksamkeit auf die Straße richten muss, kann er Patrizia nicht mehr antworten.

Aber es klingt noch in seinen Ohren, dieses »Mehr als mich selbst«, als sie in Wolfach auf einer Glasveranda zu Mittag essen.

Sie sitzen sich gegenüber, und die Worte fliegen über den breiten Tisch hin und her.

»Wo wollen wir eigentlich hinfahren?«, fragt Patrizia.

»Mir egal. Mach du einen Vorschlag!«

»An den Bodensee vielleicht?«

»Gut, Bodensee.«

Gerade als Peter bezahlen will, fällt sein Blick auf einen fotokopierten Zettel, der, mit zwei Klebestreifen lieblos befestigt, in der Glasfüllung der Restauranttür hängt.

»Heute Abend gastiert in Wolfach im Saal der Gaststätte ›Schwarzer Adler‹ die beliebte Theatergruppe, Karl Lamperl. Zur Aufführung kommt ›Die steinerne Sennerin‹, ein Volksstück in drei Akten von Josef Weindl. Einlass ab 18.00 Uhr, Beginn 20.00 Uhr.«

In einem einzigen Moment können Jahre ausgewischt, kann alles, was in diesen Jahren gewesen ist, ausgelöscht sein. Peter vergisst plötzlich, dass er hier in einem kleinen Städtchen im Schwarzwald auf der Glasterrasse sitzt. Er sieht sich wieder, wie er beim Bürgermeister in Gündelsbach das Amtszimmer betritt, sieht den kleinen, dicken Karl Lamperl, der in Gündelsbach eine Vorstellung geben will. Er sieht sich dann ein paar Tage später beim Neuwirt die schmale Stiege zum Saal hinaufsteigen, wohnt der Vorstellung, unter der Türe stehend, bei. Plötzlich, in der Pause, steht dann die Fremde neben ihm und bittet ihn um Feuer – oh, er weiß alles noch so genau. Jetzt schaut er Patrizia an und sagt: »Wenn wir hier bleiben würden und uns diese Vorstellung heute Abend ansehen?«

Sie nickt und lacht. »Ja, Peter. Dasselbe habe ich auch gerade gedacht.«

»Dann stelle ich den Wagen besser auf den Parkplatz.«

Als Peter aus der Tür gegangen ist, hat auch Patrizia Zeit, ihre Gedanken zurückzuschicken zu dem Tag, an dem sie in Gündelsbach jene denkwürdige Vorstellung besuchte. Damals war sie in heftiger Leidenschaft entflammt zu einem gut gewachsenen, kräftigen, urgesunden Bauernbuben. Ein intensiver Flirt sollte es werden, vielleicht eine flüchtige Affaire. Dass dieser Bauernbub einmal der ganze Inhalt ihres Leben werden würde, hat sie nicht ahnen können.

Am Abend sitzen sie in der ersten Reihe, und als Direktor Lamperl mit dem Programm kommt, fragt Peter, ob er sich nicht mehr erinnern könne an Gündelsbach.

»Gündelsbach? O ja, gewiss, mein Herr. Vorigen Herbst waren wir erst wieder dort. Einen Augenblick, Sie sollte ich doch kennen?«

Er kann sich aber erst erinnern, als Peter ihm von der Begegnung auf dem Gemeindeamt erzählt.

Nach der Vorstellung verlassen sie sofort den Saal. Sie wollen zurück in das Hotel, in dem sie wohnen, aber sie gehen daran vorbei. Kein Wort fällt darüber.

Es ist eine wunderschöne Nacht. Hoch über den Waldbergen steht der Mond. Und die Kinzig rauscht. Schweigend gehen sie am Ufer des kleinen Flusses dahin und werfen einander flüchtige, verlegene Blicke zu.

»Wollen wir uns setzen?«, bricht Peter schließlich das Schweigen und geht auf eine Bank zu, die etwas abseits vom Wege halb versteckt zwischen Haselnussstauden durchschimmert. Er setzt sich aber nicht, sondern geht ein paar Mal vor der Bank hin und her und bleibt am Rande des Wassers, drei Meter von Patrizia entfernt, stehen. Dabei betrachtet er sie lange und schweigend. Zwischen dem Kragen des Kleides und dem schwarzen Haar schimmert der weiße Nacken, leicht gebogen, als beuge sie ihn vor dem Herrn ihres Herzens, obwohl dieser Herr anscheinend an ganz andere Dinge denkt, denn er bückt sich und wirft einen flachen Stein über das Wasser.

»Das hab ich früher gerne gemacht, als ich die Ziegen noch gehütet hab«, sagt er plötzlich. »Stundenlang hab ich mir damit die Zeit vertrieben. Ich hatte ja fast kein anderes Spielzeug als die Steine. Ja – und – ich wollte dich eigentlich etwas fragen.«

Sie hebt den Kopf, schaut hin zu ihm, wagt kaum zu atmen. Sie fühlt, jetzt kommt eine Frage, die über ihr Leben entscheidet.

»Mehr als dein Leben liebst du mich, Patrizia?«

»Ich habe es dir ja heute schon gesagt.«

»Liebst du dein Leben sehr?«

»Ja, sehr.«

Peter scharrt eine Weile verlegen mit der Fußspitze im Ufersand. Dann hebt er den Kopf und geht zu ihr hin. »Hattest du Sehnsucht, als ich fort war von dir?«

Sie antwortet nicht gleich.

»So sag es doch!«

»Ja, Peter, ich habe mich maßlos nach dir gesehnt ... ich liebe dich doch ...«

Unendlich weich klingt seine Stimme. »War das gleich von Anfang an so?«

»Wie meinst du das, Peter?«

»Ich meine, ob du mich schon anfangs lieb gewonnen hast?«

Sie fasst ihn an den Händen und zieht ihn zu sich auf die Bank.

»Als ich dich das erste Mal sah, Peter, da spürte ich, dass sich eine Wandlung in mir vollzog. Ich war durchflammt von einer Leidenschaft, die immer heftiger wurde, je kälter du zu mir warst. Du kannst nicht wissen, wie uns Frauen zumute ist, wenn wir sehen, dass unsere Gefühle nicht beachtet werden. Ich versuchte, dich zu hassen, und von diesem Augenblick an erkannte ich, dass alle Leidenschaft aus mir wie weggeblasen war und dass ich dich liebte. Wie ein Wunder kam diese Erkenntnis über mich. Ich fragte mich wohl hundertmal am Tag und öfter noch in den Nächten, ob dies die Liebe sei, in der der Sinn des ganzen Lebens besteht. Mein Herz gab mir klar und deutlich die Antwort darauf. Dann wollte ich abreisen, dich nicht mehr sehen, denn was half mir alle meine Liebe, wenn du einer Anderen gehörtest. Der Kuss auf der Wiese, das sollte die einzige Erinnerung sein, die ich mitnehmen wollte. Aber es kam dann doch anders. Am letzten Tag hat es das Schicksal gewollt, dass sich unsere Wege noch einmal kreuzten, obwohl ich es nicht wollte. Und dann kam eben alles so, wie es die Jahre her gewesen ist. Ich lebte neben dir, lebte nur mehr für dich, liebte dich von Tag zu Tag mehr, und mit jedem Tag wuchs auch mein Leid. Du wusstest nichts von den Qualen, wenn du mir erzähltest, wie sehr du Veronika liebtest, und ich erkannte dann den Sinn meines Lebens nur mehr darin, dass es nichts anderes mehr sein dürfe als ein großes Opfer. Ich wusste, dass du der schicksalhafte Gefährte bist, der den Sinn meines Lebens in Händen trägt. Vielleicht begreifst du nun, dass ich hätte fort müssen, wenn du mit der anderen gekommen warst. Ich wäre vielleicht anderswo zugrundegegangen vor lauter Sehnsucht nach dir. Aber lieber noch das, als täglich zu sterben. Und das wäre es gewesen.«

Als Patrizia schweigt, weiß Peter nicht, was er beginnen soll.

Sein Gefühl sagt ihm: Nun müsstest du sie eigentlich in die Arme nehmen und ihr vieltausendmal danken für all die Liebe, die du so wenig beachtet hast. Aber es ist da noch viel zu viel Aufruhr in seinem Herzen, und wenn er sie jetzt küssen würde, dann geschähe es nur mit den Lippen, nicht mit der Seele. Jetzt überhaupt nicht mehr, nachdem er dies alles weiß. Ganz jäh erkennt er, dass diese Frau wie ein freundliches Licht ist, das nie verlöschen wird. Er weiß aber auch, dass er Veronika nicht wird vergessen können.

Ein Auto fährt draußen auf der Straße vorüber und schickt das Licht der Scheinwerfer bis zu der verborgenen Bank herunter. Ganz hell sind plötzlich ihre Gesichter und sehr bleich. Sie sehen einander an, und da erkennt Peter erst, dass Patrizia weint.

»Du …«, sagt er erschüttert. »Du musst nicht weinen, Patrizia. Schau, es ist ja nun so vieles anders geworden. Und – weil wir nun doch schon davon reden, will ich dich fragen, ob du nicht meine Frau werden willst? Ich denke, wir müssen uns dazu nicht lange prüfen. Wir kennen uns gegenseitig gut genug, und ich habe dir auch schon öfters gesagt, dass ich ohne dich nicht sein kann und will. Freilich, über einen Punkt müssen wir uns klar sein. Du weißt, dass ich dir das noch nicht gleich geben kann, was du eigentlich beanspruchen dürftest: meine ganze, ungeteilte Liebe. Aber ich glaube, dass wir auch ohne dies gut zusammen leben werden. Du musst nur Geduld mit mir haben. Ich weiß, dass ich mit der Zeit immer mehr zu dir finden werde. Wenn du meinst, dass es geht, Patrizia, dann wollen wir auch gar nimmer lange warten.«

»Für mich gibt es kein Bedenken, Peter. Das müsstest du doch eigentlich wissen. Ich war ja so glücklich neben dir, obwohl du doch eine Andere im Herzen trugst. Und wenn die Andere auch noch in deinem Herzen ist, vielleicht für lange Zeit, so steht doch hinter meinem Glück nicht mehr der schreckliche Gedanke, dass sie eines Tages kommen könnte, um dich von mir zu nehmen …«

Patrizia birgt den Kopf an seiner Brust und verharrt dort einige Minuten ganz still.

»Für mich gab es doch seit langer Zeit nur zwei Möglichkeiten. Entweder du oder niemand.«

»Dann ist es gut«, antwortet er leise, steht auf und legt den Arm um ihre Schulter.

Die Hochzeit feiern sie drei Wochen später in aller Stille. Professor Littig und die getreue Jennifer sind die Trauzeugen. Fest und klar spricht Peter das bedeutungsvolle Ja vor dem Altar, und er ist sich dabei bewusst, dass es kein Zurück mehr gibt in das Land jener ersten Jugendträume.

Patrizia ist schöner denn je an diesem Tag. Peter betrachtet sie mit einem Gefühl des Stolzes. Es ist für ihn kaum vorstellbar, dass sie ihm nun ganz allein gehören soll und sonst niemandem auf der Welt.

Da Peter beim Gemeindeamt von Gündelsbach seine Papiere anfordern musste, spricht man auch dort über seine Hochzeit. Veronika erfährt es allerdings erst an dem Tag, an dem sie mit dem Reitenberger zum Stuhlfest geht. Sie kehren hernach beim Neuwirt ein, wo im Nebenzimmer für sie gedeckt ist. Bis das Essen kommt, blättert Veronika gelangweilt in einer Zeitschrift, einem belanglosen Blättchen der Regenbogenpresse. Plötzlich zittern ihre Hände, und ihre Augen werden starr. Ohne dass sie den Text gelesen hat, erkennt sie sofort Peters Bild. Und die Frau an seiner Seite muss wohl jene Patrizia sein, um deretwillen sie so viel gelitten hat. Die Buchstaben tanzen vor ihren Augen, als sie die Schlagzeile liest: »Tenor Peter Markus heiratet seine Managerin.«

Veronika überfliegt die ersten Zeilen und legt die Zeitung schnell beiseite, damit ihr Bräutigam das Bild nicht sehen kann.

Der Reitenberger weiß es aber schon lange. Er hat es ihr nur verschwiegen, weil er weiß, wieviel Peter Markus der Veronika einmal bedeutet hat. Er fühlt auch, dass ihre Gedanken oftmals bei dem Fernen weilen, und sie hat ihm ja auch ohne Umschweife erklärt: »Wenn du mich nehmen willst, dann musst du mich nehmen, wie ich bin, musst Geduld haben mit mir. Vielleicht kommt die Liebe noch, wie du sie verdienst. Heute kann ich dir nur versprechen, dass ich dir ein gutes und treues Weib sein will.« Vorläufig ist dies dem Reitenberger Trost genug. In acht Tagen ist die Hochzeit, und er wird sie heimführen auf seinen Hof. Sein ganzes Leben bekommt dadurch einen neuen Sinn, und wenn er tagsüber draußen auf den Weiden und Pferdekoppeln schafft, braucht er sich keine Gedanken mehr zu machen, dass ihm eine ungetreue Haushälterin Butter und Eier maust, wie es in den letzten Jahren immer gewesen ist, seit man seine Mutter hinuntertrug zum Friedhof.

Zwei Jahre versinken im Schoße der Zeit. In diesen zwei Jahren singt Peter in allen großen Opernhäusern Europas, fährt inzwischen auch einmal auf ein halbes Jahr nach Amerika und weilt nun wieder in Stuttgart.

Mit Patrizia lebt er in wunderbarer Harmonie zusammen, und nur zuweilen, wenn er ganz allein ist, denkt er noch an Veronika. Aber er wird gar nicht mehr traurig dabei. Er denkt an sie wie an einen Menschen, der Gast in seinem Herzen gewesen ist und dann fortging ohne Gruß und Dank.

Er ist glücklich geworden mit Patrizia, weit glücklicher, als er es erträumt hat. Er findet es ganz begreiflich, dass sie nach diesen zwei Jahren des unsteten Wanderns wieder einmal nach Stuttgart möchte in ihr Heim. Als sie dann am ersten Abend zu Hause am Kamin sitzen, sagt Peter:

»Von jetzt an werden wir nicht mehr so viel reisen. Warum auch diese Hast? Man gehört sich ja kaum selber, und unser Glück soll doch auch einen festen Herd haben, soll nicht in alle Winkel und Ecken der Welt getragen werden, nicht wahr, Patrizia?«

»Ja, Peterle …«

Mit einem Ruck hebt er den Kopf.

»Bitte sag nicht Peterle zu mir! Du kannst jeden Namen erfinden für mich. Nur Peterle sag nicht!«

Ein Schatten fliegt über ihr Gesicht. »Nein, Peter. Ich sag es nicht mehr, wenn du es nicht hören willst.« Plötzlich presst sie die Hand erschrocken auf ihren Leib, stöhnt leise und erblasst.

»Was ist?«, fragt er erschrocken.

Da huscht ein stilles Leuchten über ihr Gesicht, und sie nimmt seine Hand und legt sie auf die Stelle, wo die ihre soeben gelegen hat und wo zum ersten Mal ein kleines Wesen ans Tor des Lebens gepocht hat.

»Du …«, sagt er erschüttert. »Warum hast du mir das so lange verschwiegen? Jetzt weiß ich, warum es dich mit aller Kraft hierherzog.«

»Unser Kind soll nicht in irgendeinem fremden Hotel, draußen in der Welt, ins Leben treten.«

Es zwingt ihn vor ihr nieder. Aufschluchzend birgt er den Kopf in ihren Schoß.

»So viel Glück! So viel Glück!«, stammelt er immer wieder.

Ganz still lächelt sie, strahlend vor Seligkeit.

»Peter soll er heißen, unser Bub«, sagt sie leise, und er antwortet nichts mehr darauf.

Peter hat noch einen Vertrag einzuhalten für ein Vierteljahr an der Staatsoper Wien. Zum ersten Mal seit seiner Verheiratung reist er allein. Und da merkt er erst, wie sehr ihm Patrizia überall fehlt. Und er schämt sich. Wie selbstverständlich hat er in all den Jahren alles von ihr hingenommen. Es war, als hätte sie ihm seine Wünsche und Gedanken immer von den Augen abgelesen.

Aus dieser Erkenntnis heraus ruft er nicht nur täglich zu Hause an, sondern schreibt auch lange Briefe an seine Frau. Und aus jeder Zeile spricht die Sorge um sie, dass sie sich nur ja recht schonen möge. Vielleicht könnte man beizeiten auch noch ein Kindermädchen einstellen, schreibt er. Und ein andermal: »Du glaubst ja gar nicht, liebe Patrizia, wie sehr ich Sehnsucht nach dir habe. Ich wüsste nicht, was ich täte, wenn ich dich einmal nicht mehr hätte, Aber das sind ja törichte Gedanken. Wir leben ja, wollen noch recht lange leben, und mit jedem Tag wird unser Glück größer und reicher werden …«

Auf der Rückreise von Wien unterbricht er die Fahrt und macht er einen Abstecher nach Gündelsbach. Nur einen einzigen Tag hält er sich dort auf. Er will, dass seine Eltern die Kramerei aufgeben und sich ganz zur Ruhe setzen. Den Ruhestand kann er ihnen leicht finanzieren.

Peter reist von Gündelsbach ab, ohne Veronika gesehen zu haben. Beinahe hätte es aber das Schicksal doch gewollt, denn Veronika war zufällig in Ellmoos und trat, als sie den schweren Wagen mit dem Stuttgarter Kennzeichen kommen sah, in das nächstbeste Haus, um ihm nicht zu begegnen.

Denn in Ellmoos hat Peter noch etwas Wichtiges zu erledigen. Hoch oben, über der ersten Waldkuppe, von der man das ganze Gündelsbach überschauen kann, hat er ein Grundstück gekauft und verhandelt nun mit einem Architekten über den Bau einer Villa. In späteren Jahren will er mit Patrizia hierher ziehen.

Die Verträge werden schnell abgeschlossen, und Peter begibt sich unverzüglich nach Stuttgart.

Umsonst bemühen sich die Theaterintendanten, Peter Markus für ein längeres Gastspiel zu verpflichten. Er will Stuttgart nun nicht mehr verlassen, bis die Geburt seines Kindes vorüber ist. Nur Professor Littig will er keinen Korb geben und verspricht ihm, am nächsten Donnerstag in einem Opernkonzert aufzutreten.

Am Nachmittag dieses Tages begleitet ihn Patrizia noch am Flügel zu seinen Liedern, und dabei meint er:

»Wenn ich noch an das erste Konzert denke, muss ich heute lachen. Was hat sich inzwischen nicht alles verändert, sogar ich selbst. Nur du bist die Gleiche geblieben.«

»Meinst du, Peter? Manchmal kommt es mir vor, als sei ich es gar nicht mehr.«

Er schlingt den Arm um sie und drückt sein Gesicht in ihr Haar.

»Doch, doch, du bist es schon, meine Patrizia. Immer gut und lieb und still. Vielleicht ein wenig stiller als früher.«

»Das macht das Glück, Peter. Weißt du denn nicht, dass das Glück schweigsam macht?«

»Nicht jeden, nicht alle. Ich zum Beispiel möchte manchmal lachen und jubeln vor Glückseligkeit.«

»So froh bist du mit mir?«, fragt sie, lehnt das Gesicht an seinen Ärmel und schaut mit glänzenden, weit offenen Augen ins Licht.

Patrizia sitzt im Wohnzimmer unter dem milden Licht der großen Stehlampe, als Peter hereinkommt, um sich von ihr zu verabschieden.

»Ich komme sofort nach dem Konzert zurück, Patrizia. Mach's gut inzwischen!«

Gar nicht loslassen will sie heute seinen Hals. Immer wieder küsst sie ihn, bis er sich sanft von ihr frei macht und lachend sagt:

»Willst mich wohl zu spät zum Konzert kommen lassen?«

Als er schon die Tür in der Hand hat, hört er ein Stöhnen hinter sich. Mit einem Ruck dreht er sich um, schaut Patrizia in das bleiche Gesicht.

»Hast du was, Patrizia? Geht es los?«

»Nein, Peter. Geh nur! Du kannst ganz ruhig sein.«

Sie lächelt ihn tapfer an und winkt ihm zu, dass er gehen möge.

Kaum hört sie drunten den Wagen aus dem Hof

fahren, klingelt sie nach Jennifer: Die Wehen haben eingesetzt, und da Patrizia gegen den Rat ihres Frauenarztes auf einer Hausgeburt besteht, soll das Aupairmädchen nach der Hebamme rufen und den Arzt bitten, sich bereitzuhalten.

Als Peter gegen elf Uhr heimkommt, sieht er, dass das ganze Obergeschoss erhellt ist. Auch im Flur brennt das Licht, und die Haustür steht offen.

Ohne den Wagen in die Garage zu fahren, springt er die Treppen hinauf. Unter der Tür des Wohnzimmers stößt er beinahe mit Jennifer zusammen.

»Was ist denn los?« fragt er aufgeregt. »So reden Sie doch!«

Da gellt ein schriller Schrei aus dem Schlafzimmer, und Peter stürzt vorwärts. Doch gerade als er in das Zimmer treten will, kommt die Hebamme heraus. Mit nervösem Blick drängt sie ihn zur Seite.

»Sind Sie Herr Markus?«

Peter nickt.

»Bitte rufen Sie sofort den Notarzt! Doktor Müller ist zwar schon bei Ihrer Frau, aber es gibt Komplikationen.«

Peter verliert alle Farbe und zittert.

»Ist Gefahr ...?«

»Noch nicht unmittelbar.«

Minuten später trifft der Notarztwagen ein. Der Arzt und die Sanitäter hasten die Treppe empor, in den Händen Geräte, deren Zweck Peter nicht kennt und die ihn in Schrecken versetzen. Peter wartet in fiebernder Aufregung draußen auf der Galerie. Die Minuten erscheinen ihm wie Stunden. Endlich, nach fast einer halben Stunde, eilen die Sanitäter mit ihrer Trage hastig die Treppe hinunter. Pater kann nur ahnen, dass es wirklich Patrizia ist, denn ihr Gesicht ist unter einer großen Sauerstoffmaske verborgen. Der Notarzt läuft neben der Trage her und trägt eine

Flasche in der Hand, die durch einen Schlauch mit einer Nadel in Patrizias Arm verbunden ist. Die Türen des Wagens schlagen zu, grell flammt das Blaulicht auf, und mit gellendem Martinshorn und quietschenden Reifen fährt der Rettungswagen aus der Einfahrt auf die Straße.

Peter gerät zunehmend in Panik. Wohin werden sie Patrizia bringen? Notarzt und Sanitäter schienen in fieberhafter Eile, hatten keinen Blick für ihn und kein Wort. Er sucht nach seinem Autoschlüssel und findet ihn nicht. Schließlich erscheinen Dr. Müller und die Hebamme mit betretenen Gesichtern. Der alte Arzt öffnet den Mund und schließt ihn wieder. Schließlich stößt er hervor: »In die Universitätsklinik! Sie bringen sie in die Universitätsklinik. Wir hatten keine Chance. Das Kind muss seit Stunden …«

Den Rest seiner Rede hört Peter nicht mehr. Plötzlich hält er den Autoschlüssel in der Hand – wahrscheinlich hatte er sich auch die ganze Zeit über dort befunden. Er dreht sich um und läuft die Freitreppe hinunter zu seinem Auto. Wie in Trance findet er den Weg zur Universitätsklinik. Achtlos lässt er das Auto irgendwo im Halteverbot stehen und hastet zur Pforte. Der Portier schaut ihn an wie ein Gespenst. Es kommt nicht alle Tage vor, dass ihn ein Verrückter in Frack und weißer Weste bedrängt, er möge ihn zu seiner Frau lassen. Schließlich hat er aus Peters Gestammel herausgehört, dass er wohl am besten in der Notaufnahme nachfragt. Peter kann nicht verstehen, was gesprochen wird, aber er hat den Eindruck, dass die Miene des Mannes ernst ist und mitleidig, als er schließlich aus seiner Kabine auf ihn zutritt und mit sanfter Stimme fragt, ob er Peter Markus sei.

»Bitte nehmen Sie Platz, Herr Markus. Wir müssen Sie noch um ein paar Minuten Geduld bitten, dann können Sie den Stationsarzt sprechen.«

Wieder vergehen endlose Minuten. Peter sitzt auf einem jener typischen kalten Kunstlederstühle und greift mechanisch nach einer Zeitung, die auf dem Nachbarstuhl liegt. Es ist bereits die Morgenausgabe, und es war wohl ein Patient, der sie hat liegen lassen, kurz bevor Peter kam.

Vor Müdigkeit fallen ihm die Augen zu. Er sucht im Feuilleton nach der Kritik des gestrigen Konzertes, liest flüchtig:

»Wohl selten hat eine Stimme bei aller heldischen Färbung eine solch ausgeprägte Weichheit, eine so mühelos beherrschte Spannweite und eine so ursprünglich musikalische Führung …«

Peter wirft die Zeitung beiseite und starrt mit leerem Blick an die Decke. Schließlich öffnet sich irgendwo eine Türe. Peter hört die nahenden Schritte, und als er sich umwendet, stehen zwei Ärzte vor ihm.

»Sturm«, stellt sich der Ältere der beiden vor. »Ich bin der wachhabende Oberarzt. Es tut uns sehr Leid, Herr Markus, dass wir Ihnen eine traurige Mitteilung machen müssen.«

Peter reißt den Kopf in die Höhe.

»Bitte, Herr Doktor, so reden Sie doch! Ist etwas mit dem Kind?«

»Mutter und Kind sind beide tot«, sagt der andere Arzt. »Das Kind muss kurz vor der Geburt gestorben sein. Ihre Frau starb an Herzversagen. Ich darf Ihnen versichern, dass wir getan haben, was in unserer Macht lag. Die Autopsie wird zeigen, ob andere Ursachen vorlagen, vielleicht ein unerkannter Herzfehler.«

Peters Gesicht wird erdfahl. Er muss einen Moment die Augen schließen, legt den Kopf zurück. Ein Ton wie der eines todwunden Tieres kommt über seinen Mund. Einen Augenblick sieht er aus, als wolle er vornüberstürzen. Aber da richtet er sich schon wieder auf. Sein Blick hat etwas geradezu Grauenhaftes.

Ganz langsam geht er bis zur Wand hin und legt den Kopf daran, bleibt unbeweglich eine Weile stehen. Doktor Sturm will schon auf ihn zugehen, da dreht sich Peter um und verbeugt sich knapp:

»Ich danke Ihnen, meine Herren. Darf ich meine Frau noch einmal sehen?«

Wortlos gehen die beiden Ärzte voran, und Peter folgt ihnen. Was sollen sie auch sagen? Für sie ist die Begegnung mit dem Tod ebenso Routine wie die Händedrücke und Beileidsbezeugungen. Und doch geht ihnen das Sterben dieser jungen Frau nahe, leiden sie darunter, dass sie kein Mittel fanden, diesen Tod zu verhindern.

Der Mensch wird größer an seinem Schicksal, selbst wenn es zu einem ganz schweren Schlag ausholt. In Peters Seele vollzieht sich ein Vorgang, der ihm so vorkommt, als würde sein Gefühl in eine Kapsel geschlossen. Das hemmt sogar den Lauf der Gedanken.

In diesem Zustand tritt er leise in das Sterbezimmer. Regungslos steht er vor Patrizia und fasst ihre kalte Hand.

Gestern war diese Hand noch so lebenswarm, hat dieser Mund ihn noch geküsst, haben ihre Augen ihn angestrahlt, und nun sind sie geschlossen. Nur unter den Lidern ist ein ganz schmaler Spalt, und Peter ist es, als blicke er durch diesen Spalt tief hinein in den Abgrund des Todes.

»Ich habe dich geliebt«, spricht er leise in das wächserne Gesicht hinein, aus dem ein tiefer Frieden spricht. »Aber ich habe dich viel zu wenig geliebt, Patrizia. Viel mehr Liebe hättest du verdient.«

Es ist ihm zumute, als würde ihm die Brust springen. Und trotzdem kann er nicht weinen.

Irgendwann stehen die beiden Ärzte wieder neben ihm. Er empfängt zwei Händedrücke und leises Beileidsgemurmel, empfindet sie kaum. Ja, es ist, als sei alles in ihm empfindungslos geworden in den letzten Minuten, in denen er ganz die fünf grausamen Worte begreift: »Mutter und Kind, beide tot.«

Doktor Sturm fragt zuvorkommend, ob er ein Taxi rufen solle.

»Sehr liebenswürdig, Herr Doktor. Ich habe mein Auto unten stehen.«

Peter weiß nicht, wie er durch dieses Labyrinth an Gängen den Ausgang findet. Auch sein Wagen steht noch da. Er greift zum Autotelefon und wählt die Nummer von Professor Littig. Wen soll er auch anrufen? Er kennt doch sonst niemanden in dieser großen, kalten Stadt.

Professor Littig kommt, selbst tief betroffen, sofort zu Patrizias Villa, um zu trösten. Peter winkt mit einer müden Bewegung ab.

»Mir hilft kein Trost, Professor, denn mir ist mit Patrizia mehr gestorben als die Frau.«

Sie besprechen sofort alles Notwendige, und es geht dann sehr schnell. Der Vertreter des Bestattungsinstituts kommt, der Sarg und die Ausstattung. Dass Patrizia neben ihren Eltern im Familiengrab ruhen wird, bedarf keiner Erörterung, und am Abend liegt sie schon draußen auf dem Friedhof in der Leichenhalle, aufgebahrt unter einem Meer von Blumen und Kränzen.

Peter kann selbst am dritten Tag noch nicht weinen, als man Patrizia und das Kind in die Erde senkt. Nein, er kann einfach nicht weinen. Es ist, als sei alles Leben in ihm gestorben. Als man ihm die Schaufel in die Hand drückt, muss er sich darauf stützen. So steht er einen Augenblick, mit schmerzverzerrten Zügen, und er stöhnt auf, wilder und schmerzlicher noch als vor drei Tagen, als er die kurzen, niederschmetternden Worte vernahm: »Mutter und Kind, beide tot.«

Nach der Beerdigung verlässt Peter in Begleitung Professor Littigs sofort den Friedhof.

»Wollen Sie nicht mit mir kommen, Herr Markus? Sie sollten jetzt nicht allein sein«, meint der Professor.

»Doch, doch. Ich muss allein sein«, antwortet Peter. »Es liegt so vieles vor mir, mit dem – ich fertig werden muss. Da kann mir niemand helfen.«

Es ist aber auch daheim nicht auszuhalten. Auf Schritt und Tritt begegnet ihm die Tote. Er drückt das Gesicht in ihre Kleider, streicht mit zitternden Fingern über den Stoff und kehrt dann wieder ins Wohnzimmer zurück.

Es dämmert, aber er macht kein Licht, sondern setzt sich in die Fensternische und stützt den Kopf in die Hände. Da sieht er Patrizia wieder vor dem Flügel sitzen. Er sieht nur den Umriss im dunkelnden Licht, die Neigung der Stirn und der Schultern, die Bewegung ihrer Hände, die über die Tasten gleiten. Ihm ist, als müsse der Flügel aufrauschen und tonflutend das ganze Zimmer erfüllen. Kein Klang … Totenstill ist es im ganzen Haus. Ja, und nun bewegen sich die dunklen Umrisse auf ihn zu – langsam und ganz still, auf unheimlich leisen Sohlen. Nun kann er das ganze Gesicht betrachten. Der Mund öffnet sich.

»Das macht das Glück, Peter. Weißt du denn nicht, dass das Glück schweigsam macht?«

Ganz deutlich hört er es Patrizia sagen, und dann sieht er sie wieder langsam von sich weggleiten, zurück in das Dunkel, aus dem sie gekommen.

Die Köchin Uschi kommt und bringt das Essen. Sie sagt: »Herr Markus, Sie müssen nun endlich was zu sich nehmen.« Es ist Bitte und Befehl zugleich.

Peter antwortet nicht, nimmt nach einer Weile seinen Mantel und verlässt das Haus.

Wie ein kaltes Gewölbe tut sich die Nacht vor ihm auf. Er geht auf einsamen, stillen Wegen, die von keinem Licht erhellt sind. So dunkel ist die Nacht, dass er kaum die Hand vor den Augen sieht. Nichts als eine schwarze Wand ist da, die sich aber lautlos vor ihm teilt.

Man müsste eigentlich so in der Dunkelheit irgendwo hinunterstürzen, denkt er unvermittelt. Aber da ist ihm plötzlich, als sei Patrizias helles, liebevolles Gesicht neben ihm, und ganz warm ist der Hauch, der aus ihrem Munde kommt, als sie spricht:

»So darfst du nicht denken, Peter. Ich bin nur dir allein gestorben. Du aber würdest vielen Tausenden sterben. Für die alle musst du leben. – Und – ich bin ja auch gar nicht von dir fortgegangen, lieber Peter. Ich werde immer in dir wohnen …«

Spät in der Nacht kehrt Peter in das Haus zurück. Nie zuvor hat er in Patrizias kleinem Schreibtisch gekramt. In dieser Nacht tut er es. Und da findet er einen Brief. Aufmerksam beginnt er zu lesen:

»Sehr geehrte Frau Ahrends!

Haben Sie vielen herzlichen Dank für Ihre freundlichen Zeilen aus Berlin. Es erfüllt mich mit dem gleichen Stolz wie Sie, dass Ihr Schützling Erfolg um Erfolg erntet. Für Sie muss es ja eine ganz große und tiefe Freude sein, denn Sie erleben nun, dass Ihre großen Opfer nicht umsonst gewesen sind. Wenn ich Ihnen einen Rat geben darf, so lassen Sie Herrn Markus auch weiterhin nicht wissen, dass sein Studium bei mir von Ihnen bezahlt worden ist. Sie kennen ja seine Empfindlichkeit und seinen Stolz ebenso gut wie ich.

Was soll ich Ihnen sonst noch sagen? Sie werden sehr viel von der Welt zu sehen bekommen, wenn Sie Peter Markus weiter auf seinen Reisen begleiten. Und ich möchte Ihnen beinahe raten, dies zu tun, denn bei aller Selbstsicherheit, die in dem jungen Mann steckt, kam es mir öfters so vor, als brauche er Sie mehr als irgendeinen anderen Menschen auf der Welt.

Ich brauche Ihnen nicht zu versichern, dass es mich stets freuen wird, von Ihnen zu hören. Für heute verbleibe ich mit den besten Wünschen Ihr ergebener Werner Littig.«

Bei der Nachricht vom Tode Patrizias hat Peter nicht geweint und auch nicht bei der Beerdigung. Nun aber, nach dem Lesen dieses Briefes, in dem plötzlichen Wissen um die vielen großen Opfer, die Patrizia ihm gebracht hat, überfällt ihn eine ungeheure, tiefe Erschütterung.

»Wie musst du mich geliebt haben, Patrizia! Kann es denn möglich sein, dass jemals eine Frau einen Mann so geliebt hat wie du mich? Ach, Patrizia! Patrizia! Patrizia!«

Wild aufschluchzend wirft er sich auf den Schreibtisch und weint hemmungslos.

Es graut schon der Morgen, als er endlich seine Fassung wieder findet.

Als kurz darauf Jennifer und die Köchin das Zimmer betreten, bleiben sie erschrocken auf der Schwelle stehen und starren in sein Gesicht.

Aus dem Fünfundzwanzigjährigen ist in dieser Nacht ein Vierziger geworden.

»Ich verreise heute noch«, sagt er mit brüchiger Stimme. »Haltet das Haus gut in Ordnung! Wann ich zurückkomme, weiß ich noch nicht. Es kann eine Weile dauern. Euer Gehalt wird euch per Dauerauftrag überwiesen, es sei denn, dass ihr nicht hier bleiben wollt. Dann sagt es bitte gleich!«

Die Vorbereitungen zur Reise sind schnell getroffen. Da die Köchin, Jennifer und der alte Gärtner bleiben, weiß er das Haus in guten Händen, und gegen

Mittag fährt er mit drei großen Koffern im Gepäckraum des Wagens in Richtung Frankfurt davon. Da er keine bestimmte Adresse angibt, schickt Jennifer einen Brief aus Gündelsbach, der am Nachmittag dieses Tages ankommt, mit einem entsprechenden Vermerk wieder zurück an die Absenderin Ulrike Markus.

In diesem Brief berichtet ihm die Stiefmutter unter anderem, dass sie und der Vater im Frühjahr in das neue Haus einziehen werden, weil der Stefan ja bis dorthin zu heiraten gedenkt und die Kramerei übernehmen wird. Ferner sei vor ein paar Tagen ein grässliches Unglück geschehen: Der Reitenberger ist beim Holzen von einem stürzenden Baumstamm so unglücklich getroffen worden, dass man an seinem Aufkommen zweifle.

Es ist die sechste Stunde eines Frühlingstages. Auf dem Reitenbergerhof stehen die Gespanne bereit zur Ausfahrt. Schon liegen die Säcke mit dem Saatgut auf dem Wagen, ist die Sämaschine an den zweiten Traktor montiert.

Veronika steht unter der Türe, Schatten unter den Augen, einen schmerzlichen Zug um den Mund. Es war eine schlimme Nacht. Der Pfarrer musste geholt werden, der Arzt ist erst vor einer halben Stunde fort. »Lungenentzündung«, hat er mit bedenklicher Miene gesagt. Nun aber liegt der Reitenberger ganz ruhig droben in der Kammer in einem wohl tuenden Schlaf.

Dass ein Mensch überhaupt so viel aushalten kann? Damals, als man ihn aus dem Wald heraustrug, während auf dem Almboden schon der Rettungshubschrauber wartete, glaubte man ihn bereits tot. Schädelbrüche und schwerste Wirbelsäulenverletzungen lautete die erste Diagnose des Notarztes. Fast eine halbe Stunde hat es gedauert, bis er den klinisch Toten mit geduldigen Herzmassagen und künstlicher Beatmung wieder ins Leben zurück gerufen hat. Man flog ihn dann in jenes Münchener Großklinikum, das sich auf die Behandlung schwerster Unfallverletzungen spezialisiert hat.

Wie in Trance hatte Veronika an jenem Tag die Pferde versorgt und war dann mit dem Auto in die Stadt gefahren, um nach ihrem Mann zu sehen. Vier Stunden hatte sie mit dem Rosenkranz in der Hand geduldig gewartet, bis man den Reitenberger endlich aus dem Operationssaal schob. Eine weitere Ewigkeit hatte es gedauert, ehe sich der Chefarzt dann endlich ein paar Minuten Zeit für sie genommen hatte. Dann war er vor ihr gestanden, noch im grünen Operationskittel, und hatte ihr ohne jede Vorbereitung die grausame Wahrheit ins Gesicht gesagt, ganz sachlich und ohne jede Bewegung: »Sie sind Frau Reitenberger? Ich kann Ihnen keine großen Hoffnungen machen. Wir mussten Ihrem Mann eine künstliche Schädeldecke aus Metall einsetzen. Damit er keine unerträglichen Schmerzen leiden muss, werden wir ihn nach der Narkose ins künstliche Koma versetzen. Wenn er die nächsten beiden Tage übersteht, hat er gewisse Überlebenschancen. Aber er wird nie wieder der Alte. Die Wirbelsäulenverletzungen werden auf jeden Fall Lähmungen zur Folge haben – in welchem Ausmaß, können wir nur abwarten.«

Nach diesen Worten hatte er ihr kurz zugenickt und sie dann stehen lassen mit ihrer Verwirrung und Verzweiflung. Eine freundliche Krankenschwester hatte sie dann zum Ausgang geführt, da sie sich in diesem Labyrinth von Gängen nie zurechtgefunden hätte. Wie in Trance war sie nach Hause gefahren und hatte sich dabei immer wieder gefragt, wie es nun weiter gehen solle. Gewiss, sie kannte sich aus mit Pferden, aber den großen Reiterhof, der in den vergangenen Monaten einen in dieser Form nie erwarteten Aufschwung genommen hatte, allein bewirtschaften – das ging weit über ihre Kräfte.

Aber die vergangenen Jahre haben Veronika hart gemacht Sie hat das Auto abgestellt, zur Mistgabel gegriffen und entschlossen damit begonnen, die Boxen der Pferde auszumisten. Und unter der Arbeit hat sie wieder Mut gefasst – bis sie versuchte, Amigo zu versorgen.

Amigo ist ein dicker Haflingerhengst, der von seinen Besitzern ziemlich vernachlässigt wird. Zwar hat er auf dem Reitenbergerhof ein wenig Auslauf in der Koppel, aber Amigo will geritten und, vor allem, erzogen werden. Und das tut keiner. Als Veronika die Box betritt, macht Amigo einen Schritt nach hinten, presst sie mit seinem dicken Hinterteil gegen die Wand, dass ihr die Luft wegbleibt, trabt aus dem Stall und macht sich über die Felder davon. Keuchend und unter heftigen Schmerzen will ihm Veronika nachlaufen. Dabei übersieht sie die auf dem Boden liegende Mistgabel und fällt krachend auf den Betonboden. Nun ist es vorbei mit ihrer Kraft und mit ihrer Beherrschung. Sie bricht in Tränen aus und kann nicht mehr aufhören zu weinen.

So findet sie Manuela. Ihr gehört Neptun, ein rabenschwarzer Wallach, das schönste und beste Pferd auf dem Reiterhof. Kein Wunder, denn Manuela widmet dem Tier den größten Teil ihrer ohnehin üppigen Freizeit. Sie ist die einzige Tochter eines wohlhabenden Arztes aus München und studiert eigentlich Kunstgeschichte. Aber da sie ihr Studium ziemlich locker sieht, ist sie die meiste Zeit draußen auf dem Reiterhof. Vor allem aber ist Manuela eine gute, mitleidige Seele. Und so hört sie sich nicht nur geduldig Veronikas schluchzend gestammelte Leidensgeschichte an, sondern beschließt spontan, eine Weile auf dem Ponyhof zu bleiben, um zu helfen. Seitdem versorgen die beiden jungen Frauen den Hof, und sie machen ihre Sache gut.

Veronika hat wenig Zeit, an ihren Mann zu denken. Nur am Sonntagabend, wenn die Gäste nach Hause gefahren sind, setzt sie sich ins Auto, um den Wast zu besuchen. Der hat die Operation und das künstliche Koma überstanden, aber die Befürchtungen des Chefarztes haben sich in vollem Umfang bestätigt: Der Reitenberger ist querschnittsgelähmt – vom Hals abwärts, und nur den Kopf und die linke Hand kann er noch ein wenig bewegen. Es ist erst zwei Wochen her, da hat sie seinem Drängen nachgegeben und ihn nach Hause geholt – gegen den Rat der Ärzte, die sich für die Unterbringung in einem Pflegeheim ausgesprochen hatten.

Der Acker liegt weit droben, und es dauert fast eine Viertelstunde, bis sie dort ankommen. »Ich müsste ein Kind haben«, denkt Veronika, während die Maschine ihre Bahn über den Acker zieht. Man könnte dann so manches leichter tragen, zum Beispiel dass man nie glücklich war. Nein, das große Glück hat sie nicht erwartet. Nur Ruhe und Geborgenheit hat sie finden wollen an der Seite dieses Mannes. Und das ist ihr auch in reichem Maße zuteil geworden – weniger durch den Mann als vielleicht durch die vielen Pflichten und Sorgen, die ihr obliegen auf dem großen Hof. Wenn man am Abend todmüde den Feierabend empfängt, dann sind auch die vielen Gedanken, die man tagsüber hatte, müde geworden, und man kann sich schlafen legen, ohne vorher noch stundenlang an den Menschen zu denken, der einmal Sinn des Daseins gewesen ist. Augenblicke sind es vielleicht nur, dass Veronika an Peter denkt, wenn der Reitenberger sie in die Arme nimmt. Sie hätte sich in die Erde verkriechen mögen, weil sie nichts hat zurückgeben können von den Zärtlichkeiten, mit denen sie der Reitenberger überschüttet. Manchmal war es so, dass sie diese Zärtlichkeiten nur hat dulden können in der Erinnerung an ihre Vergangenheit. Aber der Reitenberger wird ihr keine Zärtlichkeiten mehr geben können.

Hoch steht die Sonne schon. Die beiden Frauen füllen gerade Saatgut nach, da kommt vom Dorf herauf ein dünner, wehmütiger Klang.

Veronika hält mit einem Ruck inne. Immer noch tönt die Glocke. Und dann sieht man auch schon eine der Nachbarinnen vom Hof heraufkommen. Veronika lässt die Maschinen stehen und geht den Berg hinunter. Ganz still ist es auf dem Hof. Sogar die Hühner haben zu gackern aufgehört, und die Schwalben sitzen geduckt in ihren Nestern und geben keinen Laut von sich, als wüssten sie, dass der Tod Einkehr gehalten hat auf dem Hof.

Ohne mit dem Arzt und den Nachbarinnen ein Wort zu wechseln, steigt Veronika die Treppe hinauf und betritt das Zimmer, schließt die Tür hinter sich zu und bleibt drei Schritte vor dem Toten stehen, die Hände gefaltet, den Blick auf sein Gesicht gerichtet.

Und nun plötzlich weint sie laut auf. Begreift sie denn jetzt erst, was geschehen ist? Nein, sie hat es ja auf dem ganzen Weg schon gewusst, hat es schon gefühlt beim ersten blechernen Klang des Sterbeglöckleins. Soll ihr nun zeitlebens das versagt sein, was selbst der ärmsten Frau in der kleinsten Hütte ihr Eigen nennen kann, das Glück der Mutterschaft?

Dies ist es auch, warum sie drei Tage später am Grabe so erschüttert weint. Die Leute aber sagen:

»Sie muss ihn doch arg gern gehabt haben. Wer hätt das geglaubt, dass die Veronika so weinen kann!«

Nach der Beerdigung sammelt sich die ganze Verwandtschaft auf dem Hof. Ein Vetter des Verstorbenen fragt Veronika, ob er ihr seinen Sohn zur Hilfe schicken soll, denn eine Frau, und noch dazu eine so junge Frau, könne doch schwerlich einem so großen Hof vorstehen.

»Nein«, sagt Veronika kurz und abweisend. »Ich brauche niemanden.«

Damit verlässt sie die Stube und geht langsam über den Hof zu den Wiesen hinaus. Sie weiß eigentlich nicht, wohin sie will. Nur fort von der schwatzenden Gesellschaft da drinnen. Denn das ganze Beileid, das man ihr bekundet, ist nichts als Lüge und versteckte Spekulation. Wie haben sie damals geschrien, als sie der Reitenberger zu seiner Bäuerin nahm! Eine, die gesessen hat? So eine Blamage! Und heute?

Oh, Veronika weiß es genau, was sie wollen. Aber sie sollen sich alle irren, die da glauben, dass sie nicht fähig wäre, allein den Hof zu bewirtschaften. Im Notfall würde ihr ja der Vater oder der Bruder mit Rat und Tat zur Seite stehen. Nein, sie hat nichts eingebüßt von ihrem Willen, ihrer Kraft und ihrer Energie.

Mit umwölkter Stirn steht die junge Witwe auf dem Hügel im vollen Licht der sinkenden Sonne, sinnt und sinnt. Sie schaut hinüber zum Leitnerhof, der auf dem anderen Hügel steht, sieht sich als junges Mädchen den Hang heruntersausen, sieht sich in der Dämmerung bei der Hollerstaude stehen, mit klopfendem Herzen, bis ein junger, starker Bursch aus der Dämmerung heraustritt und sie in seine Arme nimmt.

Ach, ja! Wie lang ist das schon her! Und nun zieht dieser Eine ganz allein durch die Welt, denn ihm ist die Frau gestorben. Wie ausgleichend das Schicksal doch seine Schläge austeilt!

Die Sonne ist nun hinter den Bergen verschwunden. Die Abendglocke tönt vom Dorf herauf, und jenseits des Hügels hört man, wie die Verwandten heimfahren.

Veronika geht wieder nach dem Hof zurück. Sie muss wohl nach dem Rechten sehen, ob die Pferde Futter haben. Und morgen tritt der Werktag wieder in seine Rechte. Werktage sind Tage des Lebens. Breit sind sie, bleiern, pflichtheischend. Aber sie erfüllen ja auch einen tiefen Sinn des Daseins.

Peter und Veronika begegnen sich zwei Jahre später zum ersten Male wieder. Und sie gehen aneinander vorüber wie zwei Fremde, die sich nie gesehen. Veronika hat schon gehört, dass Peter Markus in die Heimat zurückgekehrt ist und den ganzen Sommer bleiben will. Bei dieser Nachricht wurde sie ein wenig aus ihrer steinernen Ruhe gerissen: »Werde ich ihm begegnen?«, fragt sie sich. »Wie wird es sein?«

Und nun ist diese Begegnung vorbei. Sie geschah im Abendrot auf dem schmalen Weg, der neben dem Bach dahinläuft und erst kurz vor Gündelsbach auf die Hauptstraße einmündet.

Es mag sein, dass er sie im ersten Augenblick nicht erkannt hat, denn er blickte sie an und ließ sie dann an sich vorübergehen. Später, viel später erst wandte Veronika sich um, und da stand er immer noch wie angewurzelt auf dem gleichen Platz und sah ihr nach.

Der Mond scheint hell durch das Fenster, und Veronika wandert mit bloßen Füßen durch das Zimmer, bleibt zuweilen vor dem Fenster stehen und schaut hinüber zum Wald, wo in der Markus-Villa das Erkerfenster erhellt ist, obwohl es schon lange Mitternacht geschlagen hat.

Wie kann es nur möglich sein, dass nun alles plötzlich in ihr aufgewühlt und zerrissen ist? In den zwei Jahren ihrer Witwenschaft ist nichts so über sie hergefallen wie heute diese Begegnung. Aber sie ist nur erschrocken, weil sie plötzlich eine Saite in ihrem

Herzen aufklingen hörte, als hätte ein unsichtbarer Finger daran gerissen. Sie hat wohl manchmal an Peter Markus denken müssen, sein Gesicht ist zuweilen vor ihr aufgestiegen. Aber dann hat sich gleich ein anderes Gesicht dazugesellt, das ihres verstorbenen Mannes. Und die beiden Gesichter sind dann in eines verschwommen und wieder fortgegangen.

Am anderen Morgen ist Veronika wie zerschlagen. Sie macht sich nun nichts mehr vor. Ihr Frieden ist dahin. Sie wirft in den Boxen den Pferden Futter vor und schaut hinüber zur Villa. Sie arbeitet auf der Koppel und schaut hinüber zur Villa. Sie schließt am Abend todmüde die Haustür und wirft nochmals einen letzten Blick hinüber zu dem weißen Haus, das sich aus dem dunklen Grün des Waldes heraushebt. Das hat sie früher niemals getan, obwohl die Villa nun schon fast drei Jahre drüben auf dem Hügel steht.

Am Sonntag macht sie sich gleich nach dem Essen auf, um wieder einmal auf die Alm zu gehen. Hinauf, will sie zu den Höhen, um ein wenig zur Ruhe zu kommen.

Mit dem Reiterhof haben sie keine Verwendung mehr für die Reitenberger Alm, und sie liegt eigentlich in einer ganz anderen Richtung als die Büchleralm. Dennoch scheut Veronika den Weg über die Brachwände nicht und trifft um die vierte Nachmittagsstunde auf der Büchleralm ein. Es ist ihr nicht klar, was sie hier will. Ach, es ist ihr auf einmal so vieles nicht mehr klar. Sie sitzt vor der Hütte und schaut den Hang hinauf. Tina, die nun als Sennerin den Sommer verbringt, bringt ihr Milch, Butter und Brot.

Wie oft hat sie hier auf der Schwelle gesessen mit dem Huisen Lenz. Der arme Teufel! So gerne hätte sie ihn auf ihren Hof genommen, als er aus dem Gefängnis herauskam, damit er einen ruhigen, gesicherten Lebensabend hat. Aber er hat eine viel verlässlichere

Ruhe gefunden, eine Ruhe, die durch nichts mehr gestört wird. Ein Rosenstock blüht auf seinem Grab, das Veronika in peinlicher Ordnung hält.

»Bleibst noch länger da?«, fragt Tina in das Schweigen hinein. »Ich muss jetzt zum Melken gehn.«

»Geh nur«, sagt Veronika. Und dann grübelt sie wieder vor sich hin. Dummheit! Sie hat ihr Herz in Sonnennähe bringen wollen und nun sitzt sie hier und quält sich mit den Gedanken ab.

Der Brunnen plätschert. Immer noch rauscht er das gleiche Lied. Dort – ja, dort beim Brunnen ist es gewesen, dass sie vor Peter hintrat mit dem beglückenden, herrlichen Gefühl, dass er ihr allein gehöre.

Veronika spürt, wie eine brennende Röte über ihr Gesicht geht. Energisch steht sie auf, streift sich das Gras von der Hose und greift nach dem Rucksack.

Heimwärts will sie den Schritt lenken. Den festen Willen hat sie dazu. Aber sie kommt vom Weg ab, steigt über gefällte Bäume, geht durch den schattigen, traumstillen Tannenwald und steht dann plötzlich vor einer kleinen, verfallenen Hütte aus Rinde und Moos, will aufschreien und hat keinen Laut in der Kehle, starrt nur auf den Mann, der dort am Stamm eines Baumes lehnt und die Fäuste in den Taschen seiner Lederhose vergräbt. Peter Markus ist nicht minder erschrocken. Auch ihn hat es heute in die Berge getrieben, nur von dem einen Wunsch beseelt, die alten, vertrauten Wege wieder einmal zu gehen.

Kann es denn wirklich so schwer sein, in solch schicksalsschweren Minuten nur ein einziges Wörtlein zu finden, das den Bann bricht! Nicht einmal ihren Namen kann er sagen. Erst als sie sich schweigend abwendet, stößt er hervor.

»Bleib doch, Veronika!«

Sie bleibt halb abgewendet stehen und schaut in sein Gesicht, ganz ruhig, so, wie man eine Landschaft betrachtet. Und da sieht sie etwas sehr Seltsames an diesem Siebenundzwanzigjährigen. An beiden Schläfen schimmert sein Haar silbergrau.

In Veronika wallt etwas hoch, etwas, das ihr sehr weh tut. »Wie muss er diese Frau geliebt haben, dass ihn das Leid um sie ergrauen lässt?«, muss sie denken.

Aber je länger sie ihn betrachtet, desto mehr vergisst sie, was geschehen ist. Er steht vor ihr, wie er hundertmal vor ihr gestanden hat, in seiner kleidsamen Hochlandtracht mit braun gebranntem Gesicht. Alles, was gewesen ist, stürzt in einen Strudel, und alles andere, ihre Gedanken, ihr Herzschlag, ist nun klar und ohne Geheimnis.

»Dass wir uns gerade hier begegnen müssen«, sagt sie endlich.

»Ich bin sehr froh, dass es hier ist«, antwortet er. »Es ist seltsam, dass es die Menschen immer wieder dorthin zieht, wo sie einmal glücklich gewesen sind.«

»Ach ...«, sagt sie plötzlich sehr heftig. »Ich bin ja nicht mehr die Veronika, die du gekannt hast!«

»Wir sind wohl beide nicht mehr das, was wir waren, Veronika. Aber das ist nur, weil wir aneinander vorbei gegangen sind. Wir hätten erkennen sollen, dass jeder von uns des anderen Schicksal ist.«

»Sprich dich doch nicht schuldig, Peter! Ich allein bin schuld an allem. Das erkenne ich jetzt ganz klar. Aber wollen wir nicht lieber davon schweigen? Es hat keinen Sinn, dass wir uns mit der Vergangenheit quälen!«

Es geschieht aber noch sehr oft im Laufe des Abends, dass sie die Vergangenheit wachrufen.

Zuerst sitzen sie auf der Zanglerplatte im Purpurglanz der niedergehenden Sonne. Peter erzählt von seinen Reisen, seinen Konzerten, von seiner Ehe mit Patrizia. Und sonderbar, je mehr er ihr von Patrizia erzählt, von ihrer selbstlosen, aufopfernden Liebe, desto mehr schwindet aller Groll dahin, den Veronika gegen diese Frau immer gehegt hat.

»Ich bin gar nichts gegen sie«, sagt sie erschüttert. »Das muss eine wunderbare Frau gewesen sein.«

Als sie dann in der Dämmerung heimwärts wandern, erzählt er immer nur von Patrizia. Veronika bittet ihn darum. Als er aber dann einmal sagt: »Nun erzähl auch du mir aus deinem Leben«, da meint sie:

»Erspar mir das! Er war gut zu mir, mein Mann. Warum sollst du mehr wissen?«

Nein, er will nicht mehr wissen. Es ist auf ihn schon zu viel eingestürmt an diesem Tag. Er kann es ja kaum fassen, dass er neben ihr geht, an seinem Haus vorbei, den Weg zum Reitenbergerhof hinauf.

Auf halbem Weg begegnet ihnen der Würmseer Andi. Der starrt sie wie entgeistert an und bringt kein Wort heraus. Auch die beiden gehen wortlos an ihm vorüber.

»Ist er immer noch verliebt in dich?«, fragt Peter, und es ist das erste Mal, dass Veronika ihn lächeln sieht.

»Ja«, sagt sie, »jetzt kennt er mich auf einmal wieder. Damals aber, als ich eingesperrt war, hat er gesagt, dass er keinen Charakter haben müsst, wenn er mich nochmals anreden tät.«

Da sind sie nun vor dem Reitenbergerhof angekommen. Peter will sich verabschieden, aber sie sagt:

»Setzen wir uns dort auf die Bank! Die Nacht ist so schön!«

Ja, schön ist die Nacht. Millionenfach glühen die Sterne am Himmel. Von fern her hört man den Gesang einer hellen Mädchenstimme, dann ein unterdrücktes glückliches Lachen.

Die beiden Menschen sitzen ganz still, halten sich bei den Händen und wundern sich, dass das Leben noch einmal eine solche Stunde für sie hat.

Und dieser einen Stunde folgen viele Stunden, in denen ein neues, tiefes Glück zu wachsen beginnt. Ganz langsam, aber immer fester fügt es sich zusammen, und im Herbst wissen beide, dass nun nichts mehr kommen kann, das sie trennt.

Peter hat noch einen Vertrag einzuhalten, der ihn fast auf ein ganzes Jahr fern halten wird. Er tröstet Veronika und meint, dass so ein Jahr schnell vorüber sei, und dann ginge er nie mehr fort.

Da schaut sie ihn ganz groß an, und Tränen stehen ihr in den Augen.

»Ja, denkst du denn, Peterle, dass ich dich allein fortlasse?« Sie schüttelt den Kopf. »Nein, ich will bei dir sein, will versuchen, dir das zu sein, was Patrizia dir gewesen ist.«

Es hält sie nun nichts mehr davon ab, am anderen Tag zum Pfarrer zu gehen, um das Aufgebot zu bestellen. Der Hof, so beschließen sie, soll verpachtet werden an einen Neffen des verstorbenen Reitenbergers.

Die Trauung findet in aller Stille statt – sehr zum Verdruss des alten Leitners, der nun auf einmal mächtig stolz ist auf seinen künftigen Schwiegersohn.

Am nächsten Abend verlassen sie Gündelsbach. Sie sehen die Berge im Sonnenuntergangsfeuer flammen, als sie die schwarze Limousine weg in die Ferne trägt. Peter und Veronika richten den Blick empor zu den Gipfeln. Als die Dunkelheit schon alles Land verschlingt und der Wind immer kühler um ihre Gesichter weht, schließt Peter die Autofenster und legt den Arm um Veronika.

»Einmal hat uns unser Starrsinn getrennt«, sagt er leise. »Und nun haben wir ihn besiegt, und er kann uns nichts mehr anhaben, Veronika. Nichts mehr soll uns trennen. Der Herrgott hat uns durch schwere Prüfungen geschickt. Mit seiner Hilfe haben wir sie bestanden – und nun beginnt ein neues Leben!«